STIFF SULLIVAN

EL DÍA DE LOS PERDIDOS

HarperCollins

Editado por HarperCollins Ibérica, S. A.
Avenida de Burgos, 8B - Planta 18
28036 Madrid

Diseño de cubierta: CalderónStudio
Imagen de cubierta: Dreamstime
Maquetación: MT Color & Diseño, S. L.

ISBN: 978-84-1064-202-7
Depósito legal: M-22785-2024

A las madres que nos abrieron las puertas de sus bibliotecas.
A aquellas que nos permitieron y enseñaron a encontrar
luz en las historias más oscuras.

«Quien con monstruos lucha cuide de convertirse a su vez en monstruo. Cuando miras largo tiempo a un abismo, el abismo también mira dentro de ti».

FRIEDRICH NIETZSCHE

Capítulo 1
La víspera (29 de abril de 2024)

Diego

«Siempre puede ser peor», cada mañana me despertaba repitiendo esa frase en mi cabeza. Pero ese día, mi cinismo alcanzaba nuevos niveles. Estaba a tan solo veinticuatro horas de otro aniversario, y ya había barajado decenas de posibilidades para la «broma» de ese año. Al ser el tercero, parecía una fecha aún más significativa para los anónimos que se divertían dando pistas falsas y, por consiguiente, falsas esperanzas.

Esa mañana salí de casa de camino al instituto sin más. No me atreví a entrar al dormitorio de mi madre para despertarla, era mejor que ella permaneciera ajena a todo lo que pudiera suceder entre ese día y el siguiente. Aunque en un pueblo como San Amaro, probablemente se enteraría en diez minutos, pensando con optimismo. Mejor que siguiera dormida.

Resultaba irónico que, en un pueblo tan pequeño, de apenas tres mil habitantes donde todos conocen a todos y los secretos deberían ser imposibles, cuatro personas hubieran podido desaparecer sin dejar rastro alguno. La vida cada vez se parecía más a una broma.

Hoy cambié mi ruta habitual al instituto. Opté por bordear el acantilado de la playa de Lusco. Era un rodeo grande, pero así evitaba el lamentable espectáculo de las tiendas decorándose de luto y los pésames de las ancianas que, a las ocho de la mañana, no tenían otra cosa mejor que hacer que salir a la calle. Ya tendría suficiente que aguantar en clase.

Convertir tragedias en festividades nunca me ha parecido correcto. Más que honrar el recuerdo de alguien, se convierte en una condena para los seres queridos. Mi padre siempre decía que en Galicia era algo normal; sin embargo, para nosotros, que no éramos de aquí, al menos no de nacimiento, siempre pensé que era una gilipollez. Cuando llegamos a este pueblo, yo tenía trece o catorce años, una edad complicada para adaptarse a nuevas costumbres y, sobre todo, para respetar las ajenas. Mi hermana Mónica, en cambio, estaba fascinada por la cultura e historias de estos pequeños pueblos. Mentiría si no dijese que deseaba profundamente no haber venido nunca a San Amaro, ahora mismo estaría yendo al instituto con mi hermana en cualquier otro lugar, y no preparándome psicológicamente para su tercer funeral conmemorativo.

Mientras atravesaba los caminos verdes del acantilado, que rozaban con una caída de unos cuarenta metros hasta la playa, vi a lo lejos al padre de Jaime salir con el tractor por la puerta de su finca. Aquel hombre lo había perdido todo, ya era viudo antes de que Jaime desapareciera. Y yo lo único que podía pensar mientras jugueteaba con caminar casi al borde de un barranco que me llevaría a una muerte estúpida era «¿Cuántas veces lo habría hecho él?».

—Hola, Eladio, ¿qué tal? —le dije sin detenerme, con la esperanza de que no alargara mucho la conversación.

—¡Diego! ¿Cómo estás, hijo? —exclamó él con bastante más energía de la que yo podría reunir.

—Bien, ya sabes, de camino a clase.

—Vaya vuelta que estás dando, ¿eh? —comentó como si no supiera perfectamente el motivo.

—Sí, bueno, me apetecía ver el mar de buena mañana.

Me resultaba incómodo hablar con personas cercanas a mis amigos desaparecidos; no podía evitar sentirme de alguna manera como el responsable de todas sus miradas. Tal vez fuera sugestión mía, o tal vez no. El padre de Lara, en el primer aniversario, me amenazó directamente: «Si te vuelvo a ver, te saco los ojos». Así que quizá ya estaba predispuesto a evitar ese tipo de encuentros.

—¡Pues que vaya bien el día! —dijo Eladio cuando ya se encontraba a unos cinco metros tras de mí.

—Lo mismo digo.

En verdad era un hombre con una serenidad y un temperamento envidiables. Yo no era capaz de comprenderlo, pero lo admiraba.

Tras unos cuantos kilómetros más, llegué al instituto y en el vestíbulo de la entrada ya estaban comenzando a poner las flores; había unas cuantas notas con los recurrentes «No os olvidamos» y «Siempre con nosotros» de cada año. Como no podía ser de otra forma, Roberto, Álex, Julio y Alicia estaban en una esquina chismorreando, probablemente bromeando sobre los altares y decoraciones, eran un puñado de imbéciles. Creo que en ellos o en Roberto, que contagiaba a los demás como buen líder de un grupo de descerebrados, residía un tipo de envidia retorcida por mi hermana y mis amigos, un curioso afán de protagonismo que se veía eclipsado por el aniversario. Estaba casi seguro de que la bromita del año anterior había sido cosa de ellos.

En el segundo aniversario, alguien buzoneó por todas las casas unos fotomontajes de cadáveres de una morgue con las caras de los desaparecidos; en mi buzón no solo dejaron la foto de mi hermana, también una de Lara, por lo que entendía que era algo personal.

Además, los días posteriores sentí constantemente cómo Roberto me buscaba con una mirada impaciente, a la espera de una reacción desproporcionada por mi parte… Por lo que supongo que algo tuvo que ver con esos montajes. Eran cutres, pero lo suficientemente impactantes como para que mi madre recayese y no saliera de la cama en semanas. La Guardia Civil ni siquiera tomó cartas en el asunto. «Solo es una broma de mal gusto», creo recordar que dijeron. Unas semanas después, le rajé las ruedas de la moto con la que solía venir al instituto, me aseguré de que nadie me viese. Aunque a veces pensaba que me hubiese gustado que me pillase; si me daba un puñetazo, tal vez habría tenido una causa justificada para darle unos cuantos más yo a él.

En cualquier caso, no era nada nuevo verlos chismorreando a mi paso. Pasé frente a ellos y Alicia se volteó poniendo cara de haber metido la pata, pero inmediatamente volvió a mirar a sus amigos y se rieron. Como si creyese que había escuchado la gilipollez que acababa de decir, así que supongo que hablaban de algo que podría molestarme, sobre mi hermana, tal vez, o sobre Lara.

Avanzaba por el pasillo hacia clase de Economía sin aguantarles la mirada más de un segundo, cuando alguien me golpeó la mochila que cargaba en la espalda.

—¡Eh! —exclamó una voz femenina con aires amistosos.

Me volví, y por un instante pensé que alguno de ese grupo quería tocarme un poco los cojones en un día en el que era lo que menos me apetecía. Al contrario, me encontré con una sonrisa amigable, envuelta por una melena castaña y unos ojos grandes y expresivos del mismo color.

—Eh, Marta —contesté.

Ella echó un vistazo hacia atrás preocupada, mirando hacia el altar a mis amigos.

—¿Estás bien? —me preguntó, manteniendo la preocupación en la mirada y dando por hecho que la respuesta sería más sincera que de costumbre.

—Sí, no te preocupes, nada nuevo.

Mientras caminábamos hacia el aula podía notar la mirada del grupo de Roberto clavada en la nuca.

—¿De qué se reirán tanto esos?... —comentó Marta con voz sosegada.

—Tengo la sensación de que mañana lo sabremos —le contesté.

—¿Crees que van a hacer algo?

—Probablemente —afirmé.

—Pues no te veo demasiado preocupado.

—Teniendo en cuenta que mis opciones son no darle importancia o arrancarle la cabeza a cualquiera de esos cuatro. Y como legalmente ya puedo ir a la cárcel... prefiero no preocuparme demasiado.

Marta esbozó una pequeña y confusa sonrisa, la sonrisa incómoda propia de alguien que no terminaba de acostumbrarse a mi forma de ser. La verdad era que no entendía por qué yo le caía bien.

Las horas parecían arrastrarse a un ritmo lento y tenso, comenzaba a estar saturado de miradas evasivas y susurros, hasta el punto de que me planteé varias veces saltarme las clases ese día y, sobre todo, del siguiente, pero a un mes de acabar el curso y con los exámenes finales encima, me parecía una opción poco sensata. Si iba todo bien, ese sería mi último año en el instituto y por fin podría perder a toda esa gente de vista.

Aunque, siendo completamente sincero, el único motivo por el cual me daba algo de lástima era por Marta. Habíamos estado todo el curso juntos y la verdad es que congeniábamos bien, no me hablaba demasiado y sabía dónde poner los límites de la confianza, más o menos. No creía que hubiese muchos motivos para que mantuviéramos la amistad más allá del instituto. Aunque pareciera lo contrario, la apreciaba, realmente la apreciaba.

El trato que recibía por parte del resto de los alumnos era de compasión, rechazo o miedo. Sí, miedo; había alguno que pensaba que yo los maté y me deshice de los cuerpos, qué sé yo. No me lo dijo nadie directamente, pero había casos, como el de una chica que llevaba tres años poniéndose pálida cada vez que me veía y dándose la vuelta en los pasillos para no cruzarse conmigo, como si ese comportamiento no provocase más ira a alguien que consideras un homicida múltiple... La verdad es que no recordaba su nombre, de hecho, no sé si en algún momento lo he sabido. En cualquier caso, Marta era la única que se permitía el lujo de mirarme como a un lisiado emocional únicamente durante la víspera y el aniversario en sí mismo. El resto del tiempo era normal, a veces incluso trataba de vacilarme con la esperanza de que yo le siguiera el juego. No digo que en una primera instancia no se acercara a mí por lástima, probablemente así fuera, pero por entonces lo permití.

Solíamos sentarnos juntos en casi todas las clases, aunque no hablábamos demasiado; pero, dentro de lo que cabe, era confortable.

Todavía faltaba otra hora más, yo trataba de mirar a la profesora y atender, pero me estaba costando. Poco antes de que sonase el timbre que ponía fin a la penúltima clase, Marta me dio un golpe con el codo.

—Oye —me susurró acercando su silla a la mía—. ¿Te parece si nos saltamos Historia del Arte?

Ella sacaba buenas notas en todo menos en esa asignatura, por lo que tardé unos segundos en contestar, tratando de adivinar el motivo de la pregunta. Solía hacer eso bastante, algo que ponía muy nerviosa a la gente, porque sentían que estaba tratando de elucubrar un puzle en mi cabeza sobre sus segundas intenciones y, a decir verdad, no les faltaba razón.

—¿Diego? — repitió ansiosa, en un intento de que no pensase demasiado.

—¿Por qué? —pregunté.

—Es la última clase, tú llevas esa asignatura bastante controlada, no sé —trató de justificarse.

—Ya, pero tú no —contesté de forma cortante, aunque era la verdad.

—Bueno, pero no importa, tengo tiempo para ponerme en serio con ella.

—No, no te preocupes.

Marta puso otra de sus muecas de incredulidad y volvió a mirar hacia la profesora.

Insisto, no sé por qué yo le caía bien.

Sonó el timbre y salimos para cambiar de aula. Pero mis pies se detuvieron en seco al mirar a través de la puerta de cristal que daba al patio. Entonces comprendí por qué Marta quería que me saltara la última clase. Historia del Arte se daba en el edificio del otro lado del patio, por lo que había que atravesarlo. Allí era donde al día siguiente se celebraría el minuto de silencio, y ya estaban preparándolo.

Cuando estaba a punto de cruzar la puerta, a través de la cristalera vi como en el patio el director discutía con uno de los conserjes sobre el orden de las fotos, y ahí estaba mi hermana, impresa en tamaño A3 zarandeándose de un lado a otro del mural, mientras el director sugería que el orden fuese chica, chico, chica, chico. Por una cuestión de «equilibrio». Tócate los cojones. En ese momento, mientras permanecía inmóvil contemplando la escena, y aprovechando que Marta se había adelantado y ya estaba a varios metros de distancia, me di media vuelta y salí del instituto por la puerta principal.

Es cierto que voy bastante bien en Historia del Arte, pensé.

Regresé a casa por el camino que había descartado aquella mañana, el de siempre, y aunque tampoco tenía intención de ir a casa tan pronto, me preocupaba más volver a encontrarme a Eladio y verme forzado a otra conversación incómoda, o peor, a preguntas sobre el ambiente del instituto. Eso me inquietaba más que atravesar el centro del pueblo. Para ser finales de abril en Galicia, hacía un día bastante soleado, lo suficientemente como para justificar el querer pasar un rato sentado en algún lugar a la intemperie.

Anduve unos pocos metros ya por el centro y, como sabía que sucedería, no tardó en captarme la primera anciana con ganas de charla.

Era la madre del cura del pueblo. Tenía una edad que no me atrevería a adivinar, pero, claramente, estaba ya más cerca de Dios que su hijo. Llevaba un vestido negro y un bastón que le permitía venir hacia mí lo suficientemente rápido como para que yo no me viese obligado a ir hacia ella.

—¡Eh! —berreó como si estuviera llamando a una cabra.

—Hola, doña Dolores —dije con un volumen lo suficientemente alto para asegurarme de que me oía, creo que estaba medio sorda.

—Qué bonito están dejando el pueblo, ¿verdad? —afirmó buscando mi aprobación.

—Sí, sí, está genial —mentí.

—Manuel está preparando una misa maravillosa, ¡maravillosa!

—Estoy seguro de que sí.

Me hablaba como si se tratase de las ferias patronales.

—Oye, ¿qué tal tu madre y tu hermana? Hace mucho que no las veo, diles que vengan mañana a la iglesia, que ya verás tú que les va a gustar mucho.

—Bien, en casa —contesté, eludiendo su petición—. Bueno, la dejo que llevo un poquito de prisa…

Para todos era sabido que Dolores sufría de la azotea. En cualquier caso, nunca sabías por dónde te iba a salir la señora, y desde luego hablar de mi hermana en ese momento me daba una pista de en qué punto estaba ahora, pero era mucho más sencillo seguirle la corriente.

—Bueno, bueno, y tú ¿cómo estás? Y, oye, ¿cómo va mi nieto con los estudios? Me ha dicho un pajarito que vais juntos a clase.

Su nieto era Julio; si el grupo fuese una mafia y Roberto fuese Tony Soprano, Julio sería algo como Silvio Dante, su perro faldero, aunque bastante menos carismático que Dante. Además, Julio era el hijo del alcalde, y, evidentemente, sobrino del cura. Por lo que me daba la sensación de que esa señora se sentía la matriarca de San Amaro. Aunque él iba a mi clase, al estar solo con Alicia, o más bien, al no estar Roberto, no era una molestia demasiado notoria.

—Pues bien, bien, supongo —contesté confuso, ya que había lanzado varias preguntas sin dejarme espacio para pensar en cuál le interesaba realmente que respondiera.

—¡Bueno, te dejo que todavía tengo muchas cosas que hacer! —exclamó como si fuese yo quien la estaba entreteniendo.

Confuso y atemorizado de que la situación se volviera a repetir con algún vecino más, saqué los auriculares que llevaba en la mochila y me los puse con la intención de caminar rápido, así si alguien trataba de detenerme en la distancia no parecería maleducado por no haberle escuchado.

Iba cabizbajo y a paso ligero, por lo que tampoco presté atención al atravesar la plaza mayor ni a los operarios del ayuntamiento que ponían las banderas de luto. Cruzar el pueblo del instituto a mi casa durante esos días era algo similar a recorrer un campo de minas en mitad de una guerra.

Sin darme cuenta, ya estaba a escasos metros de mi casa, pero preferí pasar de largo e ir a algún lugar a perder la noción del tiempo.

No tardé en llegar a una zona más o menos alejada, donde era difícil que alguien me molestara. El comienzo de una montaña que se extendía varios kilómetros sin rastro de civilización en el horizonte. Solo había un pequeño y antiguo puente de piedra que permitía atravesar el estrecho río que bordeaba la zona este del pueblo. Me encantaba ese lugar; no tenía un interés concreto por la naturaleza o la belleza paisajística, simplemente era el silencio lo que me atraía.

Dejé la mochila en el suelo y me tumbé sobre el pretil del puente. Miré al cielo y suspiré, trataba de apagar el cerebro. Me sentía muy cansado, exhausto de pensar y fatigado de soportar. Solo quería el cielo.

Aunque no tenía permitida la paz conmigo mismo, el silencio externo estaba, pero el interno era el peligroso, el que llevaba tres años sin conocer. Pero esos veinte segundos de autoconvencimiento, veinte segundos de creer «esta vez sí lo has encontrado», eran maravillosos, y por eso valía la pena buscarlos cada día. Porque sin esos veinte segundos diarios, tal vez vacilaría más cerca al borde del acantilado.

Desde hacía un tiempo, sentía algún tipo de contradicción que me costaba comprender, o, más bien, no quería comprender. Había desarrollado una enorme apatía por prácticamente cualquier estímulo, y a la vez me sentía más frágil que nunca, como cuando se te cae el móvil al suelo y se agrieta por una esquina: no pasa nada, el teléfono funciona, pero sabes que la próxima vez que se te caiga, la fisura se extenderá por toda la pantalla y ya no podrás ni leer un mensaje. Solo que yo no sabía si estaba agrietado o ya estaba completamente resquebrajado.

Rápidamente vino a mí el primer pensamiento intrusivo: no tenía que estar allí, tumbado, mientras mi madre estaba en casa sola en un día como hoy. Conté en voz alta hasta diez, me levanté, recogí la mochila y me marché a casa.

Antes decidí pasar por la tienda para comprar pasta, leche, pan y alguna que otra cosa necesaria para casa. Sabía que, si no lo hacía, lo único que encontraría en el frigorífico sería un paquete de salchichas y un yogur caducado. Vivir con mi madre era, en muchos aspectos, como vivir solo. Si no era yo quien hacía la compra, no la hacía nadie.

Apenas eran las dos de la tarde cuando entré por la puerta.

Mi madre seguía en la cama. Abrí las ventanas y dejé ventilar la casa mientras puse a hervir pasta.

Di un par de toques a la puerta de su dormitorio y abrí despacio la puerta.

—Mamá, ¿estás despierta? —pregunté en voz baja.

—Hola, Diego. ¿Ya has acabado? —dijo con voz de no estar recién despertada, pero sí de no haber descansado.

—Sí, mamá… ¿Te levantas?

—Sí, ahora voy.

—Vale —contesté, luego abrí del todo la puerta para asegurarme de que no me ignorase. Entonces, volví a la cocina.

Diez minutos después apareció en la estancia. Me costaba reconocer que a esas alturas me daba reparo mirarla, cada vez estaba más delgada; tenía cincuenta años, pero parecía que tenía veinte más. Aunque no creo que nadie pudiese juzgarla, ya tenía un cigarro encendido en la mano, era lo único que hacía, fumar y dormir.

—¿Qué tal el día? —preguntó mientras exhalaba el humo. Sus hundidos ojos marrones ya no parecían tener ninguna expresión, solo un vacío que jamás nada volvería a llenar.

—Bien, preparando los finales —contesté y serví la pasta en dos platos, el suyo con bastante más cantidad, aun sabiendo que no iba a comer más de una quinta parte. Pero por lo menos así, de algún modo, sabría que la estaba regañando por no comer.

—¿Y los llevas bien, hijo?

—Sí, sí, creo que las sacaré todas. No te preocupes, mamá.

—Ya era hora…

Ni que decir tiene que, durante el primer año tras la desaparición de mi hermana, no me fue demasiado bien en los estudios.

—Es que si repito otra vez me han dicho que me dan directamente el uniforme de bedel —bromeé.

Contra todo pronóstico le saqué una pequeña sonrisa a mi madre.

—¿Hay mucho jaleo en el pueblo? —preguntó con la voz de alguien que no está seguro de querer saber la respuesta.

Empecé a comer y respondí quitándole hierro al asunto:

—Bueno, lo de siempre.

—Y… ¿sabes si planean hacer algo para mañana? —preguntó con voz entrecortada. Seguidamente desvió la mirada de mí y le dio una fuerte calada al cigarro preparándose para una respuesta.

—No… No creo que nadie haga nada, la gente ya está a otras cosas —afirmé con una osadía terrible, y la boca llena. Según terminaba la frase, me di cuenta de que no debía haberlo dicho.

—Pues qué bien por ellos —dijo ella tajante.

Como me estaba metiendo en una conversación que no iba a saber reconducir, traté de comer rápido e irme a mi cuarto.

—Si necesitas algo estoy en la habitación, ¿vale?

—Tranquilo, tú estudia, hijo —contestó mientras miraba hacia la ventana, desviando la mirada de mí y del plato de macarrones intacto.

Aunque con su actitud a veces lo pareciera, mi madre no me culpaba de nada, quiero creer, solo era resentimiento con la vida en general.

Pasé la tarde sin salir de la habitación, aunque no estudié, y no había demasiadas cosas que hacer en mi casa. Teníamos un televisor en el salón, además de toda la colección de libros de Agatha Christie de mi madre, pero era un pasatiempo que a nadie en una situación similar le gustaría disfrutar. Quién habría imaginado cuando los leía compulsivamente que acabaríamos viviendo en una de esas historias.

Esa noche no cené, ni siquiera intenté que mi madre lo hiciera, era absurdo.

Solo miraba el reloj de pared de mi habitación mientras permanecía tumbado en la cama, con la misma ropa que había llevado puesta todo el día. Miraba el reloj esperando que llegasen las diez de la noche, para de forma autodestructiva repetirme que, a esa hora hacía tres años, había visto a mi hermana por última vez, y arrastraba ridículos pensamientos que se hilaban de un lado a otro de mi cabeza. Mañana haría tres años, y yo estaba haciendo justo lo mismo, hacía tres años no había querido salir con ella y mis amigos, porque preferí simplemente no hacer nada.

En ese momento, cuando parecía que ya había conseguido vaciar todas las lágrimas de mi cuerpo durante los años anteriores, me sorprendí a mí mismo cuando comencé a notar la humedad en los ojos.

Pero antes de desmoronarme por completo, escuché la puerta del dormitorio de mi madre abrirse. Y tras unos pasos por el chirrioso suelo de madera del pasillo, vi cómo se abría la puerta de la habitación pegada a la mía. Estaba entrando al cuarto de mi hermana.

Salí despacio, sin hacer ruido, y eché un vistazo por la puerta entreabierta del dormitorio de Mónica. Ahí estaba mi madre, tumbada sobre su cama. Tal vez habría sido mejor entrar y echarme junto a ella, desde luego era lo que el cuerpo me pedía; en cambio, retrocedí por donde había venido y volví a encerrarme en mi habitación.

No dormí, vi pasar todas y cada una de las horas a través de las manecillas del reloj. Si cerraba los ojos, mi cerebro reproducía la escena de Mónica preguntándome desde la puerta de mi habitación: «¿Seguro que no quieres venir?».

«Seguro que no quieres venir», una simple frase que tiempo después convertí en algo premonitorio, en una roca de una tonelada que llevaría para siempre conmigo en la mochila.

Volví a cerrar los ojos y escuchaba el sonido de mi móvil recibiendo llamadas de Lara que no quería contestar. Ni siquiera podía saber si esas llamadas eran de socorro, o fueron previas y solo quería hablar conmigo.

Después de una noche llena de sueños, el sol comenzó a colarse entre las cortinas de mi dormitorio. Volví a cerrar los ojos una vez más, preparado para la siguiente imagen que me dispondría a crear. Entonces escuché un ruido a lo lejos, a cada segundo con más claridad y potencia. Eran sirenas de policía, o de ambulancia, por el cansancio tardé unos segundos en procesar si era fruto de otro recuerdo, pero no, las luces azules y rojas pasaron a toda velocidad inundando mi habitación a través de la ventana. Como estaba vestido, me levanté de la cama con el corazón golpeando violentamente contra el pecho. Mientras salía al pasillo mi madre vino detrás de mí.

—¡Diego, ¿qué ha pasado?! —preguntó sofocada.

No le respondí, directamente salí por la puerta y eché a correr siguiendo el sonido de las sirenas. Había mucha gente fuera, y eso que no serían más de las seis de la mañana, todos los vecinos asomados desde las puertas de sus casas preguntándose qué habría podido suceder; algunos se quedaban en las puertas, pero otros caminaban en la misma dirección que yo.

Escuchaba el ruido cada vez más cerca; o los coches venían hacia mí, o se habían detenido ya y yo me estaba acercando.

Corrí hacia las sirenas planteándome mil escenarios posibles, el día de hoy, no puede ser casualidad, pensaba. Todas las imágenes que me venían a la cabeza eran terroríficas.

Finalmente vi los coches detenidos en la playa de Lusco, donde había dos vehículos de la Guardia Civil, y detrás de mí comencé a oír como otro más iba hacia el lugar, adelantándome de refilón: una ambulancia.

Bajé por el camino que llevaba hasta la playa, en la que ya había una pequeña multitud de gente a la que guardias civiles estaban haciendo retroceder mientras acordonaban un perímetro con cinta amarilla. Las sirenas de los coches se comenzaron a mezclar con las voces de los vecinos. Cada rostro que conseguía ver reflejaba el miedo y la anticipación que yo mismo sentía. Llegué hasta la multitud y me abrí paso a codazos entre todos ellos para llegar hasta el cordón policial.

De camino había imaginado muchos escenarios posibles, todos relacionados con ellos, pero aquello… aquello me demostró que ni la mente más destructiva podía acercarse siquiera a la realidad.

Lo primero hacia donde se desviaron mis ojos fue a una enorme pancarta que colgaba del acantilado. Una de al menos diez metros de largo, que ponía: «PERDIDOS». Y cuando forcé más la vista, me quedé bloqueado, noté cómo las tripas me ardían y mis ojos comenzaban a hincharse.

Debajo de la pancarta, había cuatro cuerpos ahorcados.

Efectivamente, siempre podía ser peor.

Capítulo 2
El aniversario: los escalones de la ira

Diego

Todo estaba en silencio, al menos en mi cabeza. Era como un sueño. Percibía el entorno ralentizado, giraba la cabeza hacia atrás y veía a las personas tras de mí haciéndose un hueco entre la gente para tener mejor visión, las olas del mar rompiendo en la orilla. Todo lo sentía de una lentitud extrema. Las luces de las sirenas de policía sonaban embotadas, escuchaba los sonidos como si tuviera la cabeza sumergida en el mar y cada vez estuviera hundiéndome más y más. Cada vez menos ruido, cada vez más lentitud, cada vez más silencio.

Sin embargo, una voz me sacó de un tirón de ese lugar mental. Una voz que solo decía «no». Una y otra vez, una voz deshumanizada, hasta que conseguí identificar de quién provenía. Ese «no» en bucle comenzó a tener matices de extremo dolor.

Mi madre me había seguido hasta la playa. Se abría paso entre la multitud que aumentaba por instantes. Me serené rápido y traté de centrar toda la atención en ella. De una forma completamente inútil, intenté protegerla de aquella escena. Fui hacia ella y me puse delante, tratando de tapar su visión, interponiéndome entre los cuerpos colgados y ella. Allí me quedé mirándola fijamente esperando que se me ocurriera algo que decir, pero nada salió de mi boca. Mi madre tenía la cara descompuesta y seguía repitiendo «no». Yo era el único que estaba de espaldas a la escena y miraba a toda esa gente. Los miraba sabiendo que observaban los cuerpos de mi hermana y mis amigos. Había reacciones muy diversas: terror, tristeza, incredulidad, angustia... Ni siquiera era capaz de distinguir quiénes estaban allí.

Ese día aprendí que, en momentos de *shock,* la cabeza funciona de una forma curiosa. Funciona mal, aunque creo que trata de asimilar la situación mediante pensamientos intrusivos. Recuerdo que lo que pensaba mientras miraba a toda esa gente y daba la espalda a los cadáveres era: ¿cómo de podrido estará el cuerpo de mi hermana?

Bajé la cabeza de nuevo hacia mi madre, quien ahora me abrazaba. Le devolví el abrazo y en un instante, en perfecta sincronía, oí un grito masivo de toda la gente. Me volví hacia los cuerpos: uno de los cuatro, el de la derecha del todo, se estaba descolgando de su soga. Aunque estábamos muy alejados por el cordón policial, se veía perfectamente a ese cuerpo balancearse como esas bolas metálicas colgadas de cuerdas que tienen los psicólogos en las salas de espera. Traté de taparle los ojos a mi madre con las manos, pero incluso antes de hacer amago, el cuerpo cayó. Tardó tres segundos en llegar al suelo. A pesar de los gritos, escuché el golpe sordo y seco sobre las rocas, desvaneciéndose lentamente.

Los agentes corrieron hacia la zona donde cayó. Yo no podía ver nada, nadie tras el cordón policial alcanzaba a ver nada. El cuerpo se había desplomado tras unas rocas. Si ya era demoledora aquella imagen, a eso solo se le podía sumar la idea del cuerpo destrozado contra el suelo. Un par de hombres uniformados llegaron a la zona en la que cayó y se voltearon casi al instante. Pude ver que uno de ellos cogió el *walkie.* El que teníamos delante, tratando de que no nos acercásemos más, escuchó el *walkie* que llevaba colgado. Asintió mientras recibía instrucciones, pero su mueca era de incredulidad y confusión.

—Por favor, escúchenme —proclamó el guardia civil tratando de silenciar el bullicio—. Son muñecos, ¿de acuerdo? Tranquilícense y márchense, aquí no hay nada que ver.

En ese momento pasé por varios estados en apenas unos segundos. Mientras trataba de procesar lo que acababa de oír, primero me sentí aliviado. Ese alivio evolucionó a calma, una calma absurda, porque si no eran sus cuerpos, seguíamos igual que siempre, muertos sin cuerpo encontrado. Inmediatamente ese sentimiento mutó a ira. Ira por varios motivos: en primer lugar, conmigo mismo por no haberme planteado siquiera que esa era la broma de este año; después, la que provocaba ardor en mi pecho, la ira de saber que quienes habían colgado esos muñecos tenían nombre y apellidos. Ira porque conocía bien esos nombres y el día anterior cuando me topé con ellos en clase, probablemente este era el motivo de aquellas risas. Y así llegué al último escalón, la ira de querer ser el artífice de separar las cabezas de sus cuerpos.

La multitud comenzó a disolverse entre cuchicheos, no había demasiada conmoción, era más bien como cuando haces cola en un cine y sale el de la taquilla a decir: «Se nos han acabado las entradas, lo siento».

Excepto en mi madre, que continuaba mirando desorientada hacia lo que ahora sabíamos que eran muñecos.

—Vámonos a casa, mamá —le dije tratando de tranquilizarla.

Ella estaba en *shock*, no dijo nada, simplemente se giró hacia mí y me aguantó la mirada poco más de un segundo antes de bajarla y no levantarla en todo el trayecto a casa.

Según abrí la puerta, se fue directa a su dormitorio; no tuve tiempo de tratar de hacerla razonar, ni siquiera sabía si quería intentarlo.

Ya eran casi las siete de la mañana. Comenzaba el puto tercer «Día de los Perdidos», y no podía hacerlo peor. Me quedé sentado una media hora en el sillón del salón mirando la televisión apagada, pensando si debía ir o no al instituto. Tal vez tenía la mente algo más despejada que en la playa, pero mi único motivo para ir al instituto era la ocasión de toparme con Roberto y los demás y dejarme llevar.

Sin embargo, en ese momento, más tranquilo, más sensato, tan cínico como de costumbre, quizá prefería que me viesen calmado, que su burda provocación —la cual, de hecho, yo no la interpretaba como un ataque personal— no me importaba. Era reconfortante actuar pasivamente ante el que espera verte explotar. O no, igual les pisaba el cuello contra el suelo, no lo sabía. Quise ir a descubrirlo. Una parte de mí de la que, por supuesto, trataba de huir quería elaborar una teoría en base a aquella broma, ¿por qué ahorcados? Si me ponía a analizar la broma de cada año, ¿habría algo en común? Las fotos de la morgue del año pasado, las cartas de Mónica y Bruno en el primer aniversario... y los muñecos ahorcados de hoy. La cabeza me decía que lo único que había en común era que en cada broma se trataba de comunicar que no están desaparecidos, sino muertos.

Con esa conclusión terriblemente insatisfactoria, me marché a clase haciendo esfuerzos inhumanos por no darle más vueltas.

Algo más de una hora y media después, San Amaro había vuelto a la normalidad, a la normalidad que ellos consideraban como tal, quiero decir.

Ir por el acantilado de la playa no era una opción; además de que la policía seguiría por allí, no quería toparme de nuevo con Eladio, sabe Dios en qué estado estaría el pobre hombre tras semejante espectáculo.

Atravesé el pueblo por el centro. Oficialmente era el Día de los Perdidos y la gente ya iba de negro. Algo llamó muchísimo mi atención al pasar al lado de la panadería, que ya inundaba toda la plaza mayor del olor a pan recién hecho. Y es que en el mostrador había hogazas de pan decoradas con el lema de «DÍA DE LOS PERDIDOS», a un euro más del precio habitual; porque no, no era para recaudar fondos para una nueva búsqueda. Lo parecía, sí; se daría por hecho incluso, pero simplemente era porque el panadero era un genio del *marketing*. En el pueblo quien no se hacía rico es porque era imbécil.

Antes la madre de Nuno trabajaba allí. Solía verla en el mostrador cada mañana cuando iba de camino a clase. Desde que la investigación fue declarada como «caso frío» por la Guardia Civil el año pasado, ellos decidieron marcharse de San Amaro. Dado que había cambiado mi ruta habitual a la de los acantilados, cuando me alcanzó el olor a pan, inevitablemente mi mente se dirigió a Nuno.

Con Nuno era con quien menos confianza tenía. Era ese tipo de amigo con el que todo va bien hasta que, por alguna razón, os quedáis solos de camino a casa. En ese momento, el silencio empieza a pesar y la conversación se vuelve incómoda. Sabes que tienes que decir algo, pero no sale nada natural. Era un chico escuchimizado, de esos que parecen estar en una lucha constante con el viento, que iba un par de cursos por debajo. Estaba en la clase de Mónica. Sé que se llevaban bien, más que nada porque él se había mudado casi al mismo tiempo que nosotros. Venía de algún pueblucho costero del Mediterráneo y, como Mónica, durante algún tiempo fue «el forastero» en la clase. Aunque nunca me lo dijo, siempre sospeché que a mi hermana él le gustaba. No me habría sorprendido que Nuno también estuviera interesado. Mónica era guapa, la verdad. Un poco más baja que yo, y, aunque compartíamos rasgos, ella tenía esos ojos verdes que había heredado de nuestro padre. También se había quedado con todo el carisma y la empatía de la familia. Yo..., bueno, heredé las sobras.

Ya estaba lejos de la plaza cuando el campanario de la iglesia comenzó a dar unos fuertes estruendos, cuatro para ser exactos, cuatro campanazos que sonaban cada dos horas durante todo el día. El cura, otro maestro del *marketing,* ese día llenaba el cupo de asistencia a la misa —y, por supuesto, los donativos— más que en las comuniones de mayo.

Cuando llegué al instituto, era evidente que todo el mundo ya sabía lo que había pasado aquella mañana, tenía clavados en mí los ojos de todo el alumnado y claustro de profesores. La voz del director se pronunció por megafonía:

—Estimados alumnos, como sabéis hoy celebramos el Día de los Perdidos en homenaje a nuestros compañeros, Jaime... —Venga no me jodas, pensé—, Lara, Mónica y Nuno. —Vete a tomar por culo, concluí para mis adentros—. Os animo a que dejéis vuestras cartas en el mural que hemos preparado en el patio, para que allá donde estén sepan que no los olvidamos. El minuto de silencio será como cada año a las doce de la mañana en el patio de recreo. Hasta esa hora las clases seguirán su horario habitual. Gracias.

Cuando bajé la cabeza, le vi. Entre todas las miradas y cuchicheos, ahí estaba, Roberto, al otro lado del vestíbulo, mirándome como un niño que observa fuegos artificiales desde la distancia después de encender la mecha. Con una gran sonrisa, esperando paciente. No me pude contener.

—¿Te pasa algo en la cara? —grité desde el otro lado del pasillo.

Parecía sorprendido de que le hablase.

—¿A mí? Nada, ¿qué me va a pasar? —contestó con una seguridad que me enervaba.

—Pregunto, que te veo muy feliz de verme.

—Es que me haces un poco de gracia —replicó, lo que me dio el empujón que necesitaba para hundirle el zapato en el pecho.

Comencé a caminar hacia él como si el resto del mundo hubiera desaparecido. Parecía que no, parecía seguro, pero juro que le vi retroceder hacia atrás cuando Marta se cruzó en medio y me detuvo poniéndome las manos sobre los hombros.

—Diego, tranquilo —dijo con ese tono propio de los adiestradores de perros.

—Marta, quita.

—Diego. Tranquilo —repitió haciendo hincapié en cada palabra.

Dejé de hacer amago de caminar hacia adelante, suspiré levantando la cabeza y contando hasta cinco.

—¿Qué ha pasado? —me preguntó, mientras yo asumía que era la única persona en el instituto que no se había enterado de lo del acantilado.

—Que me tienen hasta los cojones.

—¿Pero te han dicho algo?

—No has madrugado mucho hoy, ¿no?

—Dado que son las ocho y media de la mañana, yo diría que sí, la verdad —dijo ella, confirmándome que, efectivamente, no sabía nada.

No quise contestar, me giré y caminé en la dirección contraria mientras ella me seguía. No sabía hacia dónde iba realmente, ni siquiera sabía qué clase tenía a primera hora.

—Espera, ¿han hecho algo? —volvió a preguntar mientras trataba de que no perdiera su atención.

—A alguien se le ocurrió que sería la hostia de divertido ahorcar cuatro muñecos en el acantilado —dije mientras continuaba mi paso fingiendo saber a dónde me dirigía.

—Dios… —susurró ella—, pero ¿han sido ellos?

Mi paciencia llegó a su fin, me detuve en seco y me giré hacia ella.

—¿Pero tú eres tonta, Marta? —No sé por qué había dicho eso. Pero no tardé en darme cuenta de que me había pasado.

—Tío, no lo pagues conmigo —me reprochó mientras le cambiaba la cara.

Aguardé unos segundos en silencio, debatiéndome entre remediarlo o aprovechar la ocasión para definitivamente autosabotear nuestra «amistad».

—Perdona —dije finalmente.

—Solo digo que antes de pelearte con alguien, tengas la mente fría y te asegures de tener pruebas.

Respiré hondo, aceptando que solo tenía un pequeño porcentaje de razón.

—Además, ¿a dónde vas? —Ella también se había dado cuenta—. Tú y yo no tenemos clase hasta segunda hora.

—No sé —afirmé con absurda confianza—. ¿Y tú?, ¿a qué has venido entonces?

—Tengo una tutoría de Historia del Arte.

—Pues... me voy a la biblioteca hasta las nueve y media.

—¿Te apetece que nos vayamos fuera hasta que empiece la clase? —me sugirió.

—¿Y la tutoría? —le pregunté confirmando mi teoría del día anterior de que, efectivamente, le importaba más bien poco aprobar esa asignatura.

—La verdad es que me da igual —contestó.

—Pues vale —acepté su propuesta, ya que solía rechazar prácticamente cualquier cosa; además, en cierto modo, me sentía mal por haberle hablado mal antes.

Salimos del instituto atravesando de nuevo el vestíbulo, el timbre que anunciaba el comienzo de las clases sonó y los pasillos se desalojaron. Marta no dijo palabra hasta que no llegamos al parque de enfrente del instituto, que se extendía hasta el viejo campo de fútbol a unos sesenta metros. No era un sitio feo, propiamente dicho, pero tampoco era bonito.

Ella se sentó sobre el césped, lo que interpreté como una invitación a que hiciera lo mismo.

—¿Cómo estás? —preguntó comedida sin levantar la mirada de las hierbas que arrancaba del césped.

—Pues, bueno…, no tengo una respuesta, realmente no lo sé —contesté mientras me sorprendía a mí mismo por «abrirme» tanto. Naturalmente, la situación me había superado.

—¿Crees…? —Pensó detenidamente la pregunta que quería hacer—. ¿Crees que hay algún motivo por el que quieran hacer esto?

—No lo sé, Marta. Supongo que recrearte en hacer que la gente se sienta más desgraciada que tú, de algún modo, te hace sentir mejor contigo mismo —respondí—. La miseria ama la compañía, como decía mi abuela.

Marta no comentó nada, continuó arrancando el césped hasta que se percató de que estaba observándola. Entonces, dejó de hacerlo.

—Pero… hay una cosa que no puedo sacarme de la cabeza —confesé.

—¿El qué?

—Vale, son bromas, ¿no?

—Bueno, es una forma de decirlo —me corrigió ella.

—Pero ¿por qué me da la sensación de que, en todas, el único mensaje que dan es dejar claro que están muertos?

—Creo que no te sigo —dijo Marta, entrecerrando los ojos.

—Vale, obviando lo del primer aniversario, porque ni siquiera sabemos si fue una broma o no, segundo aniversario, buzonean las casas del pueblo con fotos de los perdidos en una morgue, es un fotomontaje cutre que ni siquiera pretende engañar a nadie, pero de alguna manera te están diciendo que están muertos. Y ahora, los cuatro muñecos ahorcados. Me la pelan las bromitas, ¿de acuerdo? Pero ¿por qué siempre se refieren a ellos como muertos?

—A ver, Diego, creo que simplemente los dan por muertos con estas cabronadas, porque saben que así hacen más daño. O un motivo mucho más simple, que es que... Lo normal sería que... —dijo Marta con una pausa buscando no meter la pata o que yo captara a dónde quería dirigirse sin necesidad de tener que decirlo.

—¿Qué? —pregunté tajante ante su pausa—. ¿Que todos pensamos que están muertos?

Marta no contestó, pero no desvió la mirada, tal vez buscando que sintiera algo de confort en ella.

—Marta, da igual, es una gilipollez.

—No, está bien, es normal tratar de buscar respuestas, más aún cuando a estas alturas siguen pasando estas cosas cada año.

—No sé, si te digo la verdad, me gustaría no pensar en nada, aunque fuese un momento. —Provoqué otro momento de silencio que, en lo particular, me incomodaba.

—Creo que es la primera vez que desde que te conozco te abres un poquito conmigo —confesó ella.

La miré sorprendido, pero falsamente, pues tenía razón.

—¿Te apetece hacer algo después de las clases? —me preguntó con lo que interpreté como lástima.

La miré con lo que supongo que para mí es una mirada amable, o al menos lo más cercano que podía estar de eso. En el fondo me sentía agradecido por lo que estaba haciendo, aunque no quería contaminarla con el odio que me consumía ese día.

—No, no te preocupes, estoy bien.

Ahora era yo el que comenzó a arrancar el césped para desviar la mirada.

—Ya, pero no me hace mucha gracia que pases un día así solo. Sé que crees que es por pena, pero es una mezcla de eso y de que me da miedo que mates a alguien. Si no hubiese aparecido entre Roberto y tú igual había que poner una vela más en el minuto de silencio de luego.

La cara de Marta pasó rápidamente a arrepentimiento mientras terminaba la frase.

—Dios, Dios, perdona. Joder, soy gilipollas, tenías razón, no sé en qué estaba pensando —se disculpó anticipándose a una posible reacción negativa.

Traté de contenerme, pero solté una carcajada desde lo más profundo del estómago. Me hizo especial gracia por ambas partes, lo que había dicho y su reacción de arrepentimiento mientras lo pronunciaba.

—Lo siento, en serio —repitió ella.

—No te preocupes —le sonreí.

—Oye, te he hecho reír, no me lo puedo creer.

—Sí, pero ya te anticipo que si repites la fórmula de bromear con el velatorio de mi hermana muerta no sé si volverá a funcionar.

—¿Te puedo hacer una pregunta? —dijo aprovechando la situación.

—Depende —contesté.

—¿Por qué antes te dirigiste a ellos como «perdidos», y ahora como muertos?

—Pues… Buena pregunta. —En verdad lo era—. En primer lugar, odio el término «perdidos», me da la sensación de que alguien se refiere a un perdido como a alguien tonto al que se le olvida cómo volver a casa. Y ni mi hermana ni Lara ni los demás eran así.

Hice una pausa para buscar las palabras correctas para continuar.

—Pero me he acostumbrado tanto a ver y escuchar por todas partes como un pueblo ha creado una festividad en torno al Día de los Perdidos, que a veces simplemente voy en piloto automático. Y cuando me refiero a ellos como muertos, es porque creo que están muertos.

Era un maestro creando silencios incómodos, lo logré de nuevo.

Tras unos segundos, Marta recondujo la conversación:

—Entonces, ¿quieres hacer algo luego?

—Pasa una cosa, y es que… mi madre…

—Ah, claro —me interrumpió—. No quieres dejarla sola.

Afirmé con mi silencio.

—Y… ¿qué te parece si voy a tu casa y hacemos algo con ella? Me puedo llevar un juego de mesa, o, no sé, algo para estar entretenidos.

Me sorprendió la sugerencia, de hecho no me pareció una mala opción.

—No sé, después de lo de esta mañana…

—Como quieras, no te quiero presionar.

—No sé si le va a apetecer recibir visitas.

—Ya, lo entiendo.

No quería que Marta sintiera esto como un «rechazo» hacia su proposición. Por otra parte, no sabía si me sentía cómodo mostrándole a alguien el aspecto actual de mi casa; era la idealización perfecta de la depresión. De vez en cuando me ocupaba de limpiar y recoger un poco. A pesar de no ser una casa grande, entre los estudios y mi desasosiego vital, tampoco tenía demasiada energía para hacerlo con constancia.

—¿Quizá mañana? —sugerí para no descartarlo de manera rotunda.

—Sí, claro, cuando quieras. Oye, voy a volver dentro, ¿vale? —me dijo.

—Sí, claro —contesté, seguro de que había provocado algo de tensión entre nosotros.

—A ver si pillo al profesor, aunque sea la media hora que me queda de tutoría —añadió Marta mientras se levantaba del césped—. ¿Vienes?

Miré hacia el edificio del instituto a lo lejos y pensé un instante.

—No, creo que me voy a quedar aquí.

—Vale, pues… te veo ahora en clase.

—Oye —la llamé antes de que se marchara.

Marta se giró esperando una continuación que me estaba costando verbalizar.

—Que… Gracias. —dije con algo de vergüenza.

Ella me miró sorprendida y simplemente me contestó con una sonrisa.

Cuando ya estaba solo, me tumbé sobre el césped. La verdad es que no se estaba mal allí, pensé. Curiosamente, me encontraba bastante calmado. Mientras observaba el cielo y unas nubes oscuras que se acercaban, me preguntaba si el motivo de mi paz era la conversación con Marta o el simple hecho de tener algo de «socialización» para variar.

Cerré los ojos aprovechando el momento, estaba agotado de verdad. La noche que había pasado y todo lo de aquella mañana me habían dejado hecho polvo. De hecho, estaba tan relajado que me quedé dormido. Recordé soñar, con mucha nitidez, una escena muy confusa pero difícil de olvidar.

Estaba en la iglesia —era la iglesia del pueblo—, en mitad de una misa, la que se produciría esa misma tarde por el aniversario. Me encontraba sentado en uno de los bancos, estaba abarrotada, no había un sitio libre. Observaba a la gente: todos vestían de negro, con velos cubriendo sus cabezas. Bajaba la mirada: yo vestía un traje rojo. Alzaba la vista y la volvía a bajar continuamente, observándome; estaba nervioso por mi atuendo, culpable. El cura daba un sermón, la boca se le movía, aunque no se escuchaban palabras, todo era mudo, completo silencio, pero no natural; era como si fuese un espectador que había muteado el volumen de la televisión.

En el altar, frente al cura, había cuatro ataúdes. Las cajas estaban abiertas, aunque no veía lo que había dentro; tenía que levantarme para alcanzar a verlo, pero no quería hacerlo, no quería llamar la atención y que nadie viera mi traje rojo. Me sentía observado y, al mismo tiempo, invisible. De repente, el silencio se rompió: un fuerte estruendo que provenía del campanario, ensordecedor, que solo yo escuchaba, hizo temblar el suelo de la iglesia.

Volví a levantar la cabeza, miré hacia mi izquierda; todas esas personas tenían las cabezas volteadas hacia mí. Miré hacia la derecha; todos me estaban observando, inmóviles, en silencio. Solo quedaba el eco de la campanada que anticipaba que vendrían más tras esta. Quería gritar, pero no tenía voz; quería levantarme y salir corriendo de aquella iglesia, pero no podía. Ya no por vergüenza a ser observado y juzgado, era impotencia; me sentía atado a aquel banco, notando las miradas de toda esa gente como cuchillos en el cuerpo.

Otra campanada retumbó, el suelo volvió a temblar con una fuerza que resquebrajó las vidrieras de las paredes y el techo. Nadie se movía un milímetro, pero sentía a toda esa gente más amenazante cada segundo que pasaba. Una tercera campanada sonó con una potencia desatada, este sonido arrasó destruyendo por completo los cristales de la iglesia, impulsándolos con fuerza sobre todas aquellas personas, que permanecían petrificadas.

Una lluvia de afilados cristales caía sobre sus cabezas, torsos, manos y piernas; atravesando la espalda del cura, sobresaliendo por su pecho, y aun así él no dejaba de mirarme fijamente. Ninguno de esos cristales me alcanzó a mí. La sangre comenzó a brotar por el suelo, llegando a los ataúdes. Cerré los ojos, no quería presenciarlo, y la cuarta campanada sonó. Apreté los ojos cerrados con miedo de abrirlos; sentí el gran temblor que zarandeó mi cuerpo.

Abrí los ojos aterrado por descubrir lo que habría provocado esa cuarta campanada. No vi nada. Literalmente no veía nada, estaba todo oscuro. Traté de moverme, aunque, al mínimo movimiento, mis manos chocaron con una superficie. Intenté girarme, pero entonces supe que ya no estaba en el banco de la iglesia; estaba tumbado, en una caja muy estrecha. ¿Estaba… en un ataúd? Empecé a aporrear las paredes de madera que me atrapaban, sin conseguir emitir sonido alguno.

La quinta campanada, que oí muy lejana, fue la que me despertó de aquella pesadilla. De nuevo estaba en el parque, el parque donde me había dormido. Volví a la realidad despacio, pero con auténtico terror en el cuerpo. ¿Fue mi subconsciente al escuchar en la lejanía las campanadas de la iglesia lo que me había provocado ese sueño? No tenía sentido, ya estaba en esa iglesia antes de escuchar las campanas. Supuse que simplemente se había tratado de una casualidad irónica.

Me atrevería a decir que esa fue la peor pesadilla de mi vida, la que más realista, dentro de lo onírico, sentí.

Miré el reloj: casi las once, ya había pasado la segunda clase y empezado la tercera, Filosofía, en la cual tenía un examen importante. Cogí mi mochila y caminé rápido hacia el instituto.

No estaba demasiado seguro de si me dejarían entrar al aula, con media hora de retraso, en mitad de un examen, pero debía intentarlo al menos.

Di dos toques a la puerta antes de abrirla.

—Hola, perdón —dije dirigiéndome a la profesora con un tono de seudoarrepentimiento. No traté de excusarme demasiado.

—Venga, pasa —contestó ella.

Pude ver cómo Alicia y Julio, que estaban en primera fila, se miraban compartiendo una sonrisa de superioridad por la situación.

Fui hacia mi mesa, Marta estaba al lado haciendo su examen.

—¿Qué ha pasado? —me susurró.

—Ese puto césped es demasiado cómodo —contesté mientras dejaba la mochila y me sentaba en la silla.

La profesora se acercó a mi mesa y dejó el examen sobre ella.

Cogí el papel observándolo por ambas caras, era un examen muy largo y solo tenía media hora para terminarlo. Mi expresión de negativa sorpresa hizo que la profesora se acercara de nuevo a mí.

—Si no te da tiempo a acabarlo, puedes quedarte un poco más cuando suene el timbre —me dijo en voz baja, pero lo suficiente como para que en algunas filas por delante se escuchase.

Alicia se giró mostrando su desagrado.

—Eso no es justo.

—Alicia, tú a tu examen —añadió la profesora.

Alicia miró a Julio con intención de que se sumase a su protesta, pero él no dijo nada.

—Madre mía… —susurró ella mientras se giraba de nuevo hacia su examen.

Volví a mirar el folio, era probable que ahí estuviera el primer final que no aprobaría.

Mientras comenzaba a escribir, había gente entregando los suyos sobre la mesa de la profesora, entre ellos, Marta.

Los que ya habían acabado su examen volvieron a sus mesas, cuando unos murmullos empezaron a escucharse detrás de mí. Ni los entendía con claridad ni lo pretendía, tenía que centrarme en el examen.

Sin embargo, capté algo que fue difícil de ignorar.

—Hostia puta —dijo alguien unas filas por detrás.

Me giré y estaban todos con los móviles, mostrándose los teléfonos unos a otros.

—Silencio, por favor —ordenó la profesora.

Los cuchicheos continuaban.

Me vi obligado a prestar atención a sus comentarios.

—¿Ha sido él? —escuché.

Miré a Marta para hacerla cómplice de mis intentos de comprender qué estaba pasando. Ella me devolvió la mirada igual de confusa.

—Sí, sí, en su Instagram. —Sumé a mi pequeño repertorio de frases escuchadas con claridad.

—¿Qué pasa? —le susurré a Marta.

—Ni idea —me contestó mientras miraba y se volvía hacia ellos.

Entonces, justo delante de mí, observé a Alicia, quien también había acabado el examen y miraba su teléfono.

—¿Qué ocurre? —preguntó a Julio, que aún seguía con el examen.

—Chicos, por Dios, ya está bien, estamos en un examen… —pidió la profesora con cansancio.

La situación me estaba poniendo tenso, ya que desconocía el motivo y presentía que debía conocerlo.

—¿Entonces, no está muerto? —dijo otra voz detrás de mí, lo que hizo que mi curiosidad provocase un movimiento en las tripas por segunda vez durante de día.

De nuevo, miré a Marta, pero mucho más inquieto que antes por esa frase que acababa de escuchar. Ella estaba pálida, con la vista fija en su móvil.

—Marta —la llamé, ignorando la petición de mantener el volumen bajo que suplicaba la profesora—, ¿qué pasa?

Ella me miró mientras le temblaba la mano en la que sostenía el teléfono. Aguantó un par de segundos hasta que de su boca salieron cinco palabras que me helaron la sangre:

—Jaime ha subido un vídeo.

Me levanté inmediatamente de la mesa y fui hacia ella.

—Diego, por favor... —dijo inútilmente la profesora, que permanecía ajena a la situación.

Le quité el móvil de la mano a Marta y miré la pantalla. Era un vídeo publicado desde el perfil de Instagram de Jaime. Salían todos ellos, Jaime, Nuno, Lara y mi hermana; estaban de fiesta, parecía. Quien grababa se acercó a mi hermana, el vídeo no tenía audio, pero todos parecían contentos.

En la descripción del vídeo ponía «30/04/2021».

Por un segundo olvidé que lo habían subido desde la cuenta de mi amigo, solo podía mirar a Mónica, su ropa, su peinado... Y eran cosas que no iba a olvidar nunca, porque era así como la había visto el día que se despidió de mí en la puerta de mi habitación por última vez. Ese vídeo era de aquella noche.

Se veían velas, era un lugar oscuro, con algo que parecía una estatua detrás. Quien grababa hizo un barrido por todos ellos, hasta llegar a la última cara, una que no esperaba ver allí, alguien que no desapareció con ellos, alguien que hasta aquel momento nadie sabía que había estado con mis amigos la noche que no volvieron.

La voz de Alicia resonó en el aula procesando la información mucho más rápido que yo.

—Julio, ¿qué cojones hacías allí?

Él levantó la cabeza de su mesa y miró despacio hacia atrás, alzando la vista con miedo en mi dirección. No pensé, no tuve tiempo de hacerlo, empujé mi mesa hacia un lado de un fuerte golpe para abrirme paso hacia él. Julio se levantó de su silla intentando escapar hasta chocar con su propia mesa.

—¡Diego! —gritó la profesora.

Cerré el puño con furia sin detener mi paso y le di un puñetazo con tal fuerza que cayó seco al suelo. Me puse de rodillas sobre él agarrándole del cuello de la camiseta, que comenzaba a mancharse de sangre de su nariz, entonces volví a golpearle de nuevo.

—¡¿Dónde coño está mi hermana?! —grité mientras le golpeaba la cara sin intención de parar.

Ni siquiera le daba oportunidad de contestar.

—¡¿Dónde están todos?! —repetí con un volumen todavía más agresivo.

Fue poco tiempo el que tardó otro profesor en entrar en el aula por los gritos.

—¡¿Qué les has hecho?! —grité mientras aquel profesor me agarraba del brazo quitándome de encima de él—. ¿QUÉ LES HAS HECHO?

Julio tenía la cara cubierta de sangre, la profesora y Alicia se echaron sobre él tratando de asegurarse de que seguía consciente.

Mi respiración iba a cien por hora, acorde con mi cabeza y pensamientos, tan deprisa que el primer razonamiento consecuente apareció. Joder, estaban todos allí, estaba Julio, pero… ¿quién grabó ese vídeo?

Mira por donde, al final no fue Roberto el que se llevó una hostia ese día.

Capítulo 3

Migajas de realidad

Alejandra Gallardo

De camino a San Amaro, justificaba a mi hija por teléfono mi ausencia los próximos días.

—¿El fin de semana estarás ya en casa? —preguntó ella.

—No creo, cariño, pero yo te voy a llamar todos los días, ¿vale? —tratando de sonar tranquilizadora.

—¿Y por qué tan lejos? ¿No tienen policías allí? —Su voz sonaba curiosa.

—Claro que los tienen, pero me han pedido el favor de si puedo ayudarlos un poco —le expliqué.

—¿Porque eres más lista que ellos? —inquirió con una pizca de orgullo infantil.

—Eso no lo dudes, cariño —reí.

—¿Y qué les ha pasado a esos niños?

—Pues hace mucho que no vuelven a casa, y tengo que ayudarlos a regresar con sus papás.

—Pues... ¿y si desaparezco yo? Tendrías que volver para buscarme —dijo, preocupada.

—Soy muy buena, te encontraría tan rápido que no faltarías ni un día al colegio.

—Vaya… —murmuró con decepción.

Todo esto ocurría mientras me sorprendía de lo lejos que estaba este pueblo, llevaba cerca de siete horas conduciendo desde que salí de Madrid, había pasado de estar en una autovía rodeada de explanadas con hierbas marrones y secas a carreteras llenas de curvas con inabarcables árboles verdes que te acompañaban cada kilómetro.

Pero valía la pena, realmente era un caso fascinante. Cuatro adolescentes habían desaparecido hacía tres años, nadie sabía nada, no había pruebas, ni rastro alguno, y de repente ¿aparece un vídeo en la cuenta de Instagram de uno de los desaparecidos involucrando a otra persona en la noche de la desaparición? Si eso no era digno de una película de Fincher, no sabía qué lo sería. En serio, era fascinante, para una inspectora como yo este caso era un caramelito. Ni siquiera tuve que pelearme demasiado, algo no iría demasiado bien por aquí para tener que recurrir a nosotros.

Tenía muchas ganas de poder ojear el expediente del caso esa noche con detenimiento, aunque antes tendría que plantear el interrogatorio a ese chico. Ya lo tenía más o menos planeado, aunque nunca se sabe con certeza hasta que no lo tienes claro. Pero en ese momento mi mayor problema era explicarle a una niña de ocho años por qué su madre hacía las cosas que hacía.

—¿Y si se enfadaron con sus padres y están escondidos? —preguntó con esa dulce inocencia que me encandilaba.

—Puede ser…, pero tres años son muchos años para estar enfadados, ¿no crees? —le respondí.

—Igual estaban muy enfadados —replicó.

Llevaba unos cuantos kilómetros atravesando carreteras secundarias envueltas entre bosques, era la primera vez que iba a un lugar así por trabajo.

—¿Ya ves vacas? En el cole dicen que allí hay muchas vacas.

—¡Sí, ya veo un montón! —No había vacas—. Hablando del cole, tu padre me ha puesto un mensaje esta mañana diciendo que te han castigado, ¿qué ha pasado?

—Pues... que le he dicho a Martín que éramos novios.

—Pero a mí me han dicho que le has pegado.

—Sí... Es que me ha dicho que no.

—Ah..., ya entiendo —respondí, intentando no reírme—. ¡Mira que no querer ser tu novio, menudo tonto! Pero de todas formas eso no lo puedes volver a hacer. Imagínate que un niño que no te gusta...

—¿Gustavo? —dijo.

—Sí, Gustavo. Imagínate que dice que quiere ser tu novio, tú le dices que no, y como le has dicho que no, te pega.

—Pues le pego.

Solté una pequeña carcajada que intenté disimular.

—Sí, pero no, cariño... A ver, que no puedes ir pegando a otros niños, ¿entiendes?

Otra llamada interrumpió la conversación con mi hija.

—Cariño, me están llamando, dile a tu padre que esta noche le llamo, ¿vale?

—Vale... Te quiero, mamá.

—Te quiero, hija.

Una voz masculina y serena sonó por la otra línea.

—Gallardo, ¿cómo vas?

—Hola, Gonzalo. ¿Qué tal? Tengo que estar ya a punto de llegar, el GPS me marca cuatro kilómetros.

Era un poco raro que mi comisario me llamase por mi apellido y yo a él por su nombre de pila, pero me permitía ciertas licencias.

—¿Te dio tiempo a repasar el expediente anoche? —preguntó él.

—Sí, le di unas cuantas pasadas, pero dime —respondí.

—Vale, el chico al que vas a interrogar...

—Julio de los Olmos —lo interrumpí.

—Me acaban de decir que es el hijo del alcalde del pueblo.

—Esto cada vez se pone más emocionante. ¿Ha solicitado estar en el interrogatorio?

—Sí, pero, espera, falta lo mejor.

—¡Qué nervios! —dije sorprendida—. ¿Qué podría ser mejor que el hijo del dueño de un pueblo misterioso?

—También es el sobrino del cura, es el hermano del alcalde.

Pues sí, era mejor aún.

—No me jodas, espera... En el vídeo salía algún crucifijo.

—Ya tienes por dónde tirar, jefa.

—Vale, a ver, el chico ya está en comisaría, ¿no?

—Sí, claro.

—A ver... Me han citado allí a las cuatro, son las tres y media... ¿Crees que habrá algún problema si hablo yo con Julio un poco antes de que llegue su padre?

—Si llegas a tiempo, tú haz lo que tengas que hacer.

—Perfecto, ¿qué más?

—Vale, por repasar rápido, el expediente es una chapuza, asegúrate de que lo sepan y ve qué justificaciones te dan. Ni siquiera está registrado todo el procedimiento del comienzo de la investigación de 2021. No sé por qué me da que es posible que no hayan hecho un mal trabajo, sino todo lo contrario.

—Explícate, Gonzalo.

—Vale. Teniendo en cuenta el cargo del padre del principal sospechoso en este momento, ¿valoras la posibilidad de que alguien se tomase las molestias para que la investigación no llegara a ninguna parte? —dijo invitándome a la reflexión, o a la conspiración, a Gonzalo le encantaba la conspiración.

—Bueno, por ahora voy a ver qué me dice Julio.

—Sabes que cuando llegue su padre y vea que ha empezado el interrogatorio sin él se va a liar gorda, ¿no?

—Pero si solo quiero presentarme…

—Ándate con ojo, Gallardo. Luego hablamos.

—Gracias por la info, Gonzalo. Hasta luego.

Por fin apareció en uno de los arcenes de la carretera un pequeño cartel dándome la bienvenida a San Amaro. Vi a un par de señoras mayores jugando a las cartas frente a una pequeña casa de piedra a unos metros del cartel de bienvenida al pueblo.

—¡Buenas tardes!, ¿me podrían decir dónde está la comisaría? —pregunté tras bajar la ventanilla del coche.

—Pues mira, riquiña, tira seguido hasta la plaza, cuando llegues a la iglesia tuerces *pa* la calle de la panadera —me respondió una de las señoras con un tono cantarín.

—¡Muchas gracias, muy amables! —contesté, insegura por no haber entendido nada.

Qué acento tan bonito y poco comprensible, pensé.

Al llegar a la iglesia, que no fue difícil ya que el campanario superaba la altura de todas las casas, volví a preguntar a un anciano que caminaba con un par de barras de pan bajo el brazo.

—Disculpe, ¿el cuartel de la Guardia Civil?

El hombre me miró, me ignoró y continuó su camino.

Bueno, creí haber entendido algo de una panadería, así que continué por una calle estrecha de la que regresaba aquel hombre. Al final de la calle, ahí estaba, un edificio viejo, de piedra, pero bien conservado, con un coche patrulla aparcado frente a la puerta.

Cuando bajé del coche, me inundó los pulmones ese aire tan puro. Nada que ver con el de Madrid. Qué sensación tan agradable, pensé, tengo que traer aquí a Lidia.

No era una persona que saliera a menudo de su zona de confort —es decir, de mi casa—, pero cada vez que las circunstancias me llevaban a otros lugares que no conocía lo disfrutaba al cien por cien.

Entré en el cuartel. Era un sitio pequeño y no había muchas personas, nada que ver con las comisarías de Madrid. Tres guardias civiles en escritorios individuales estaban haciendo papeleo y una mujer atendía la recepción. La luz escasa de la estancia me inundó con una sensación de tristeza. Si tuviese que trabajar aquí, me tiraría por un precipicio. Antes de poder saludar, un agente me detuvo.

—¿Alejandra Gallardo? —me preguntó.

—Esa soy yo —contesté con una amplia sonrisa—. ¿Es usted el sargento?

—Correcto, Francisco Padilla —se presentó con un débil apretón de manos—. Llega un poco pronto, ¿no? —añadió mientras miraba el reloj.

—Sí, bueno, se ha dado bien el viaje —respondí mientras me limpiaba la mano disimuladamente con el pantalón. Le sudaban las manos una barbaridad.

Era un hombre de unos cincuenta años, pelo canoso y algo descuidado físicamente.

—¿Quiere tomar algo antes?

—Pues me encantaría tomar un café si pudiese ser, pero no se preocupe, me lo tomaré mientras hablo con Julio. ¿Está él listo?

—Emm, sí, pero… Juan aún no ha llegado.

—Disculpe, ¿Juan? —pregunté con amable inocencia.

—El padre de Julio.

—¡Ah! No pasa nada, en lo que llega me gustaría poder hablar un poco con él, para quitarle un poco de hierro al asunto. Solo es un crío, al fin y al cabo.

—Entiendo, deme un momento que lo consulto…

—Pero es usted el sargento, ¿no?

—Sí, bueno, pero hay un protocolo…

—Por supuesto, no me malinterprete, yo acabo de llegar, soy nueva en este lugar, que, por cierto, me parece precioso. No sabe cómo son las cosas por Madrid, es todo gente seria, borde… ¿Y el entorno? Nada que ver, ruido, caos, contaminación… Daría lo que fuera por estar en su posición.

—Sí, aquí todo es muy diferente.

—Y ya ni hablamos del olor, ha sido bajarme del coche y se me ha quitado hasta la alergia crónica que tengo allí. No respiraba así de bien desde hace años.

—Ya… —dijo con una pequeña sonrisa en el escaso tiempo que le dejaba para aportar algo a la conversación.

—Bueno, voy pasando a la sala si no le importa, necesito descansar un poco, han sido muchas horas de viaje.

—Eh, sí, pase, claro —dijo confuso y mareado por el bombardeo de información y halagos que acababa de soltarle—. Es justo esa puerta de ahí. —Señaló hacia el fondo del cuartel.

Caminé hacia la puerta, y desde una pequeña ventana sobre ella pude ver la espalda del joven sentado en una silla frente a la mesa.

—Buenas tardes, Julio, ¿no? —saludé, ofreciendo mi mano para estrechar la suya.

—Sí… Hola —dijo él, casi temblando.

Era un chico de constitución pequeña, parecía más bien delgado y algo bajo para su edad. Tenía el pelo rubio y corto, pero sin duda lo que más llamaba la atención —más incluso que su nariz amoratada y rota— eran sus ojos claros completamente aterrados.

—Soy la inspectora de la Policía Nacional, Alejandra Gallardo, también puedes llamarme Álex, o como tú quieras, vaya. ¿Oye, te han mirado eso? —Preocupada, señalé su nariz.

—Sí, está rota.

—Menudo animal el que te lo haya hecho... Y, bueno, ¿cómo estás, Julio?

—¿No ha venido mi padre? —preguntó él, volviéndose hacia la puerta.

—Sí, sí, está de camino. Ahora llega, no te preocupes.

Eché un vistazo muy rápido a la sala, no tenía certeza de que las cámaras de seguridad estuviesen grabando, además parecían antiguas. No obstante, tenía la costumbre de llevar siempre en la chaqueta una pequeña grabadora que se sobrescribía automáticamente cada dos horas, por si acaso.

—Cuéntame, ¿qué pasó?

—Yo no hice nada, en serio, se fueron a otro sitio, yo me fui a casa.

—No, no, me refiero a eso, cómo fue que ese chico te pegó de esa manera.

—Ah, eh... No sé, estaba fuera de sí, supongo que, al ver a Mónica en el vídeo, pensó que... No sé.

—¿Quién es Mónica? Perdona, es que no sé mucho de la historia, acabo de llegar —mentí.

—Mónica era la hermana de Diego.

—¿Y estabas con ella esa noche? —pregunté con inocencia y preocupación.

—Sí, bueno, estaba con más gente, no tenía nada que ver con ella.

—Claro, porque no estabas tú solo con ellos.

—Sí, o sea, no —respondió entrecortándose.

Estaba tan nervioso que le estaba costando razonar.

—Julio, no tienes por qué estar nervioso, de verdad, es un caso importante para la gente de aquí, pero tú no tienes que preocuparte, ¿vale? —intenté tranquilizarlo.

—Vale… —contestó, mirándome a los ojos por primera vez. Aguardó unos segundos pensativo y comenzó a hablar—: Estábamos los cinco en la ermita, ellos querían beber y eso.

—Ah, ¿estuvisteis allí? Jaime…, Lara, Mónica…, Nuno y tú, ¿no? —dije, mientras fingía leer los nombres en uno de mis papeles. Sin embargo, era mentira, me sabía los nombres. Solo quería hacerle sentir que no había hecho los deberes. Eso le daría paz.

—Sí, ese día las playas estaban llenas de gente y pensé que podría ser divertido hacer algo diferente.

—Pero no lo entiendo, Julio, ¿cómo pudisteis entrar? ¿No la cierran?

—Bueno, es que mi tío es el cura y… yo tenía una copia de las llaves en casa.

—Vale, a ver, no es el mejor lugar que se me ocurre para ir a hacer botellón, pero es normal, sois jóvenes, todos hemos hecho cosas así. Si yo te contara…

Julio me sonrió. Ya era mío.

—Después de eso me fui a casa.

Ya era la segunda vez que insistía en ese dato.

—¿Y a dónde se marcharon?

—Se querían ir a una cueva a seguir con la fiesta.

—Entonces, salisteis de la ermita y ellos cinco se fueron a esa cueva —dije, como si fuese un repaso para mí, pero sembrando la pregunta trampa.

—Sí —contestó.

—Pero… si eran cuatro los que desaparecieron y cinco se fueron a la cueva…, ¿no me habías dicho que solo estuviste tú con ellos?

A Julio le cambió la cara. O era muy malo con las matemáticas o se acababa de dar cuenta de que yo sabía que me estaba mintiendo.

Traté de restarle importancia al asunto; sin embargo, aquello era un dato muy interesante. Aunque me beneficiaba que siguiese sintiéndose cómodo.

—Bueno, perdona, habré contado mal, te refieres a que ellos cinco se fueron.

—Sí —contestó entrecortado.

—¿Y sabes a qué cueva se fueron?

En ese momento comenzó a escucharse desde fuera una voz furiosa, gritando, acercándose hasta la sala. La puerta se abrió con fuerza, y un hombre trajeado —más o menos— con cara de disgusto y fuertemente alarmado invadió el espacio.

—¿Se puede saber qué cree que está haciendo? Es menor, no puede estar sin presencia de su abogado —espetó el hombre, notablemente enfadado.

Tras él iba el sargento con el que había hablado unos minutos antes, que me miraba acobardado, asumiendo que había tomado una mala decisión al dejarme entrar a aquella sala antes que al padre del chico.

—Oh, disculpe, solo quería charlar un rato con él antes de comenzar con las preguntas, y así se sintiese más cómodo. —Me levanté de la silla extendiéndole la mano con una sonrisa educada—. Inspectora Alejandra Gallardo.

—Juan de los Olmos —contestó con contundencia.

—Ah, su padre, entiendo.

—Y su abogado —replicó corrigiéndome.

—Encantada de conocerle, cuando quieran podemos empezar.

Ya tenía algunos datos interesantes, no me valdrían como pruebas, al no estar comenzado el interrogatorio de forma oficial, pero me servirían para saber si aquel hombre tenía intención de contradecir la historia de su hijo.

—Bueno, Julio, cuéntame, ¿qué pasó la noche del 30 de abril de 2021?

—Lo que le decía, estuvimos de fiesta en la ermita, y después ellos se fueron. —Julio desvió la mirada a su padre en busca de aprobación.

Este no le quitaba ojo a su hijo mientras asentía muy levemente con la cabeza.

—¿Sobre qué hora fue? ¿Te acuerdas?

—Creo que se fueron sobre las doce o doce y media, no... No me acuerdo muy bien.

—¿Entonces, no puedes darme nada de información sobre lo que pudo pasar esa noche? ¿Algo que dijeran quizá?

—No, se querían ir a...

Su padre le interrumpió:

—Lo que Julio pudiese recordar con respecto a sus planes no significa demasiado, ya que pudieron cambiar de planes o incluso ir a siete lugares más.

—Por supuesto —le di la razón—, pero quizá ese sitio, si en su día no se investigó, podría darnos alguna pista de lo que sucedió después de que Julio se fuese a casa.

—Dijeron algo de una cueva —respondió Julio.

Su padre no le miró, mantenía los ojos clavados en mí.

—Entonces, por recapitular: estabais vosotros seis en la ermita, se querían ir a seguir con la fiesta a otra parte y tú te marchaste a casa, ¿no?

—Sí —respondió Juan en lugar de su hijo.

—Bueno, pues... eso es todo —dije, ordenando el pequeño archivador que había sobre la mesa.

—¿Ya está? —preguntó su padre, sorprendido.

La expresión de Julio danzaba entre temor y alivio.

—Sí, ya está. Está claro que lo único malo que hizo Julio fue no decir que estuvo un rato con ellos antes de que pasase lo que fuese que pasara. Pero estaba asustado, sus amigos desaparecieron después y a él le daba miedo tener que decir que le había quitado las llaves a su tío para colarse en la ermita. Porque usted por entonces no lo sabía, ¿no? —pregunté.

—¡Por supuesto que no! Yo me he enterado a consecuencia del vídeo —exclamó exculpándose, incluso algo ofendido por mi pregunta.

—Pues en ese caso ya estaría todo. Te puedes ir a casa, Julio.

—Genial —dijo Julio, muy aliviado.

—Bueno, sí, una última cosa —añadí, desviando la mirada hacia Juan.

Ambos estaban expectantes.

—¿Dónde puedo comerme un buen pulpo?

El hombre se quedó perplejo, pero rápidamente reaccionó a mi pregunta.

—Eh... Pues hay un restaurante que está excelente, cerca del barranco de la playa. Se come muy bien, aunque a estas horas no sé si estará la cocina abierta.

—Bueno, no se preocupe, reservaré para esta noche. Aprovecharé para descansar un rato en el hostal.

—Pues, Julio, creo que tienes que rellenar unos papeles ahora antes de irte, pero por mi parte está todo. ¿De acuerdo? —añadí.

Les ofrecí la mano de nuevo para despedirme y, tras estrechársela a ambos, salí de la sala.

Fuera había tres guardias civiles esperando, o cotilleando, más bien; detrás de mí, me siguió el sargento.

—Disculpe, ¿podría llevarme los archivos del caso para echarles un vistazo esta noche? —dije, dirigiéndome directamente a él.

—Eh… Sí, creo que los habían dejado preparados —contestó Padilla, mientras comenzaba a caminar hacia la sala de archivos.

—Estupendo.

—¿Pero no se los mandaron a su oficina?

—Sí, pero había muy poca información, faltaban muchos informes de los primeros días de la investigación.

—De acuerdo.

Al entrar a la sala, había una caja de cartón con un par de carpetas muy finas en ella.

—Aquí está todo. —Y me ofreció la caja.

—Creo que me llevaré directamente las carpetas.

—Perfecto —concluyó.

—Bueno, muchas gracias por su amabilidad, estamos en contacto.

—Pero ¿se va a quedar en el pueblo? —preguntó, sorprendido.

—Sí, me quedaré unos días por aquí. Si encontramos algo, es posible que venga mi unidad de Madrid para echarme una mano.

—Genial, genial. Bueno, nosotros estaremos para lo que necesite.

—Estupendo. ¿Podrían darme un mapa del pueblo y marcarme las cuevas que hay tanto aquí como en los alrededores?

—Sí, claro, pediré que lo hagan.

—Sería genial. Mañana por la mañana me pasaré a recogerlo —afirmé—. Insisto, un placer, tienen un pueblo precioso. Tengo ganas de conocerlo más en profundidad —añadí mientras me marchaba.

Al salir a la calle había comenzado a llover. Fui hasta mi coche con las finas, en serio, muy finas, carpetas debajo de la chaqueta. Cuando entré, saqué el móvil y marqué el número de Gonzalo.

—Gallardo, dime.

—El chico miente.

—¿Cómo lo sabes?

—Principalmente porque ni con la prueba más evidente del número de personas que había, ha sido capaz de decirme cuántos se fueron al siguiente lugar de fiesta antes de que él «se marchase a casa».

—No te sigo.

—Julio dice que estaba él junto a los cuatro chicos desaparecidos.

—Valeee… —arrastró la palabra, esperando una continuación.

—Pero en el vídeo se ve claramente a Julio y a los cuatro al mismo tiempo.

—No sé si es porque es la hora de mi siesta, pero de verdad que me está costando mucho seguirte, Gallardo.

—Joder, Gonzalo, si todos salen en el vídeo, ¿quién era el que estaba grabando?

—Vale, ahora sí. ¿No se lo has dicho?

—No, pero he conseguido que se contradiga un par de veces. Podría haberme dicho quién era, un amigo suyo o de ellos…, pero que no lo haya mencionado me da a entender que es alguien a quien están protegiendo.

—¿Están? —preguntó él, confuso.

—El alcalde está metido —aseguré con osadía.

—Dame pruebas.

—Era evidente que las explicaciones que me ha dado Julio cuando estaba solo conmigo y después cuando estaba su padre delante eran similares, pero diferentes. La segunda estaba más a expensas de una aprobación. Como cuando haces un examen oral y con cada palabra vas con cuidado bajo la mirada del profesor que sabe si lo estás haciendo bien o no.

—Vale, entonces, ¿qué has hecho? ¿Estáis haciendo un descanso?

—Le he dicho que se vaya a casa.

—¡¿Pero a ti qué coño te pasa?! —gritó mientras me alejaba el teléfono de la oreja por el volumen de su voz.

—Escúchame, pasase lo que pasase, ese chico no me lo iba a decir con su padre pegado a medio metro mientras recita de arriba a abajo un recuerdo aprendido dos horas antes.

—¡Joder, pero podrías haberle retenido más tiempo al demostrar que se contradecía!

—Yo no creo que Julio haya matado a nadie, ni siquiera creo que sepa lo que les pasó. Pero de lo que estoy segura es de que no se fue a casa después de salir de esa ermita.

—¿Sabes al menos a dónde fueron después?

—Me ha dicho algo de una cueva, pero su padre no le ha dejado desarrollarlo mucho, solo como un posible lugar al que pudieron ir.

—¿Crees que puedes conseguir algo para interrogar al alcalde?

—No lo sé, aunque ahora mismo tampoco quiero que vea que me meto demasiado de lleno en el caso. Al sargento le temblaban las piernas cuando apareció en la sala con un cabreo de pelotas. Necesito que estén todos tranquilos y poder así avanzar sin que se preocupen por justificar las mentiras. Si cabreo a alguien tan popular en el pueblo, se me van a cerrar muchas puertas.

Gonzalo suspiró.

—¿Y cuál es el siguiente paso?

—Comerme un pulpo.

—Te odio tanto —contestó.

—Gonzalo, tú déjame, sé lo que hago.

—Mira, te cuelgo porque me estás poniendo de los nervios. Todo mal, jefa, todo mal.

—Dale un beso a Rosa de mi parte, amigo.

Por lo general, en las series de televisión de policías suelen decir que cuando el sospechoso se pone nervioso es cuando comete errores y es más fácil pillarle. Y a veces sí, pero mi experiencia me dice que casi siempre sucede lo contrario. Una persona baila medio desnuda en su casa solo cuando cree que no la están observando. Era una analogía que me gustaba mucho utilizar cuando daba alguna charla en la universidad. Es muy gráfica.

Tenía que asegurarme de que nadie se sintiera intimidado por mi presencia en el pueblo.

Conduje hasta el hostal en el que me iba a hospedar durante esos días. Era muy rural, de piedra, como casi todas las casas de aquel pueblo. Aunque tenía una enredadera en un lateral de la fachada que lo hacía especialmente mágico.

No había plazas de aparcamiento como tal —tampoco es que estuviese a rebosar de turistas—, era más bien tratar de dejar el coche donde no pudiese molestar demasiado el paso de los tractores. Al menos llegué a esa conclusión por el resto de los vehículos que veía aparcados.

En la recepción había un señor que rondaría los ochenta años, del cuello le colgaban unas gafas de una cuerda.

—Buenas tardes. Creo que me hicieron una reserva a nombre de Alejandra Gallardo.

—¡Ah! Es usted la madrileña —contestó, emocionado.

—¡Justo! —respondí, tratando de igualar su grado de emoción.

—¿Y cómo va? ¿Se sabe algo ya? —preguntó, refiriéndose al caso, entendí.

—Bueno, acabo de llegar, todavía es muy pronto, pero vamos por buen camino. —Joder con el viejo, cómo le gusta meter las narices, pensé.

—Estupendo, estupendo —contestó.

No me sorprendió mucho que todo el pueblo supiese de mi llegada.

—Pero no ha sido ese pobre muchacho, ¿no?

Desplegué una sonrisa inocente antes de contestar.

—No lo sé, me gustaría poder darle alguna respuesta, pero no las tengo. —Mis palabras no parecían ser suficiente para sus dudas—. Parece un buen chico, seguro que todo ha sido un malentendido —añadí.

—Comprensible, por supuesto.

Se le veía un hombre culto, a juzgar por la decoración del hostal, aunque podía ser eso, mera decoración. Tras la recepción había una pequeña mesa con un tablero de ajedrez con una partida empezada. Estanterías repletas de libros, desde guías de botánica hasta primeras ediciones de Lorca. Algo que me causó cierta curiosidad y que me vino estupendamente bien para hacer alguna pregunta sin placa de por medio.

—¿Disculpe, señor, no le da miedo tener expuestos aquí ejemplares tan valiosos?

El hombre rio.

—No, no... Aquí nos conocemos todos, todo el mundo sabe de mi amor por estos libros, nadie aquí tendría tan mala sangre de darme ese disgusto.

—Pero supongo que no todo el mundo que se hospeda aquí le conoce personalmente, ¿no?

—Bueno, no todos, pero sí la mayoría. Y nunca he tenido motivos para desconfiar de la gente —dijo sin perder la sonrisa y la bonita nostalgia que transmitían sus ojos.

Su forma de hablar era de lo más reconfortante.

—Soy muy mayor, y llevo esto desde que tengo razón. Si en más de sesenta años nunca nadie ha tenido el más mínimo interés en robarme, no tengo motivo para temer que lo hagan, ¿no cree?

—Me gusta su forma de pensar, lo hace todo mucho más bonito. Pero me surge una duda, ¿por qué alguien del pueblo pasaría la noche aquí en lugar de en su casa?

—Pues a veces discuten con la mujer, y en vez de dormir en el sofá…

—Ah, claro, entiendo —respondí.

—O cuando no quieren que se enteren de lo que hacen —añadió con un tono más divertido.

—Ya sé por dónde va —me reí.

Era tierno que no viese la ironía entre su confianza en las personas y la normalidad de que su hostal se mantuviese a flote por las infidelidades de los habitantes del pueblo.

—Es más, si un huésped quiere algo de lectura, no tengo el más mínimo problema en dejar que escoja lo que quiera a su elección. ¿Qué le apetece leer?

—No se preocupe, ya tengo demasiado que leer hoy —dije, con las dos carpetas del caso en la mano, aunque me sentí un poco ridícula al decir «demasiado» refiriéndome a un par de folios.

El hombre rebuscó en un cajón de la mesa.

—Muy bien, bueno…, aquí tiene la llave.

—Muchas gracias, ha sido una muy agradable conversación.

—Si necesita algo, ya sabe dónde estoy. Me conozco este pueblo como nadie.

—¡Pues le tomo la palabra! —dije—. Por cierto, ¿no tendrá por ahí un rollo de cinta aislante que pueda prestarme?

—Sí, claro —contestó.

Rápidamente sacó de uno de los cajones de la mesa un par de rollos sin estrenar.

—Mil gracias —dije con verdadera gratitud.

—Espero que disfrute de los días por aquí —concluyó el amable hombre.

Subí a la habitación y la verdad es que no estaba nada mal. Estaba limpia, ordenada y no olía demasiado a naftalina, un poco solo. Estaba cubierta por maderas que crujían a cada paso, aunque no me resultaba molesto. Lo mejor era que había una amplia pared frente a la cama que me serviría a la perfección para montar mi mural. Era de esas. Todo el que me conocía sabía que era un cliché, pero a veces los clichés existen porque durante un tiempo fueron de utilidad. A mí, me ayudaba sentarme en el suelo y mirar papeles en la pared.

Cuando abrí las carpetas para ver todos los detalles del caso que desconociera, no di crédito. No me hicieron falta más de un par de minutos para descubrir que Gonzalo tenía razón, la investigación fue una chapuza.

El informe más completo era el de la noche de la desaparición. Describía desde el testimonio de los padres de todos los desaparecidos con lo que sabían, que no era demasiado. Una serie de preguntas rápidas que descartaban cualquier tipo de sospecha sobre líos en los que podrían estar metidos. La reconstrucción de los hechos era lo más lamentable: «Todos se fueron sobre las diez y cuarto de sus casas para salir por Walpurgis y no se volvió a saber nada».

Por lo menos, gracias a todo el tema de Julio, tenía algo más que añadir a la reconstrucción de aquella noche. Entonces, puse en marcha a mi fiel compañera, la pequeña grabadora, y escuché de nuevo mi conversación con Julio en el interrogatorio; entonces, caí en la importancia de un detalle que había pasado por alto: esa noche las playas estaban llenas de gente. Nadie me dijo que fue porque se trataba de un día festivo, Walpurgis. No conocía la celebración, pero una búsqueda rápida en internet me dio algo:

La Noche de Walpurgis, celebrada la noche del 30 de abril al 1 de mayo, es una festividad europea con raíces paganas y cristianas que marca la llegada de la primavera. Se encienden hogueras para ahuyentar a los malos espíritus y brujas, y se realizan danzas, cantos y rituales de purificación. Esta noche mágica combina antiguos rituales con celebraciones modernas, llenando el aire de misterio y renovación.

Sin embargo, no encontré mucho sobre su celebración en Galicia, y concretamente en San Amaro.

Esa sería una de las primeras notas que colgaría en mi muro. El resto de los informes eran una vaga descripción sobre las búsquedas por bosques y playas durante los dos años posteriores hasta que suspendieron la búsqueda.

Una parte de mí se preguntaba por qué algo así no fue más mediático. Mi parte más racional lo justificaba con que poco después llegaría cualquier noticia más importante, y al estar «desaparecidos» y no muertos, siendo adolescentes, no era tanta carne de telediario. Pero ¿cómo pudieron hacer las cosas tan mal? ¿Con tan pocos medios? Había algo que no me cuadraba, y esa era la nota con la interrogación más grande en aquel mural. Tal vez injustificada, no lo sé, pero sentía que era importante.

Lo único que tenía para comenzar a desenmarañar era Julio y la ermita.

Era evidente que Julio no me contó todo lo que sabía, y su padre… Estaba casi segura de que él ya lo sabía. Es más, acercándome peligrosamente a la osadía, me atrevería a pensar que el que no dijese nada tras la desaparición era una decisión demasiado valiente para haber sido tomada por un crío al que le temblaban las piernas durante el interrogatorio.

La luz del sol hacía rato que había dejado de iluminar a través de la pequeña ventana de la habitación, así que encendí una lámpara de pie que había junto a una butaca en una esquina para iluminar mi mural.

Habían pasado las horas y mi percepción del tiempo desapareció mientras armaba todo ese trabajo insatisfactorio de notas vacías con nada más que preguntas que debía responder.

La alarma de mi reloj comenzó a sonar, las dos de la mañana entonces. La tenía programada siempre a esa hora, la utilizaba a modo de toque de queda. Había tardado años en aprender que era la hora justa para el día siguiente poder ser funcional, tanto con el trabajo como con mi familia. Pero dado que un caso así, a seiscientos kilómetros de mi rutina, lo sentía como unas pequeñas vacaciones, decidí ignorar esa alarma durante mi estancia, o al menos los primeros días. No podía irme a dormir; de hecho, no quería irme a dormir. Tantas incógnitas me resultaban más estimulantes que frustrantes.

Volví a mirar el reloj, y entonces caí en que la alarma no era el mayor problema. Quité el modo avión del móvil, que acostumbraba a poner cuando trabajaba y necesitaba concentración. Y tenía varias llamadas perdidas de mi marido. Les dije que los llamaría y se me pasó por completo.

Sin darme cuenta, mis pensamientos volvían rápidamente a aquella pared, y, viendo que solo tenía un camino por el que empezar a rellenar aquellos huecos, vino a mí una necesidad imperiosa de ir a misa la mañana siguiente. Quién mejor para darme lo que necesitaba que aquel que sabe todo sobre todos y cada uno de los habitantes de San Amaro, al que todos recurren cuando necesitan perdón.

Capítulo 4
La llamada del Señor

Alejandra Gallardo

El despertador sonó por primera vez a las ocho y media. Lo fui aplazando en tramos de diez minutos durante una hora hasta que finalmente decidí levantarme. No solía despertarme tan tarde, pero estaba agotada tras el viaje del día anterior; el cuerpo me pesaba una barbaridad.

Necesito varios cafés, pensé. Aunque ya llegaba tarde si quería cumplir con mi plan de ir a la misa de aquella mañana. Miré por la ventana, el día anterior no me había tomado un minuto para hacerlo. Aún no había parado de llover, pero las vistas eran maravillosas: detrás de un par de filas de casas, todas diferentes entre sí, se podía ver el bosque que rodeaba el pueblo y el mar al fondo. Lo bueno de que el pueblo no tuviera ningún tipo de lógica en cuanto a desniveles era que con tanta cuesta en cada lugar las vistas eran especiales. Una auténtica preciosidad.

Me gustaría decir que yo era de esas policías que corrían diez kilómetros todas las mañanas antes de ponerse manos a la obra. Cuando salí de la Academia me divertía hacerlo; salía a las siete por el Retiro con mis auriculares, tratando de captar la atención de un espectador imaginario que diría «Eh, mira cómo mola esa tía, es poli, seguro que está tan atormentada que necesita correr y desahogarse cada mañana». Pero la realidad es que solía trasnochar tanto que lo que menos me apetecía hacer por las mañanas era fingir ser la protagonista de una serie americana, aunque me encantaban. Se notaba que se acercaban los cuarenta.

Mientras me daba una ducha, aproveché para llamar a mi marido y redimirme por haberlos ignorado el día anterior.

—¡Anda, la desaparecida! —me saludó en tono burlón.

—Lo siento... —dije con pena.

—¿Qué es esto que suena? ¿Estás en la ducha?

—¡Sí! Estoy con el manos libres —respondí.

—Pues ya te vale. Esta tarde tienes que llamar a Lidia, porque está convencida de que te has ido a un pueblo maldito donde la gente desaparece por arte de magia y necesitas que te encuentren.

—Ay, pobriña.

—¿Ya tienes acento?

—¡¿Has visto?! Aprendo rápido.

—Bueno, ¿y qué tal? ¿Cómo lo llevas?

—Pues bien, la verdad, el pueblo es precioso. El cuartel creo que es de los sitios más feos que he visto, aunque el hostal tiene su encanto.

—¿Y del caso? ¿Tienes algo?

—No, pero creo que ya sé por dónde empezar. ¿Adivina con quién voy a hablar? Con el cura... —Alargué la pausa, poniendo mi mejor voz de misterio—: Uhhhh.

—Buah... Ese, seguro que esconde algo.

—¿Te imaginas? Sería como una de esas películas malas de sobremesa.

—Tienes el mural vacío, ¿eh? —aseguró disfrazándolo de pregunta.

—Sí, pero el día de hoy puede ser intenso. ¿Y tú, el trabajo?

—Bueno, anoche hubo un ciberataque en la empresa, así que a los informáticos nos toca pringar.

—Vaya, cuánto lo siento. Seguro que no podrás echarte tus partidas extralaborales al *World of Warcraft*.

—Hoy se ha levantado graciosa la señora... Pues no, listilla. Quería aprovechar el día para estar con Lidia. Además, ya no juego al *WoW*, ahora soy de *LoL* —dijo entre risas.

—Ese es mi marido, todo un adulto responsable de cuarenta años, sí señor —respondí con condescendencia.

Comencé a escuchar las campanas de la iglesia que anunciaban el inicio de la misa de las diez. Salí de la ducha y me vestí rápido; apenas me sequé el pelo, me hice una coleta y fui a la maleta a coger el chubasquero.

—Acuérdate de darle las pastillas a Sherlock.

—Ya se las ha tomado. Está tumbado en el jardín mirando a... No sé, este perro cada día es más raro.

—Bueno, te dejo que me voy a misa. Dile a Lidia que luego la llamo.

—A la orden, mi reina.

—Un beso, amor.

—Otro. Ten cuidado.

Bajé todavía algo adormilada por las escaleras del hostal hasta la recepción. No había nadie, tal vez también estaba en misa. Aunque había dejado la puerta abierta, me seguía pareciendo impensable que dejase todo abierto con los tesoros que había en aquella biblioteca. Para alguien que venía de Madrid era impensable; eso sí, le daba al pueblo cierta magia de confianza. Pero, fríamente, no podía olvidar el motivo por el que estaba allí.

Llovía con fuerza; aun así, preferí ir a pie hasta la iglesia. El hostal estaba cerca de un acantilado. Desde el camino, me alcanzó la vista para ver el mar bastante picado y a varios pescadores que, a pesar del temporal, permanecían tranquilos haciendo lo suyo. Esta gente estaba hecha de otra pasta. Cuando doblé la esquina hacia la plaza del pueblo, vino a mí un olor magnífico a café que me llevó directa hasta un bar a unos metros de mi destino.

Abrí una de las chirriantes puertas de madera de la iglesia. La iglesia de San Amaro era un edificio imponente a pesar de su sencillez. Construida en piedra, con un campanario que se alzaba majestuoso sobre las casas del pueblo, parecía más antigua de lo que realmente era. En el interior, la luz se filtraba a través de vitrales que contaban historias de santos y mártires, bañando el ambiente en tonos cálidos y misteriosos. El techo alto y abovedado amplificaba cada sonido, desde los pasos cautelosos de los feligreses hasta los murmullos de las oraciones.

Había bastante gente para ser una misa común de mañana. No faltaba mucho para que terminase, por lo que me senté en uno de los bancos de atrás tratando de ser discreta. Al menos había cuarenta personas escuchando el sermón. Y allí estaba mi objetivo, vestido con una sotana negra impecable, irradiaba una mezcla de autoridad y serenidad que llenaba todo el espacio.

Era un hombre de unos cincuenta años, con el cabello grisáceo, cortado de forma pulcra. Su rostro, aunque mostraba las huellas del tiempo, conservaba una expresión de tranquilidad y firmeza. Tenía ojos azules claros, penetrantes, que parecían observarlo todo con una calma imperturbable.

Sus manos se entrelazaban con elegancia frente a él; había algo en su postura, erguida y segura, que imponía respeto y confianza a partes iguales.

Mientras observaba cómo interactuaba con los feligreses, noté que su sonrisa era cálida y acogedora. Se movía con una gracia casi ceremoniosa, cada gesto medido y preciso, proyectando la imagen de alguien que conocía profundamente bien su rol y lo desempeñaba con una dedicación absoluta.

Entre los asistentes, la media de edad rondaría los setenta u ochenta años, ninguna sorpresa.

Cuando todos comenzaron a salir, yo me levanté despacio. No quería que me viesen allí sentada como si estuviera esperando o necesitase algo. Más bien, traté de mostrarme educada cediendo el paso al resto de la gente.

Ya solo quedaba una señora que parecía que no tenía intención de marcharse, caminaba despacio entre los bancos, revisando que no estuviesen muy descolocados. El cura se había metido en la sacristía, por lo que me pareció buena idea acercarme a aquella mujer. Aunque cuando estaba a unos pocos metros, fue ella la que comenzó la conversación.

—Ay, hija, tú debes ser la policía de Madrid, ¿no? —dijo con una sonrisa afable.

—¿Tanto se me nota? —sonreí.

—No, si no lo digo por eso, pero aquí a los forasteros los pillamos rápido.

—Pues sí, Alejandra Gallardo. Encantada de conocerla.

—Encantada, hija. Dolores —se presentó lanzándose sobre mí para darme dos besos—. ¿Qué tal con mi chiquillo? Ya me ha dicho su padre que ha sido un malentendidillo, ¿eh?

—Oh, disculpe, ¿es usted la abuela de Julio?

—La misma.

—Pues es un verdadero placer conocerla. Tiene un nieto de lo más agradable, ha manejado la situación como un campeón.

—¡Sí, aquí tenemos mucho aguante! —exclamó mientras alzaba las manos como si estuviera tratando de darme una lección; era de lo más expresiva—. ¿Y qué? ¿Te ha gustado la misa? Qué piquito tiene mi hijo, ¿verdad? Ay, si no hubiese sido cura, le habrían caído del cielo las mozas.

—Nunca mejor dicho —contesté bromeando por la ironía. Aunque por su cara de confusión, vi que no lo había entendido—. ¿Cree que tendrá un hueco en su agenda? —dije para alimentar su ego de madre.

—Por ahí se ha metido con sus cosas. ¿Pero y de qué quieres hablar?

—Nada, solo para presentarme y comentarle que voy a estar por aquí unos días.

—¿Por los chicos?

—Así es.

—No te molestes, esos muchachos están muertos.

Guardé silencio, impactada; tanto que la situación comenzó a sentirse incómoda. Más que la frase, lo que me impactó fue cómo lo dijo, mientras movía uno de los bancos y lo alineaba con el resto.

—¿Disculpe? —pregunté, sin poder ocultar mi sorpresa.

—Sí, sí, ya te lo digo yo —me aseguró.

—Pero… es una afirmación muy seria, ¿no cree? —Traté de que mi curiosidad no superase mi tono amable.

—Se los llevó la Santa Compaña.

Yo estaba muy confusa, no sabía de qué me estaba hablando; en cambio, ella actuaba como si debiera saberlo.

—¿La Santa Compaña? —pregunté sonriendo—. ¿Qué es eso?

La mujer dejó de colocar el banco y puso toda su atención en mí.

—Un grupo de muertos —contestó, preparada para mi siguiente pregunta.

Instantáneamente me despertó un gran interés.

—Cuando yo era moza, nos decían que la Santa Compaña era una procesión de muertos que salía por la noche. Iban en fila, con velas, y el primero siempre era un pobre vivo, condenado a guiarlos hasta que otro lo reemplazara. Si te los encontrabas, tenías que quitarte de su camino, hacer una cruz en el suelo y rezar. No debías mirarlos a los ojos, o al año siguiente te llevarían con ellos. Mis abuelos nos decían que había que volver a casa antes de que anocheciera para no cruzarse con ellos. Pero, claro, esos chicos, ¡qué iban a saber los pobres!

—Ah, entiendo, una leyenda de la zona.

—¡Qué leyenda ni leyenda! —exclamó la mujer, ofendida—. Yo que tú no iría por el bosque a esas horas, que se lo digan a mi pobre Antonio, un año duró el pobre mío desde que los vimos.

—Vaya, lo siento muchísimo. —Vaya tela de señora, pensé—. Entonces, lleva usted toda la vida en el pueblo.

—Toda la vida. Y mis padres y mis abuelos…

Una voz masculina se pronunció desde la sacristía:

—Mamá, no molestes a esta mujer —dijo el cura caminando hacia nosotras con una sonrisa y mucha calma en sus andares.

—No se preocupe, me encanta escuchar este tipo de historias. Soy Alejandra Gallardo, es un placer conocerle —dije, extendiendo la mano.

—Manuel, ¿cómo está usted? Policía, ¿verdad? —respondió ofreciendo su mano.

—Eso es… Pues estupendamente, conociendo un poco el pueblo y sus leyendas. —Miré a la mujer sonriendo, y Dolores me devolvió la mirada con una pizca de resentimiento.

—Uy, qué buena pareja habríais hecho —soltó la señora de repente, generando todavía más incomodidad.

—Disculpe a mi madre —dijo el cura sin perder la sonrisa.

—Nada, por favor, su madre es un encanto —contesté.

—Bueno, hija, os dejo solos. Pásate por casa cuando quieras, estás invitada.

—Será un placer, se lo aseguro.

—Pero ya te digo yo que… —dijo ella negando con la cabeza mientras se marchaba—, por desgracia, mucho no puedes hacer.

—Discúlpela, de verdad. Hace un tiempo le diagnosticaron un tipo de demencia. Aún está en una fase temprana, pero a veces se le va un poco, por eso dice cosas sin sentido —dijo Manuel mientras su madre salía de la iglesia—. ¿En qué puedo ayudarle?

—¿Ha desayunado? —contesté, esperando a que se cerrase la puerta—. El vino de misa no cuenta —bromeé. Aunque no sabía muy bien si me había pasado de la raya, era de las primeras veces que mantenía una charla con un cura. Pero el hombre rio, menos mal.

—Vamos al bar de aquí al lado, tengo un rato antes de la siguiente misa.

Entramos al bar y el olor a café recién hecho nos envolvió. La taberna era antigua, con una barra que ocupaba casi la mitad del local, y detrás de ella, la clásica estantería repleta de botellas de bebidas alcohólicas de la zona. Aunque ya pasaban de las once, aún había gente desayunando café con porras. Nos sentamos en una mesa junto a la ventana, desde donde teníamos una vista perfecta de la plaza y la iglesia.

Cuando abrí la boca para comenzar a hablar, fui cortada rápidamente.

—¿Café solo o con leche? —me preguntó Manuel, y levantó una mano para llamar al camarero.

—Solo, gracias —respondí, tratando de mantener un tono casual.

—¡Rosa! —llamó a la camarera que estaba recogiendo una de las mesas—. Dos cafés solos.

—¿Quieres un trozo de tarta? —Se volvió hacia mí con la mano todavía levantada.

La camarera, una joven de unos veinte años con el cabello recogido en una coleta, esperaba de pie observando desde la otra mesa a que Manuel terminase el pedido.

—No, muchas gracias, solo el café. —Creía que había quedado claro.

—Aquí hacen una de arándanos espectacular.

—No, de verdad, es que no soy muy de comer por las mañanas, solo necesito café para arrancar —expliqué sonriendo, aunque mi pensamiento real era: ¿seiscientas calorías por la mañana? No, no, gracias.

—Y tráenos dos trozos de tarta de arándanos —dijo a la camarera ignorando mi petición—. Te va a encantar. —Se volvió hacia mí de nuevo.

—Bueno, está bien —contesté manteniendo la sonrisa. Un bocado no hará daño a nadie, pensé, aunque ya empezamos mal.

Manuel se recostó sobre su silla y me miró con una expresión serena pero amable.

—Entonces…, Alejandra, ¿no?

—Sí, Álex si lo prefiere.

—¿Qué te trae a San Amaro? —preguntó, sin rodeos.

—Bueno, ya sabe, la desaparición de los chicos. Es un caso importante y quiero ayudar a resolverlo —respondí, midiendo mis palabras.

—Ay…, esos pobres chicos, Dios los tenga en su gloria —exclamó con preocupación.

Hasta ese momento incluso había olvidado que estaba hablando con un cura.

—Claro, claro. Pero ¿desde tan lejos? Quiero decir, aquí tenemos a la Guardia Civil, ¿no? —Manuel sonreía, aunque sus ojos mostraban un brillo de genuino interés.

—Sí, claro, y estoy segura de que hacen un gran trabajo, pero la de la Comandancia de Galicia pidió ayuda a mi unidad de Madrid, al ser un caso ya frío de hace tres años... Les pareció necesario. Pero, bueno, la burocracia, ya sabe... Aunque gracias a eso he podido conocer este precioso pueblo, me está resultando fascinante estar en contacto con tanta naturaleza, nunca he pasado mucho tiempo en Galicia —añadí, tratando de quitarle importancia a mi cargo. Quería que no interpretase esta conversación como algo violento.

—No me llames de usted, por favor, estamos entre amigos.

—Claro, perdona —dije, remarcando la palabra con énfasis.

—¿Y vienes tú sola? Perdona mi ignorancia, en las películas siempre van como en equipos —seguía insistiendo en hablar de ese tema.

Sonreí con inocencia.

—Sí, mi unidad está en contacto conmigo, pero antes de hacerlos venir a todos quería comprobar que realmente hay algo en lo que podemos ayudar. Soportamos una carga de trabajo importante y tenemos que estar seguros.

La camarera trajo los cafés y las tartas a nuestra mesa. Cuando dejó las tazas, sus ojos se cruzaron con los míos por un segundo, y sentí una mezcla de curiosidad y desconfianza. Su actitud, al igual que la del resto en el bar, me hacía sentir como una extraña en este lugar.

—Muy interesante —dijo Manuel, tomando un sorbo de su café—. Esa desaparición conmocionó al pueblo, hay mucha gente que todavía no ha sido capaz de pasar página.

—¿A qué te refieres exactamente? —pregunté, inclinándome hacia delante.

Me quedé en silencio esperando su respuesta, y observé su expresión imperturbable. Al ver que medía demasiado sus palabras, intenté transformar la conversación en más amigable.

—¿O es secreto de confesión? —bromeé.

De nuevo, di gracias a que el hombre rio, porque comenzaba a sentirme incómoda.

—Nada de eso, nada de eso. Solo que, en un pueblo pequeño como este, todos los eventos importantes marcan a la comunidad profundamente —dijo Manuel, su voz llena de una amabilidad que no coincidía con la frialdad de su mirada—. Y la desaparición de esos chicos... Bueno, fue un golpe muy duro para todos.

—Entiendo. Debe haber sido devastador para las familias —respondí, empatizando.

—Sí, lo fue. Y para muchos sigue siendo un tema delicado. A veces, abrir viejas heridas puede ser... complicado —añadió, con una sonrisa comprensiva.

Sonreí antes de hablar para prevenirle y que no se tomase demasiado en serio lo que estaba a punto de decir.

—Tu madre me ha contado su interpretación del caso.

Puso una mueca de aprobación mientras asentía con la cabeza.

—La Santa Compaña —añadió.

—Tú ¿qué crees que pasó?

—Bueno, en realidad, lo que yo crea no importa. Las personas creen necesitar respuestas para todo, incluyendo a mi madre, que se aferra a leyendas paganas —respondió Manuel, tranquilo.

Yo asentía mientras escuchaba con atención sus palabras.

—Como hombre de fe, no necesito preguntas y respuestas constantes, se escapan a nuestro control, no nos dejarían vivir en paz. Me basta con saber que las almas de esos pobres chicos ahora están a salvo.

—Entiendo —dije antes de darle un sorbo al café, me estaba costando demasiado sacarle cualquier tipo de opinión al respecto—. Es importante manejar estos casos con sensibilidad.

—No hay nada más importante que eso, el respeto —añadió él a mi reflexión.

—Por cierto, tu sobrino me dijo ayer que los chicos estuvieron en la ermita la noche que desaparecieron. Me gustaría echarle un vistazo, si no es molestia. Podría ser crucial para la investigación.

Manuel mantuvo su sonrisa y comió un trozo de tarta.

—¿Crees que puede haber algo allí?

—La verdad es que no lo sé, es más que probable que no…

—Pero ¿qué clase de policía serías si no investigaras todas las posibilidades, no? —dijo él mientras masticaba, y no de una forma muy disimulada.

—Cualquier detalle podría ser crucial —añadí.

Hacía tiempo que no me topaba con alguien tan difícil para descifrar la intención con la que decía las frases.

Manuel comió un pequeño trozo de tarta con elegancia, como si considerara cada palabra.

—Prueba la tarta, insisto. —Y me acercó el plato de mi porción que aún estaba intacto.

—Independientemente de la investigación, me encantaría poder disfrutar de cada rincón de este pueblo, solo con la iglesia ya he quedado muy muy asombrada. ¿Has tenido algo que ver con la decoración?

Sentí un escalofrío. La mirada de Manuel era penetrante, pero a su vez parecía presentar una seguridad y tranquilidad que me acobardaban. Era como si sus ojos me dijeran: «Sé lo que estás haciendo».

—Bueno, tal vez podamos arreglar algo. Tendría que consultarlo con el consejo parroquial, por supuesto. No quiero causar molestias innecesarias —dijo finalmente, ignorando mi última pregunta, como si ya supiera que no requería respuesta.

—Agradezco tu comprensión, Manuel. Estoy segura de que podríamos encontrar una manera de hacerlo sin perturbar nada —dije, tratando de ocultar mi creciente frustración.

—Por supuesto, por supuesto. Pero entenderás que hay procedimientos y respetos que debemos. La ermita ha estado allí por siglos y debe ser tratada con el máximo cuidado —respondió, y se levantó lentamente de su asiento.

Pues bien que dejaste entrar a tu sobrino con total descuido, pensé.

Manuel se dirigió a la barra y pagó la cuenta.

—Lo entiendo perfectamente. Gracias por considerar mi solicitud —respondí, siguiéndole el juego, mientras yo también me levantaba para salir junto a él.

—No, por favor, tú termina de desayunar, yo tengo que prepararme para la siguiente misa —dijo invitándome a que me volviera a sentar. Luego me dedicó una última sonrisa—: Ha sido un placer, Alejandra. Espero que encuentres lo que buscas. Nos veremos pronto —se despidió.

Mientras lo veía salir del bar, repasé la conversación que acabábamos de tener. Observé su plato totalmente vacío, el mío intacto, y me pregunté: ¿Qué acaba de pasar?

Volví a sentarme y esperé unos minutos reflexionando antes de irme. Hice un esfuerzo por recuperar la compostura, aún me quedaban muchas cosas que hacer ese día, observé mi trozo de tarta y pensé: ¿Por qué no?

Probé un trozo y, joder, realmente estaba muy buena.

Me levanté y, antes de salir, me dirigí a la camarera que estaba tras la barra.

—Enhorabuena por la tarta, está deliciosa.

—Muchas gracias —dijo algo cortada.

Tuve la sensación de que quería hablar conmigo, pero no se atrevía.

Pude ver cómo las pocas mesas en las que había gente desayunando me miraban con precaución. Era raro, la gente de pueblo solía ser más descarada. Me marché del bar despidiéndome con una sonrisa y una falsa confianza que en ese momento no sentía.

Mi siguiente parada era el cuartel, hasta el que caminé bajo la lluvia poco más de cinco minutos. La escena era similar a la del día anterior: un par de agentes haciendo papeleo. Me dirigí directamente a la mujer de la recepción.

—¡Buenos días!, tengo que recoger un mapa del pueblo que le pedí ayer al sargento Padilla.

—Hola, deme un segundo que le aviso, estará en su despacho.

Pero antes de que se levantase de su silla él apareció.

—Ah, mire, ahí está —dijo ella señalando con el dedo.

—Gallardo, ¿cómo está? ¿Qué tal la primera noche por aquí? —preguntó Padilla.

—¡Buenos días! Pues estupendamente.

—Supongo que el temporal no era lo que esperaba.

—En absoluto, me encanta la lluvia. Por Madrid ya empieza a hacer un calor un poco desagradable.

—Vaya, pues me alegro de que esté cómoda. ¿Qué necesita?

—Vengo a por el mapa de las cuevas que le pedí ayer. ¿Lo tiene listo?

—Ah, sí, claro, venga conmigo a mi despacho, por favor.

Entramos a una habitación no muy grande, más parecida a un pequeño trastero, por el caos principalmente. No me extrañaría que no me hubiese dado todos los archivos del caso por el simple hecho de no haberlos encontrado. Aunque yo misma tampoco era la persona más ordenada del mundo, con los archivos sí que solía ser muy cuidadosa.

El hombre cogió un folio en blanco de su escritorio, y con un rotulador empezó a garabatear algo parecido a un mapa del pueblo.

—Mire, aquí tendría una, cruzando este puente que hay tras el centro médico, antes del bosque, a unos cien metros —explicó mientras trazaba líneas.

Yo no daba crédito.

—Pero... disculpe, ¿no tiene un mapa del pueblo?

—No se preocupe, así lo entenderá mejor. Por aquí no ha pasado el coche de Google todavía —bromeó.

—Está bien... —contesté; asumí que tendría que buscarme la vida.

—Por esta carretera que sale del pueblo hay otra, bajando por las rocas a unos dos kilómetros del cartel de la entrada. Cuando el bosque se vuelve más frondoso, hay un camino que se desvía hacia la derecha. A veces van los pescadores por allí, es buena zona para coger cangrejos.

—Vale, me parece que vi ese camino cuando llegué —intenté mantener la positividad—. ¿Y cuáles más?

—Ya estaría.

—De acuerdo... En los informes de la investigación no pone si se buscó por allí, ¿lo recuerda?

—Sí, creo recordar que se hicieron varias batidas por allí, pero no encontramos nada.

—Vale, bueno, echaré un vistazo más a conciencia, ya que hay indicios de que tuvieron que pasar por alguna de ellas.

—Estupendo, ¿le parece si la acompaño?

—Claro, por favor, me sería de gran ayuda.

—Estupendo, pero será mejor que lo hagamos otro día, cuando el tiempo mejore.

—Claro, usted es el que conoce la zona. Le dejo mi teléfono y hablamos cuando encuentre un hueco.

—Perfecto.

Salí del cuartel con mi «mapa» en dirección a la primera cueva. No tenía el más mínimo interés en esperar a que a aquel hombre le pareciese oportuno llevarme a ellas. Pero no quería parecer desagradecida; además, prefería mantener esa impresión de que necesitaba su ayuda para hacer mi trabajo.

Aproveché para llamar a Gonzalo, ponerle al día y buscar su opinión. Sentía que estaba empezando a perder la objetividad con todo lo que había pasado esa mañana.

—Hola, Gallardo, cuéntame —dijo él al contestar.

—A ver, he estado hace un rato con el cura, me ha dejado el cuerpo un poco… raro.

—¿Qué te ha dicho?

—Realmente, nada. Me refiero… A pesar de estar un buen rato hablando y dar la sensación de que estaba consiguiendo algo, cuando se ha marchado me he dado cuenta de que en verdad no me había dicho nada. Por cómo actuaba, cómo hablaba… No sé.

—Vamos, Gallardo, no me jodas.

—Te lo juro, Gonzalo. Es un tío un poco raro; parecía que se esforzaba por que todo lo que decía tuviera doble sentido, luego me ignoraba y desviaba la conversación siendo superamable…

—Eso me suena.

—Su cara me decía: sé lo que estás haciendo, y yo juego mejor. ¿Me entiendes?

—Vale, a ver, creo que cabe la posibilidad de que te estés sugestionando por lo de ayer con el alcalde y todo lo que te dije yo.

—Y, espérate, que acabo de salir del cuartel. He ido a por el mapa de las cuevas que les pedí ayer, ¡y el tío con sus dos huevazos va y me hace un dibujillo en un folio! —Pude escuchar cómo Gonzalo se reía al otro lado de la línea—. A mí me está desesperando un poco esta gente.

—Me hace gracia que lleves un día allí y ya estés perdiendo las formas. Tú misma me vas dando las respuestas mientras hablas, por estadística, creo más en la incompetencia de la gente que en genios del mal.

—Ya… Oye, pídele a alguien que me mande testimonios sobre avistamientos de la Santa Compaña en pueblos de esta zona.

—Hay que joderse… Bueno, ahora se lo pido a Sara. Podemos llamar también a *Cuarto milenio,* seguro que les encanta. ¿Qué más?

—¿Sabemos algo ya de la cuenta de Instagram desde la que se subió el vídeo?

—Todavía estamos en conversaciones con META. Pero no pinta bien, la puta Ley de Protección de Datos.

—Pero somos la Policía Nacional —dije, incrédula.

—Les da igual, dicen que no pueden comprometer los datos de sus usuarios.

—¿Y no hay otra forma de ver la ubicación desde donde se publicó el vídeo?

—No lo sé, los de legal están investigando para ver si hay alguna forma de darles la vuelta a los acuerdos de confidencialidad de META y nos los tengan que dar, pero si esa es la única forma, parece que va a tardar.

—Vale, bueno, mantenme al tanto. Luego te llamo, que estoy de excursión —contesté antes de colgar.

Había llegado al centro de salud, tras él ya no había más edificación del pueblo. A lo lejos podía ver el puente que, según el dibujo, debía atravesar para llegar a la primera cueva. Caminar se estaba volviendo más complicado, estaba todo embarrado por la lluvia, no había camino, era todo verde.

Anduve por la pradera otros diez minutos, que con seguridad, de no ser por la lluvia, habrían sido menos. Aunque, sinceramente, era estimulante y bonito, y sentí esas sensaciones fugaces de mi juventud de sentirme en una película de detectives. Habría formado un gran equipo con Matthew McConaughey en *True Detective*.

Me adentré en el bosque que daba la bienvenida a la montaña en la cual debería estar la cueva. Eran zonas complejas para caminar, no me imaginaba a aquellos chicos andando borrachos por allí de madrugada para continuar con la fiesta, aunque, quién sabe, no sería yo quien infravalorase las capacidades de nadie. Tal vez era yo la que no estaba acostumbrada.

Cuando las rocas comenzaron a aparecer cubriendo la pendiente de la montaña, vi un recoveco que, por narices, debía ser la entrada a esa cueva. Había que agacharse para entrar. Saqué la pequeña linterna que había traído conmigo para inspeccionar la zona. El eco de la lluvia resonaba con fuerza. Era evidente que había sido frecuentada, había restos de troncos quemados de alguna hoguera. La cueva estaba seca, a un par de metros de la entrada enfoqué hacia delante con la linterna, pero la luz no llegaba a iluminar el final. Era más grande de lo que parecía desde fuera. Aquel sargento me había dicho que ya habían investigado estas zonas, pero lo cierto es que a estas alturas no tenía la impresión de que hubieran hecho un buen trabajo. Alumbraba el suelo con la esperanza de encontrar alguna botella, un paquete de tabaco…, algo que me dijese que pudieron estar allí. Pero cuando la luz alcanzó el fondo, hice el mismo camino de vuelta con detenimiento, no había nada.

Parecía más bien un sitio al que vendría una pareja joven para darse el lote en algún lugar resguardado. Un sitio donde yo al menos lo habría hecho. Con mi novio del instituto teníamos que esperar a que nuestros padres salieran de casa, encima yo era hija de policía, mi casa nunca era una opción…

Estuve cerca de hora y media dentro de la cueva, alumbrando y examinando cada recoveco; aun así, no hallé nada que me diese algo más de lo que tirar. Había pasado gente por allí, sí, estaba claro, pero nada que indicase que fueron los chicos o qué pudo pasar. Y sinceramente, tras tres años, era imposible pensar que ellos fueron los últimos.

Salí de esa cueva algo decepcionada, no sé por qué, pero esperaba que hubiese sido así de fácil. Solo me quedaba otra opción.

Regresé sobre mis pasos para salir del bosque y llegar a la pradera. Volví a echar un vistazo al dibujo, tratando de protegerlo como podía de la lluvia. La otra cueva se hallaba mucho más lejos que esta, había que andar por la carretera de entrada al pueblo. Eché un vistazo alrededor desde mi posición, la vista me alcanzaba hasta la ermita, y tracé un mapa visual hasta esa zona; entonces… pensé: ¿Qué coño haces? Me había mimetizado tanto con el pueblo y sus formas de proceder tan rudimentarias que olvidaba los grandes atajos de la tecnología. Saqué el móvil y eché un vistazo a Google Maps, rápido me posicioné en la ermita, pues, aunque no la marcaba el mapa, sabía aproximadamente su localización, y tracé la ruta más recta posible hacia ese desvío de la carretera. Eran casi ocho kilómetros a pie. Un pensamiento me asaltó: «¿Un grupo de chavales, borrachos, a las doce y pico de la noche se fueron andando ocho kilómetros caminando por una carretera para seguir de botellón en una cueva?». No tenía ningún sentido, pero aun así tenía que comprobarlo.

Me dirigí hacia la segunda cueva, y el trayecto parecía interminable bajo la lluvia. Entonces, antes de salir del bosque, una inquietante sensación de ser observada empezó a instalarse en mi mente. Miraba a mi alrededor, pero solo veía la vasta extensión de naturaleza.

A unos cientos de metros, escuché un ruido sutil detrás de mí, como el crujido de una rama. Me detuve en seco, girándome rápidamente, sin ver nada. La lluvia dificultaba la visibilidad y los sonidos podían ser engañosos. Sin embargo, el malestar persistía. Decidí ignorarlo y seguir adelante, aunque más alerta.

Fui hasta el puente que tenía que cruzar de nuevo para atravesar el pueblo, y me pareció ver a alguien tumbado sobre él, bajo la lluvia. Mi primera impresión fue que podía necesitar ayuda. Al acercarme, comprobé que se trataba de un joven de unos dieciocho años tumbado bocarriba çon los ojos cerrados, dejando que la lluvia le acribillase. No parecía estar bien. Le llamé a unos metros de distancia para asegurarme.

—¡¿Hola?! ¿Estás bien?

Él reaccionó abruptamente, como si le hubiese perturbado. No me contestó, pero me mantuvo la mirada mientras se incorporaba.

—¿Estás bien? —repetí, ya más cerca.

—Sí, sí —contestó.

—Ah, perdona, te había visto ahí a lo lejos y pensé que te había pasado algo.

—No, estoy bien, me dolía un poco la espalda y necesitaba estirarme —dijo, mintiendo de manera clara.

Se bajó del puente, y fue entonces cuando pude observarlo más detenidamente. Llevaba una chaqueta de cuero negra que parecía haber sido expuesta a varias tormentas. El cabello oscuro, desordenado y mojado, caía en mechones que le enmarcaban el rostro. Sus ojos, profundos y oscuros, me escrutaban con una mezcla de desconfianza y curiosidad. Había algo en su mirada que me recordaba a un animal acorralado, a pesar de su actitud distante. Aunque me respondía de manera educada, tenía cara de no querer que le molestasen.

Llevaba un suéter gris debajo de la chaqueta, sencillo y sin pretensiones, como si el mundo exterior no mereciera más esfuerzo que el mínimo necesario. Unos vaqueros, desgastados y sucios por el barro del puente, completaban la imagen de un joven que había visto más de lo que debería a su edad.

Noté que las manos le temblaban ligeramente, probablemente por el frío, pero también podía ser por algo más. Su postura, ligeramente encorvada y tensa, indicaba que estaba acostumbrado a estar a la defensiva.

En esa mirada podía intuir cómo trataba de ubicarme, haciéndome un barrido de arriba abajo. Me alivió ver que había alguien en el pueblo que aún no sabía quién era yo. Dudé si mantenerlo así o desvelarlo; sin embargo, vi la oportunidad perfecta para aclarar mis pensamientos.

—Perdona, ¿te puedo hacer una pregunta? —dije, sacando el dibujo del bolsillo.

No contestó, pero interpreté una afirmación.

—Imagínate que estás de fiesta con tus amigos, por la noche, y os queréis ir a otro lado. ¿Te parecería buena idea caminar un buen rato durante la noche para ir a una cueva a hacer botellón? —pregunté, arriesgándome por una pregunta tan concreta.

—Pues… sí, supongo —contestó con desgana.

Señalé en el mapa mientras le mostraba el dibujo de la ubicación de la cueva a la que debía ir.

—¿Aunque tuvieras que andar ocho kilómetros?

—Ni de coña —contestó, al tiempo que echaba un vistazo al dibujo y giraba la cabeza para observar el bosque donde estaba la cueva—. A esa no, al menos.

Lo miré confusa.

—Iría a la que está ahí, al otro lado de la playa.

—¿No es ninguna de estas dos? —pregunté indicando de nuevo el dibujo que llevaba por mapa.

—No, está allí, bajando el acantilado de la ermita.

—La ermita... —susurré para mí.

El chico afirmó con la cabeza.

Me volví y miré hacia la dirección que me señalaba, abrumada por todos los pensamientos que se me pasaban por la cabeza: ¿El sargento me había mentido? Había otra cueva al lado de la ermita.

Lo miré de nuevo, él se retiró el pelo empapado de la cara con la mano y pude ver que tenía los nudillos de la mano izquierda hechos polvo. Entonces me di cuenta de quién era ese chico.

—¿Tú eres Diego?

Capítulo 5

Última conexión

Diego

¿Por qué coño sabe esta mi nombre?, pensé. Ella me miraba esperando a que participase en la conversación.

—¿Por qué sabes mi nombre? —dije, con el ceño fruncido; solo omití la palabrota.

Era evidente que no era de aquí; llevaba varios años en Galicia sin escuchar un acento de Madrid tan marcado como el suyo. La mujer frente a mí tenía una expresión que intentaba ser tranquilizadora, pero su mirada mostraba una determinación que no me gustaba.

—Pues…

Antes de que pudiese terminar la frase, escuché a lo lejos, bordeando el pueblo, unas voces que reconocí al instante. Ahí estaban esos cabrones, caminando bajo sus paraguas, con esas sonrisas que tanto me retorcían de odio. El cruce de miradas entre Julio y yo fue inmediato, y él no tardó en borrar la sonrisa y hacer como que no me había visto. Salí disparado hacia ellos, dejando a esa mujer con la palabra en la boca.

—¡¿Qué cojones haces tú en la calle?! —grité, dando por hecho que tendría que estar encerrado.

Julio retrocedió mientras Roberto y el otro —cuyo nombre he olvidado— se ponían delante protegiéndolo.

—¡Que te lo diga ella! —gritó Alicia, señalando a la mujer que venía detrás de mí—. ¡Julio no ha hecho nada!

Estaba a escasos diez metros de ellos.

—¡Tú y yo no hemos terminado, hijo de puta! —grité, acortando la distancia cada vez más.

Me sentía totalmente fuera de control desde aquel día, pero me daba absolutamente igual. Mi cabeza no le podía dedicar más de un segundo a pensar en las posibles consecuencias; esta gentuza sabía algo que yo no, y no me importaba ni lo más mínimo cómo sonsacárselo.

—¿Por qué no te piras a tu puta casa y nos dejas en paz? —dijo Roberto, menos graciosillo de lo habitual.

—¿Por qué no dejas de hincharme las pelotas? —Y lo aparté de un empujón.

—¡Eh, eh, eh! Tranquilizaos todos —dijo la mujer, poniéndose delante de mí con las manos alzadas, intentando imponer calma.

—¡Díselo tú, que no he hecho nada! —pidió Julio, acobardado, protegiéndose tras otro chico.

—¡Pero ¿tú quién eres?! —le pregunté a la mujer que parecía que todo el mundo conocía menos yo.

—Tranquilo, Diego, soy policía, estoy aquí para investigar la desaparición —explicó con un tono que trataba de ser tranquilizador, pero no lo conseguía.

La observé más detenidamente. Era algo más baja que yo. Sus ojos eran color marrón oscuro, a juego con el pelo recogido en una coleta, y una expresión de dureza en su rostro. Tenía la mandíbula muy marcada de tanto apretar los dientes tras la sonrisa que seguro que fingía. Llevaba un chubasquero rojo que le caía por debajo de la cintura. A pesar de su intento de parecer amigable, había algo en su actitud que me hacía desconfiar.

—¿Y me puedes explicar por qué este tío no está en la cárcel?

Antes de que ella tuviese tiempo de responder, Roberto intervino acercándose demasiado a mí:

—A ti sí que te tendrían que encerrar, puto loco.

Le di un empujón tan fuerte que le tiré al suelo embarrado.

La mujer me sujetó del brazo, separándome de él.

—¡Imbécil, ni se te ocurra tocarme! —dijo Roberto mientras volvía a levantarse cubierto de barro.

—Y no se me olvida lo de los muñequitos —contesté mientras la mujer me alejaba.

Sentía que estaba soltando todo lo que durante mucho tiempo simplemente creía que ignoraba para hacerme la vida más llevadera. Pero no era así, solo acumulaba porquería dentro de mí que ya no sabía controlar.

—Me da igual cómo mientas a la Guardia Civil, tú me vas a contar todo lo que pasó esa noche o te juro que te… —Un fuerte golpe punzante en un costado de la cara no me dejó acabar la frase. Sentí un intenso mareo al instante.

—¡¿Pero estáis tontos, niñatos?! —exclamó la mujer al ver la piedra que me acababa de lanzar Roberto a la cara.

Se hizo un silencio intenso entre nosotros.

A ella también se la veía sopesando su pérdida de control.

—Fuera de aquí, vamos. Julio, vete a casa —ordenó, dirigiéndose exclusivamente a él y con un tono más calmado.

Empecé a sentir cómo la sangre me llegaba a los labios, mezclándose con la lluvia en la cara.

Todos se marcharon de allí rápidamente.

—A ver… —dijo ella apartándome el pelo de la zona de la herida—. Uf, esto tiene que vértelo un médico.

—Da igual. —Traté de mantener el equilibrio.

—Venga, anda, vamos al centro de salud. —Me sujetó del hombro y me guio mientras comenzaba a andar.

Estuvimos un par de minutos en silencio hasta que me sentí mejor para caminar sin ayuda.

El ambulatorio no estaba muy lejos del puente; era el edificio que separaba esta pradera del pueblo. Las casas de piedra con tejados de pizarra se alineaban de forma irregular, añadiendo un encanto rústico al entorno. La lluvia persistente creaba charcos en el camino de tierra y el olor a tierra mojada impregnaba el aire.

—Vale, ya estoy mejor, gracias. —dije alejándome un palmo de ella para que me soltase el hombro.

—Da igual, yo creo que te van a tener que dar algún punto ahí.

Me tragué el orgullo y lo acepté, en silencio. No me sentía muy cómodo yendo con ella a ninguna parte.

—No puedes ir en plan Liam Neeson por la vida, hombre —dijo, mostrando una cordialidad comprensiva que no mejoraba la situación—. Ya sabes, como en la película *Venganza*. Bueno, da igual… Sabes que podría detenerte por agredir a más gente después de que le hayas pegado a Julio, ¿no?

—¿Y al que me ha dado una pedrada en la cabeza no? —pregunté tratando de entender su razonamiento.

—Escucha, no me quiero ni imaginar lo duro que ha tenido que ser esto para ti —dijo desviando la conversación.

No contesté.

—Supongo que en casa habéis tenido que pasar por mucho —siguió ella.

No tenía ningún interés en hablar con ella de mi vida privada, tampoco comprendía de qué modo podría ayudarla eso con la investigación.

La mujer se detuvo a mitad de camino, lo cual no hizo que yo me detuviera, pero me pareció curioso que sacara un móvil para hacer una foto a unas flores muy típicas de aquí. Pero a esta tía ¿qué le pasa?, pensé. Aceleró el paso hasta alcanzarme y, con una sonrisa, se guardó el teléfono en el bolsillo.

—Por cierto, ¿a qué te referías con eso de los muñecos? —dijo revelando cuál era la verdadera intención de su «preocupación».

—Esos cabrones llevan años tocándome los huevos con bromitas sobre mi hermana y mis amigos. Hace un par de días colgaron unos muñecos ahorcados en el acantilado, en plan, ahí están los perdidos.

—Pero no tienes ninguna prueba de que fueran ellos, ¿o sí? —preguntó desacreditándome.

No sé por qué había abierto yo la boca, lo que me faltaba, volver a tener esta conversación.

—Mira... ¡Qué más da!

—No, no, no me malinterpretes. Solo quiero ayudarte. A ver si podemos sacar algo en claro.

—El primer año, se liaron a poner cartas de mi hermana Mónica y un profesor por el instituto, dando a entender que mi hermana pequeña tenía un lío con él para aprobar su asignatura y que él los mató a todos por celos. Una puta mentira. El segundo año metieron fotos editadas de cadáveres con las caras de mis amigos en los buzones, y este año cuelgan los muñecos.

Me giré hacia ella porque llamó mi atención que no dijese nada. No se había callado desde que nos habíamos encontrado, y ahora estaba pensativa, mirando hacia delante. Eso me hizo darme cuenta de que ella no sabía nada de esto.

¿Era la responsable de esta investigación y ni siquiera sabía todo lo que había pasado?

—¿Sabes el nombre del profesor? ¿Vive aún por aquí? —preguntó mirando al suelo, con un tono que parecía quitarle importancia.

—Sí, vive todavía aquí, con su madre, por allí —señalé con el dedo hacia la otra punta del pueblo—, en una casa pequeña de piedra. Se llama Bruno. Pero si te lo estás preguntando, le declararon inocente, aunque visto lo visto… —añadí con resquemor.

—Pero ¿sigue dando clase?

—No, le echaron, por precaución, supongo. —Me estaba agobiando con tantas preguntas—. ¿Por qué me estabas preguntando por esas cuevas?

—Oh, nada, estoy conociendo el pueblo y eso implica también los alrededores —contestó creyendo sonar convincente—. Estaba paseando y viendo los bosques, todo esto con tanta naturaleza es nuevo para mí, en Madrid capital no tenemos nada de esto, ¿sabes?

Se notaba que detrás de esa sonrisa había más frialdad que en una morgue.

No tenía sentido, había visto el dibujo que evidentemente no había hecho ella. Estaba buscando una cueva en particular. Y había parecido muy interesada cuando le dije que había otra. Alguien le había tenido que decir algo. ¿Que mi hermana estuvo allí esa noche? Pero si ella no confiaba en mí, yo tampoco iba a confiar en ella.

—¿Sabéis ya quién subió el vídeo a la cuenta de Jaime?

—Estamos en ello, está siendo más complicado de lo que parece.

No comenté nada.

—Pero, por supuesto, toda la información que puedas tener nos sería de ayuda.

No podía soportar la pregunta que repetía en bucle en mi cabeza.

—¿Por qué Julio está en la calle? Lleva tres años mintiendo, estaba allí, salía en el vídeo.

—Es un caso complicado, Diego, no podemos retener a una persona sin pruebas.

—¿Por ser hijo de quien es? Venga, no me jodas. ¿Le habéis interrogado?

—Sí, tú tranquilo, estas cosas van despacio…

Ya estábamos en la puerta del ambulatorio cuando me frené en seco, seguía muy alterado.

—¿Despacio? Tres años. Tres-putos-años. —Enfaticé en cada palabra—. Y cuando por fin aparece una prueba, ¡¿no hacéis nada?! —Me era muy difícil no juzgarla, no podía comprenderlo, y cada vez necesitaba más respuestas a más preguntas.

—Diego, te prometo que vamos a dejarnos la piel en esto, te doy mi palabra.

No quería escucharla, me estaba resultando más frustrante que satisfactorio oír sus promesas. En el fondo era consciente de que no tenía contexto ni información de ningún tipo, pero la experiencia ya me invitaba a no creer nada de nadie.

—Ya entro yo solo —dije poniendo fin a nuestra conversación.

—Por supuesto. Y si en algún momento quieres hablar con…

—Mira, no busco amigos —la interrumpí—. Ni siquiera te voy a decir que hagas tu trabajo, me da igual. De verdad, me da igual.

Entré en el centro de salud notando cómo permanecía detrás de mí observándome. No tenía energía para ella.

Me dirigí a la sala de espera de urgencias y me senté en una de esas sillas amarillentas y carcomidas por el paso de los años.

No había nadie más esperando. Pero tampoco salía nadie, y la puerta estaba cerrada. La última vez que había venido hacía un mes, con mi madre; prácticamente tuve que traerla a rastras. Se puso bastante enferma por inanición tras varias semanas sin comer. Tuvieron que darle suero por vena. Veníamos a menudo, cada tres o cuatro meses. Las últimas veces nos fuimos a casa con citas para psicólogos de la seguridad social en A Coruña, pero nunca llegaba a ir. La madre de Marta era la médica de urgencias; eso hacía un poco más fastidioso para mí el hecho de exponerme, pero supongo que, si tuviese que elegir, la preferiría a ella antes que al padre de cualquier otro. Era una mujer muy agradable y siempre nos trataba bien.

Mientras esperaba a que alguien abriese la puerta, pude escuchar la voz de Marta dentro de la consulta; parecía disgustada, pero aún más lo parecía su madre. No entendía nada de lo que decían; entre el mareo que llevaba y que desde fuera se escuchaban las voces embotadas, era difícil. Además, tampoco me interesaba mucho, sinceramente. Solo quería que me cosiera rápido e irme a casa.

Marta salió abruptamente por la puerta, notablemente bastante enfadada; tras ella sí que pude escuchar la voz de su madre con mucha inquina.

—¡Tira para casa, que me tienes frita!

Marta me vio al volverse hacia su madre.

La verdad, imaginarme la escena desde fuera me hacía mucha gracia. Estaba discutiendo con su madre, salía por la puerta y me veía a mí sentado en mitad de la sala vacía, completamente empapado por la lluvia y con sangre cayéndome por la cabeza, mientras la miraba fingiendo que no había escuchado los gritos. Y tras ella, salió la madre.

—Que te vayas, te he dicho. ¿Estás sorda? —dijo al verla inmóvil frente a la puerta.

Era tal la sensación de incomodidad que sentí al tenerlas frente a mí, que no pensé demasiado en qué decir.

—Me han tirado una piedra a la cabeza. —No sé, estaba muy cansado.

Dentro de la consulta, la madre de Marta me estaba limpiando la herida para darme los puntos cuando se decidió a preguntarme. No había dejado quedarse a Marta.

—Pero ¿cómo ha pasado, Diego? —preguntó la doctora haciendo que me arrepintiera de haberlo dicho.

—Pues, ni siquiera me he dado cuenta de quién ha sido; estaba lloviendo mucho, igual ni ha sido a propósito, estaba por la zona del bosque y quizá se ha desprendido alguna roca pequeña con la lluvia, no lo sé.

—¿Y qué hacías por ahí con la que está cayendo?

—Pues no ser precisamente listo —contesté.

Ella sonrió.

—Vale, esto igual te va a doler un poco, te voy a dar un puntito.

Noté el pinchazo un poco, pero nada del otro mundo.

—¿Bien? —preguntó.

—Sí, sí, todo bien.

—Y oye, ¿tu madre qué tal? ¿Va comiendo más? Te podría recomendar unos batidos nutricionales, no deben sustituir una dieta equilibrada, pero en estos casos pueden venir bien como complemento…

Por supuesto a ella no le quería mentir; era, después de mí, la que más estaba al tanto de su estado.

—Pues no come mucho, la verdad, y ahora, entre lo de los muñecos y lo del vídeo, no pinta bien.

—¿Pero ya se ha enterado de lo del vídeo?

—Yo no se lo voy a decir, pero al final ya me he dado cuenta de que es inevitable que, de alguna manera, se acabe enterando de todo lo que pasa en el pueblo…

—Ya… Lo siento mucho, tienes que cuidar de tu madre lo mejor que puedas.

Comenzaba a estar cansado de que todo el mundo me dijese lo que debía hacer.

—Bueno, ya está, ten más cuidado y no te metas por esos sitios, hombre.

—Muchas gracias, y sí, lo tendré en cuenta —contesté mientras me levantaba de la camilla.

Al salir a la calle, Marta estaba esperándome, cubriéndose de la lluvia bajo el alero del edificio.

—¿Qué has hecho? —preguntó con un tono que implicaba que yo había tenido la culpa.

A estas alturas me costaba menos ser sincero con ella que buscar excusas, y siendo honesto, cada vez me resultaba más fácil decirle la verdad. Tampoco tenía mucha energía para mentir; lo mejor de Marta era que con ella no tenía que esforzarme demasiado en nada.

—Me he encontrado con Julio.

—¡¿Le has vuelto a pegar?! Tío, ¿se puede saber qué te pasa? Llevas tres días prácticamente desaparecido y apareces de repente con la cabeza abierta. Me da igual si no quieres hablar conmigo, pero, joder, aprende a controlarte, que eres mayorcito.

Era evidente que estaba disgustada; sin embargo, ni siquiera me lo tomé como algo personal. Seguro que la discusión con su madre la había hecho estar predispuesta a sacar los dientes conmigo.

—No le he pegado, aunque iba a hacerlo, pero estaba con Roberto y los otros, y alguno fue el que me tiró la piedra. Roberto, supongo.

—¿Y se han ido después como si nada? —preguntó Marta, arqueando una ceja.

—Había una poli —respondí, resoplando.

—¿Cómo?

—Ha venido una tía de Madrid a investigar por lo del vídeo, pero, vamos, que como si no hubiese nadie, porque ha soltado a Julio.

—Vámonos de aquí, que a ver si va a salir mi madre y no quiero hablar con ella.

No pregunté por la discusión, aunque no era tonta, sabía que las había escuchado.

Marta abrió el paraguas y nos alejamos del edificio. Las gotas de lluvia golpeaban rítmicamente el paraguas, creando un sonido que, por un momento, parecía calmar mi mente. Caminábamos por el sendero de tierra que atravesaba la pradera, bordeando el pueblo. Marta ya sabía que atravesarlo no era mi mayor afición. El aire olía a tierra mojada y hojas en descomposición.

—Mi madre me dijo que habían mandado a alguien desde Madrid, pero no sabía que había llegado ya —comentó Marta sin mirarme.

—Joder, ¿os habíais enterado todos menos yo? —pregunté, sorprendido.

—Serás idiota, si me cogieses el teléfono te habrías enterado —dijo Marta, con un tono de reproche.

—Bueno, relájate un poco, no pagues conmigo tus cosas —le dije con una mirada pícara, devolviéndole lo que me había dicho el otro día.

Marta agachó la cabeza negando, como si estuviera tratando de contener su frustración.

—¿Y qué más? ¿Hablaste con ella? ¿Sabía quién eras? —preguntó más calmada.

—Pues sí, me llamó por mi nombre. Vino preguntándome por unas cuevas, tenía un dibujo que alguien le había dado.

—¿Cuevas? ¿Del pueblo?

—Sí, creo que Julio le tuvo que decir algo de eso. La tía me ha mentido descaradamente.

—¿En plan…?

—En plan de que puede que estuviesen en una de las cuevas esa noche.

—Joder… —Marta suspiró—. ¿Y algo más?

—No, tampoco hablamos mucho, aunque a ella se la veía demasiado interesada por mi vida. Y bueno, que lo de investigar desde dónde se ha subido el vídeo va a ser muy complicado.

—Bueno, ¿y tú cómo estás? No hemos hablado desde lo de Julio —preguntó, cambiando de tema.

—Además, ¿siendo poli e investigando algo así no tendrían que darte toda esa información desde Instagram? Tú puedes ver desde tu cuenta los dispositivos vinculados y últimas conexiones…

—Gracias por ignorarme —dijo Marta, con un tono sarcástico.

Solo pensaba en voz alta, no estaba prestando atención a sus preguntas.

—Claro, pero para eso necesitarían acceso a la cuenta de Jaime —añadió ella.

—Joder, pues que cojan un ordenador de su casa o algo donde pueda tener la cuenta abierta —sugerí.

—Diego, esas cosas llevan un montón de procedimientos legales. Para ellos es más fácil que les pasen los datos, supongo que serán más fiables —trató de calmarme.

—Te juro que creo que simplemente son unos inútiles, lo ven todo desde una visión legal y absurda. Ni siquiera se paran a pensar que hay formas más fáciles de conseguir esas cosas —respondí, frustrado.

—Diego, de verdad, son policías, ellos sabrán lo que hacen.

—Marta, ¿en serio? Que esa tía ha soltado a Julio, que salía en el puto vídeo con ellos. ¿Tú crees que está haciendo bien su trabajo? —pregunté, incrédulo.

—Pues no lo sé, pero habrá que confiar —respondió, con un tono de resignación.

—Pues yo lo que creo es que han mandado a alguien para hacer el paripé y que parezca que están trabajando y poder volver a cerrar el caso. Ya está.

Marta no contestó, puede que en el fondo pensase como yo.

—Tengo que mirar el Instagram de Jaime —añadí como la única opción que consideraba viable.

—¿Y qué vas a hacer? ¿Colarte en casa de Eladio y robar un ordenador? —planteó Marta de forma sarcástica, mirando al frente.

Guardé silencio, dándome cuenta de que efectivamente era lo que iba a hacer.

—Pues… sí.

Marta detuvo el paso, mirándome fijamente.

—¿En serio? —dijo alarmada—. Y, digo yo, ¿no sería mejor que hablases con Eladio?

—Ese hombre tiene que estar hundido ahora mismo, no le puedo pedir que me dé a mí el ordenador de Jaime para poder ver quién ha usurpado su cuenta, bastante tendrá ya. No quiero que piense que estoy jugando a los detectives. Casi siempre le veo fuera de casa, o cuidando el faro o con el tractor por ahí dando vueltas. Yo creo que es bastante fácil —respondí, tratando de justificarme.

—No sé, Diego, yo veo muchas lagunas en tu plan —dijo, suspirando, cansada de escucharme.

La acompañé hasta su casa en un trayecto que transcurrió así: ella intentando que cambiase de idea, y yo, ignorándola. Después me dirigí al acantilado de la playa de Lusco que llevaba hasta la casa de Jaime y esperé a que empezara a anochecer. Me quedé a una distancia prudente donde me alcanzase la vista hasta el faro, y poder ver si Eladio andaba por allí. Con la lluvia daba por hecho que tendría que estar aún más pendiente del faro, a unos doscientos metros, en el borde del acantilado, con un camino de tierra muy ancho que lo separaba de la casa. Me daba tiempo suficiente para entrar sin que me viese. Nunca entendí esta costumbre tan confiada de este pueblo de dejar siempre las puertas de casa abiertas, aunque ahora sin duda me venía genial.

Vi a lo lejos como entraba al faro dejándome vía libre. Entonces, me acerqué por detrás de la casa, fui hasta la puerta, por supuesto abierta, miré un par de veces hacia atrás para asegurarme de que él no salía del faro. Cuando acerqué mi mano al pomo, descubrí que había sobrevalorado mis dotes de allanador.

—¡Eh! —gritó una voz detrás de mí.

Me planteé seriamente si salir corriendo o inventarme algo en cuestión de dos segundos. Tal vez si me escapaba, entre la oscuridad y la lluvia no sabría que era yo.

—¡Diego! —Vale, sí que lo sabía.

Por el volumen diría que el hombre se encontraba a unos veinte metros de mí, tuve tiempo de reaccionar de la forma más estúpida —o brillante— que se me ocurrió: me di un fuerte golpe disimuladamente con la mano en la herida para que se me abriesen los puntos y volver a sangrar.

—Eladio… —dije haciéndome el malherido.

—Pero ¿qué te ha pasado, hijo? —preguntó, y avanzó más deprisa, casi a la carrera.

—Hola, me caí hace un rato y mientras iba a casa se me ha abierto la herida al resbalar por la lluvia.

—Pero ¿qué me dices? —dijo preocupado; me examinó la herida.

—Estaba ahí al lado y vine para ver si me podías dejar lavarme un poco, creo que se me ha infectado. —Estaba dando demasiada información, mi padre siempre me decía que las mentiras tenían que ser sencillas, y si de algo podía mi padre darte consejos, era sobre mentir.

—Pero por supuesto, hijo, pasa, pasa. —Abrió la puerta y me hizo pasar delante de él—. Déjame ver qué tengo en el botiquín.

—Muchas gracias, Eladio.

—Ve a la cocina, siéntate allí —dijo mientras encendía todas las luces de la casa.

Mientras recorría el pasillo hasta la cocina, pude distinguir sobre la mesa del salón un par de botellas de *whisky* casi vacías, y en la mesa, seis o siete latas de cerveza. Solo esperaba que no fuesen de ese día, el hombre iba a poner las manos en mi herida abierta.

—No te quiero molestar, que hoy tendrás jaleo con el faro.

—No te preocupes, si ya está todo muy automatizado.

—Ah —dije mostrando sorpresa. Al parecer también había sobrevalorado mi conocimiento sobre faros.

Me quitó la gasa, que ya estaba completamente cubierta de sangre, y me limpió la herida con agua oxigenada.

Me dolió eso más que el golpe que me había dado.

—No sé si con esto va a ser suficiente, vas a tener que volver al médico.

—Sí, ya imaginaba, llevo un día muy torpe hoy, perdona.

—Te lo voy a tapar como pueda para que no se te infecte, pero ve al médico. ¿quieres que te acerque?

—No, no, que demasiado he molestado ya.

—¡Qué vas a molestar, por Dios! Lo que haga falta, chico.

—Te lo agradezco.

Tenía que pensar una manera para ir a la habitación de Jaime.

—Déjame que ponga la alarma del faro y voy a por el coche.

Fíjate tú, la ocasión llegó sola.

—Claro... —aproveché la oportunidad.

Eladio salió tambaleante, así que podía ser que las botellas sí que fuesen de aquel día. Me levanté y fui rápidamente al dormitorio de Jaime. Solo había estado una vez, hacía muchos años, en esta casa, pero no era demasiado grande, y de una sola planta. El dormitorio de mi amigo estaba al fondo del pasillo.

Lo cierto es que le tuve un cariño especial a Jaime porque fue la primera persona que se interesó por mí cuando me mudé. Estábamos en clase de Matemáticas y un chico con ropa de deporte y el pelo castaño despeinado pero con bastante estilo se sentó en el sitio libre que había a mi lado. Yo estaba bastante cortado, pero él, con su simpatía natural, comenzó a preguntarme sobre lo que estaba dibujando, con un interés que parecía genuinamente verdadero.

La gente que es demasiado amable no suele inspirarme confianza; sin embargo, él tenía algo, quizá su transparencia, que te animaba a hablar. Así nos hicimos amigos.

Cuando abrí la puerta, me abrumó la misma sensación que cuando entraba a la habitación de mi hermana: un dormitorio intacto, ese toque de abandono que tiene una habitación que nadie ha recogido desde la última vez que su dueño estuvo allí. Los muebles llenos de polvo de no haber querido ni limpiar para no perturbar ni un centímetro de los objetos que Jaime había colocado allí por última vez. El escritorio con los libros del instituto sobre la mesa, un pequeño televisor con una PlayStation 4 en el suelo.

En una de las paredes había un corcho con fotos, fotos nuestras. Estábamos todos. Cogí una en la que aparecemos los seis, en la playa, el verano antes de la desaparición, me quedé embobado mirándola. No sé si fue el lugar y las terribles sensaciones que recorrían mi cuerpo, o el golpe que me había dado en la cabeza para abrirme los puntos, pero me sentí muy mareado estando allí, como si algo hubiese atravesado mi cuerpo y hubiese salido por el otro lado dejándome atontado. Durante todos esos años me dediqué tanto a pensar en Mónica que ni siquiera me había permitido pasar un duelo por mis amigos. En ese momento lo sentí claro.

Pero Eladio no tardaría en volver, y yo no veía ningún portátil; comencé a abrir cajones, solo cables, ropa… Y entonces vi su mochila del instituto, me sentí rarísimo, como si estuviese profanando un cadáver.

El teléfono del pasillo comenzó a sonar, estaba prácticamente al lado de la puerta del dormitorio en el que me encontraba. Oí los pasos de Eladio ya dentro de la casa, acercándose al teléfono, se me acababa el tiempo, debajo de los libros de esa mochila había una *tablet,* era lo único que iba a conseguir, así que la cogí y simplemente podía esperar que tuviese metida su cuenta de Instagram en ella.

Eladio respondió al teléfono:

—¿Sí?

Ya no tenía otra que volver a inventarme una excusa para que me encontrase allí.

—¿Hola? —insistió, dándome a entender que nadie estaba contestando por la otra línea.

Eladio colgó y vino a la habitación al ver la puerta abierta.

Joder, nada me estaba saliendo bien ese día.

—Diego, ¿qué haces aquí? —Creo que por primera vez en toda mi vida le escuché molesto.

Me di la vuelta mirando hacia las fotos de la pared y me hice el intenso.

—Lo siento, Eladio, estaba buscando el baño y… Lo siento, al ver su habitación me he quedado petrificado. No sabes cuánto lo siento.

—No te preocupes, Diego, es normal —dijo el hombre entrando al dormitorio y contemplándolo con melancolía—. A mí también me pasa.

—Le echo tanto de menos… —añadí, para darle ese punto final. Aunque ciertamente, acababa de darme cuenta de que le echaba de menos.

—Lo sé, hijo. Bueno, venga, vamos al médico.

Me volví hacia él haciendo que me limpiaba las lágrimas.

—¿Sabes? No te preocupes, voy a ir dando un paseo. Me he quedado un poco… impactado. Prefiero caminar un rato y, ya sabes…, recordar.

—Está bien, lo entiendo.

Salí hacia la entrada con la *tablet* de Jaime bajo la cazadora de cuero.

—Diego —dijo abruptamente Eladio detrás de mí.

—¿Sí?

—¿Qué has cogido?

Me quedé blanco, no sabía qué decir. Me señaló con el dedo, a mi mano.

—Eso.

Entonces vi que no había soltado la foto que había cogido del corcho, me la había llevado sin darme cuenta.

—Ah, perdona, no me he dado ni cuenta. —Miré la foto y retrocedí hacia la habitación.

—Nada, llévatela —dijo con una sonrisa cuando vio la foto de la que se trataba.

—Gracias… —La voz se me entrecortó—. Bueno, Eladio, gracias por todo.

—Ve al médico.

—Sí, por supuesto.

Salí de la casa y Eladio permaneció en el porche mirando cómo me marchaba.

Aún seguía lloviendo y ya era completamente de noche, no se veía nada y tenía mucha prisa por llegar, rodeé el pueblo por arriba, atravesando el camino de la ermita. Algo me inquietó al pasar por allí, una luz que despuntaba entre la oscuridad de la playa, una luz moviéndose, que salía de la cueva, de la cueva de la que le había hablado a esa policía. ¿Sería ella? En ese caso su inverosímil versión de que quería conocer el pueblo no se sostenía. ¿De noche, con tormenta? No me parece la mejor opción para ir de excursión. ¿Qué estaba buscando allí? Me permití el lujo de dejar esas preguntas para otro momento, tenía la *tablet* de Jaime, por ahora eso era lo único real que me podía dar alguna respuesta.

Atravesé el pueblo desde aquella zona para llegar lo antes posible a mi casa. Lógicamente ya no había nadie en la calle, qué tranquilo era San Amaro desde este punto de vista. Atravesé las calles que tanto aborrecía frecuentar y llegué a casa.

Cuando abrí la puerta vi a mi madre en el salón, iluminada por una pequeña lámpara de pie. Estaba allí sentada, viendo la televisión, la casa había adquirido tal olor a tabaco que cada vez que entraba por la puerta me daban ganas de vomitar.

Debería tener los pulmones más corroídos que si hubiese empezado a fumar por mi cuenta desde los catorce años. Fumador pasivo, creo que sería el término.

—Hola, mamá.

—Hola, hijo, ¿qué tal?

Me quité la cazadora empapada, la colgué sobre una silla de la cocina y saqué la *tablet* dejándola sobre la mesa. Luego, me acerqué a ella para ver qué estaba viendo en la televisión, me gustó que al menos se trataba de distraer con algo. No solía encenderla mucho.

—¿Qué ves? —Me senté un segundo junto a ella en el sofá.

—Pero ¿qué te ha pasado? —exclamó preocupada al verme la cara.

Se me había olvidado por completo la herida. Tenía que haber subido directamente a mi habitación.

—Ah, nada, que me he escurrido con la lluvia.

—Ay, ¿has ido al médico?

—Sí, sí.

—Pero esto está un poco chapucero, ¿no? —Se refería al vendaje que me había puesto Eladio.

—Sí, es que se les habían acabado las gasas normales, y entre la lluvia y eso, se me ha quedado un poco mal. Pero ahora me lo cambio.

—Creo que habrá algo en el botiquín, voy a mirar. —Se levantó del sofá.

—Espera, me voy a dar una ducha ahora, después me lo curas.

Realmente la vi activa desde hacía mucho, claro, no le quedaba otra. Igual si me pusiese enfermo de vez en cuando tendría algún motivo para estar entretenida y ejercer de madre, pensé de una forma egoísta, pero con cierto sentido común.

Volví a la cocina a por la *tablet* y fui a mi dormitorio directamente.

Por supuesto no tenía batería, pero tenía un cargador que servía. Cuando la conecté a la corriente, vino el primer gran problema con el que no había contado. La *tablet* tenía contraseña, un patrón de estos de hacer una figura.

Mi plan a la mierda. Además, si lo hacía mal tres veces se bloquearía. Y entonces sí que no tendría nada.

Primero, probé haciendo un cuadrado, me pareció sensato, pero no.

Traté de pensar en qué cosas le podían llamar la atención a Jaime para dibujarlo como contraseña. ¿Una E por su padre? Tampoco. Me salió un aviso en la pantalla advirtiendo que un intento fallido más y tendría que intentarlo dentro de cinco horas. Bueno, no era un gran problema a pesar de mi impaciencia.

Entonces, traté de ponerme en la piel de un chaval de dieciséis años que tiene que poner un patrón rápido.

Y la idea más absurda y lógica me iluminó el cerebro como último descarte. Increíble, pero funcionó. Hice una J. Todo un genio, mi amigo.

—De puta madre —susurré.

Miré entre la biblioteca de aplicaciones rezando para que el icono de Instagram estuviera entre ellas. No me podía creer que de repente estuviera teniendo tanta suerte en todo. Solo había tenido que abrirme la cabeza adrede.

Allí estaba la aplicación. Me sentí tan en racha que, por un segundo, olvidé que estaba haciendo todo esto para descubrir quién había subido el vídeo desde la cuenta de mi amigo muerto.

Entré y me quedé unos segundos impactado al estar dentro de la cuenta de Jaime. Hacía mucho tiempo que no utilizaba Instagram, pero sabía que desde Configuración estaría esa opción. Yo muchas veces lo había utilizado para saber si Lara entraba en mi cuenta cuando husmeaba en mi ordenador, y ver si hablaba con otras chicas y eso.

Vi la opción «Actividad de inicio de sesión». Tardé un minuto en clicar. Y cuando lo hice, toda la adrenalina que había acumulado se desvaneció, dejando mi cuerpo vacío mientras leía una y otra vez la misma notificación.

«Último inicio de sesión: Hace 3 días, a las 10:40, iPhone, desde San Amaro, Galicia».

El mapa de la ubicación mostraba el instituto.

Capítulo 6
El profesor

Alejandra Gallardo

Me quedé en la puerta, viendo como Diego se sentaba en la sala de espera. Creo que no le había causado muy buena impresión al chico, aunque, dentro de lo que cabe, me había dado bastante información con la que no contaba. Todo lo que me dijo del profesor era muy interesante; sentí una pequeña alegría al saber que esa noche podría completar un poco más mi mural en el hostal.

Ya había pasado la hora de comer y comencé a preocuparme por el descuido que estaba teniendo conmigo misma en lo poco que llevaba en el pueblo. Tenía tantas cosas que hacer, tantos lugares a los que ir, que deshacerme de esa impaciencia por saber qué me causaba este lugar era muy difícil.

Tenía que manejar mejor la situación para que mi salud mental no se resintiera.

Vayamos por partes, pensé mientras me quitaba la goma del pelo para volver a hacerme la coleta. Lo primero, mandarle la foto de estas flores a Lidia, una plantación de lirios que había al borde del centro de salud. Cuando mi hija era más pequeña, bromeábamos con eso; no sabía pronunciar bien su nombre y decía «Liria». Cada vez que me encontraba un lirio le mandaba una foto.

Lo siguiente era la cueva. Sabía que ese chico no era tonto, me pilló muy en frío cuando me preguntó por qué buscaba las cuevas. Seguro que lo había relacionado con la desaparición. Tenía que ocuparme del asunto ese mismo día antes de que a él le diese más curiosidad. Me interesaba volver a ganarme la confianza de Diego, tal vez podría ayudarme con más datos que, todo apuntaba, la Guardia Civil no estaba dispuesta a facilitarme. Aunque era más duro que un bloque de cemento, tendría que hacer algo para que confiase en mí. Tal vez que viese que no soy benevolente con Julio... No lo sabía, empezaba a tener conflictos de intereses. ¿Qué me podría dar más? ¿Que la familia de Julio no se perturbara con mi presencia en el pueblo para poder seguirles la pista de cerca? ¿O que Diego confiase en mí? Jugar a dos bandas iba a ser complicado.

Me dirigí, todavía bajo la incesante lluvia, a la ermita, aprovechando para dar otro paseo atravesando el pueblo hasta ella. Las calles estaban desiertas.

En cierto modo estaba entusiasmada por esa última posibilidad, y descubrir si el «olvido» del sargento de la Guardia Civil había sido adrede o un simple descuido que me devolvería con las manos vacías de nuevo al hostal. Aun en ese caso, no estaba desilusionada, tenía más hilos de los que tirar. No podía evitarlo, pero todo esto me hacía sentir muy viva y en paz; la frustración que arrastraba desde que había hablado con el cura esa mañana estaba comenzando a desaparecer.

El olor del café al atravesar la plaza se convirtió en una exigencia para mí. Tal vez no comer, pero un café rápido para llevar podría estar bien. Cuando entré al bar se encontraba vacío, solo estaba la camarera que nos había atendido por la mañana, y que parecía bastante tímida para trabajar cara al público.

—¡Hola, otra vez! —dije con una gran sonrisa mientras me escurría el chubasquero desde la puerta.

—Hola —contestó la chica con amabilidad—. ¿Qué te pongo?

—¿Me podrías poner un café para llevar?

—Claro, ¿pero no prefieres tomártelo aquí? Con la que está cayendo…

En ese momento pensé que quizá, al estar solas, podría hablar unos minutos con ella.

—Pues sí, la verdad, casi que mejor.

—¿Solo?

—Pónmelo americano esta vez.

Más café, más conversación, pensé.

—Claro —contestó mientras encendía la cafetera.

Me senté en una banqueta en la barra para estar más cerca de ella.

—Hoy no tendrás mucho trabajo, ¿no? —dije bromeando por el absoluto vacío que había en el pueblo.

—Sí… Los días así, después de comer, esto ya se queda vacío, hasta quizá un poco antes de cenar.

—Claro, claro.

No sé lo que estaba haciendo, pero eso no era un americano, solo estaba dejando más tiempo el café cayendo, lo que se traducía en un café quemado con agua sucia en un vaso de ColaCao. Lo puso frente a mí y le di un pequeño sorbo.

—Hmm, buenísimo. —Estaba espantoso—. Hasta el café lo hacéis mejor que nosotros en Madrid.

La chica me devolvió el cumplido con una sonrisa de los labios cerrados.

—Estoy pensando seriamente mudarme aquí —añadí.

—Si te gusta la lluvia y el frío, te lo recomiendo, claro —contestó ella.

—Ya..., mujer, entiendo que tiene que ser un poco aburrido, ¿no? —Era jovencilla, no creía que esta fuese su vida soñada, quizá podía atacar por ahí.

—No lo sabes bien, esto es parecido a vivir en un campo de concentración.

Creo que era ella la que no sabía bien qué era un campo de concentración, pero sonreí igualmente.

—No será para tanto, ¿no?

—Bueno, tiene sus cosas, pero como todo, supongo —contestó ella mientras limpiaba la máquina de café.

—¿Llevas mucho aquí?

—Toda la vida, por eso lo digo.

Seguí bebiendo el café ignorando la digestión tan mala que me iba a dar. Aunque, como decía David Lynch, incluso un mal café es mejor que nada de café. Parecía que quería decir algo, pero le estaba costando lanzarse. Creo que podía adivinar la pregunta.

—Eres policía, ¿no?

Ni a Taylor Swift la reconocían tanto por la calle, había que joderse.

—Sí —dije, aliviando su pregunta con una sonrisa tranquilizadora.

—Y... ¿sabes algo?

—Pues, por ahora no, lo siento. Pero si necesitas ayuda con algo, estoy aquí para lo que necesites. —Quería pensar que la reiterada pregunta iría acompañada de algo más.

La chica sonrió tímidamente.

—¿Los conocías?

—Sí, bueno... Lara era mi hermana pequeña.

Esta sí que no me la esperaba.

—Oh, Dios, lo siento muchísimo. Vamos a hacer todo lo posible para saber qué pasó —dije, mostrando empatía.

Puso una mueca que venía a decir que ya le habían dicho esa misma frase antes. Se giró de nuevo para meter platos sucios en el lavaplatos.

—¿Sabes? Hace un rato he conocido a un chico, Diego. Su hermana también es una de las desaparecidas. ¿Le conoces?

—Diego, sí, claro. Era el novio de Lara.

Otra más que no había visto venir.

—Ah, ¿sí? Vaya, no lo sabía. Pobrecillo.

—Sí..., pobrecillo —dijo con un tono sarcástico, dejando claro que no compartía mi simpatía por él.

—Perdona, ¿he dicho algo que te haya molestado?

—Mira, no sé... Da igual —dijo, aún dándome la espalda mientras colocaba los platos.

Ahí había algo, solo tenía que pinchar un poco más.

—Me pareció muy simpático.

—¿Y no te parece raro que fuese el único del grupo de amigos al que no le pasó nada? —Levantó una ceja.

—Según tengo entendido, esa noche él no estaba con ellos.

—Eso dice él —replicó con desconfianza.

—¿Y tú qué crees? —dije, haciéndola sentir relevante.

—Mi hermana venía llorando a casa cada dos por tres porque habían discutido, ¿tú qué crees que puedo pensar?

Y ahí estaba lo que estaba buscando.

—¿Crees que tuvo algo que ver?

—Mi padre está seguro de que fue él.

—Entiendo...

Me acabé lo poco que me quedaba de café y me levanté de la banqueta. Aunque sentí que podría escarbar más, no quería saturarla. Además, aún tenía que ir a la cueva.

—Bueno, si en algún momento quieres hablar, o crees que hay

algo que debería saber, pues estoy en el hostal del pueblo, ¿vale? O espera… ¿Tienes un boli?

—Sí, claro.

Le apunté mi número en una servilleta.

—Cualquier cosa, puedes contar conmigo.

—Te lo agradezco. —Y se guardó la servilleta en el bolsillo.

—¿Qué te debo?

—Nada, nada…

—Ay, pues muchísimas gracias. Y, de verdad, para lo que sea, ¿vale?

—Vale, muchas gracias —contestó con una sonrisa.

—Y, por cierto —añadí dándome la vuelta antes de salir por la puerta al recordar algo más.

—Dime.

—¿Sabes algo de un profesor…? ¿Bruno?

—Puff… Sí, se lio mucho con ese tema hace un par de años. Hace mucho que no le veo.

—¿Pero pasó algo?

—Estaba liado con Mónica, la hermana de Diego. Fueron a por él y, bueno… Le echaron del colegio… Muy turbio todo.

—Pero Diego me dijo que no fue él.

—Qué curioso que lo afirme con tanta seguridad —dijo con un tono sarcástico de nuevo—. Le declararon inocente, pero mucha gente del pueblo le pilló por banda y le dieron una buena paliza.

—Vaya, ¿sabes dónde vive?

—En una casa muy vieja en un camino de tierra que sale por donde la ermita.

Vaya, cuántas cosas pasan alrededor de la ermita.

—Es una casa sola dentro del bosque. No tiene pérdida.

—¿Y por qué no se marchó del pueblo después de eso?

—Creo que su madre está muy enferma, o algo así me contaron. Que no la quería dejar sola y ella no se quería ir del pueblo.

—Vaya... Oye, perdona, no me has dicho cómo te llamas.

—Rosa.

—Muchas gracias por todo, Rosa. Y lo dicho, llámame o nos vemos cuando quieras, ¿vale?

—Por supuesto.

—De todos modos, vendré bastante a menudo. Ese café lo necesito diariamente.

—No tiene nada especial —contestó.

No hace falta que me lo jures, pensé.

—¡Hasta luego, Rosa!

Salí dispuesta a continuar mi camino, ya con las pilas cargadas y un plus de información.

Mientras caminaba, las ideas venían y se desvanecían en mi cabeza a una velocidad muy acelerada. Si bien no creía que Diego fuera responsable de la desaparición, debía tener cuidado con idealizarle o darle demasiada información al respecto. En cualquier caso, sospechando que iría a esa cueva, si estuviese involucrado y allí hubiese algo, no me lo habría dicho.

Cuando alcancé a ver la ermita en la distancia, logré distinguir el camino que me había descrito Rosa, el que debía llevar hasta la casa del profesor. La ermita de San Amaro se alzaba en lo alto de la colina, solitaria, como si estuviera apartada del mundo por elección propia. La piedra gris de los muros estaba cubierta de musgo y enredaderas, dándole un aspecto antiguo y algo descuidado.

El camino hasta allí no fue fácil, la pendiente resbaladiza y el barro dificultaban cada paso. La lluvia seguía cayendo, dándole un aire aún más desolador al paisaje.

Eché un vistazo a través de las cristaleras, pero apenas se veía nada, hice un absurdo intento por alumbrar con mi linterna a través del cristal, pero el reflejo no ayudaba. Tampoco sabía qué podría encontrar allí, ni siquiera qué estaba buscando.

Saqué el teléfono e hice unas cuantas fotos con el *flash* desde fuera. Era todo lo que podía hacer en ese momento.

Así que continué hacia la cueva, no quería perder demasiado tiempo con eso. Según las indicaciones de Diego, debía estar de cara al mar, bajo el acantilado en el que se situaba la ermita. La única opción viable para bajar era una cuesta un poco complicada, por la lluvia principalmente, traté de no resbalar y morir en mi segundo día en el pueblo.

El descenso fue traicionero, el barro hacía que cada paso fuese una potencial trampa resbaladiza. El viento se intensificaba a medida que bajaba, trayendo consigo el olor a salitre del mar y el sonido de las olas rompiendo contra las rocas. Cada vez que mis pies se hundían en la pendiente, tenía que agarrarme a lo que pudiera: raíces, piedras, incluso a los afilados salientes de la roca del acantilado.

En esos momentos, me vino un fugaz aunque habitual pensamiento de ¿qué coño estoy haciendo?

Por fin, llegué hasta la arena de la playa, húmeda y oscura por la lluvia incesante. Al levantar la vista, allí estaba la cueva. La entrada era una oscura abertura en la base del acantilado, una boca abierta que parecía engullir la poca luz que había ese día. Estaba parcialmente oculta por las sombras que la roca proyectaba sobre ella y enmarcada por algas y musgo que se habían aferrado a las paredes con el paso del tiempo.

Me acerqué con cautela, sintiendo cómo la arena húmeda cedía bajo mis botas. La abertura de la cueva era lo suficientemente alta como para entrar de pie, pero se estrechaba rápidamente en el interior, dando la sensación de que se trataba de un pasadizo que conducía a un lugar mucho más profundo y oscuro. No parecía que el mar hubiese llegado nunca hasta ella, aunque la marea subiese. Estaba bastante alejada de las rocas en las que rompía el mar.

El aire en la entrada de la cueva era frío y húmedo, cargado con el aroma a salitre. Encendí mi linterna, la cual proyectó un haz de luz que apenas parecía penetrar la oscuridad más allá de unos pocos metros.

La cueva resultó ser bastante más grande de lo que había imaginado. Mucho más que la anterior. A medida que avanzaba, el pasadizo inicial se dividía en múltiples galerías que se extendían en varias direcciones, creando un laberinto de piedra y sombra. Tenía que obligarme a decidir qué camino tomar.

El silencio era casi absoluto, roto solo por el eco distante de las olas y mi respiración.

Examiné cada rincón con minuciosidad, deteniéndome a inspeccionar las hendiduras en las paredes. Pasé la linterna por cada superficie, buscando, una vez más, sin saber concretamente qué.

El suelo se volvía más irregular, con rocas dispersas y pequeñas charcas de agua estancada. Cada nuevo pasillo parecía más inquietante que el anterior; algunos tan estrechos que apenas podía pasar de lado; otros se abrían en cámaras más grandes que podrían haber servido de refugio. A lo lejos, el sonido del goteo constante del agua resonaba como un metrónomo monótono, lo que añadía una capa extra de tensión al ambiente, que, por qué no decirlo, me gustaba.

Finalmente, en una de las cámaras más profundas, a la derecha de la entrada principal, algo captó mi atención. Un destello oscuro bajo el haz de la linterna. Allí, sobre una roca en el suelo, había una pequeña mancha que esperaba que fuera de sangre seca. Me agaché para examinarla más de cerca, enfocando la luz directamente sobre ella.

No me lo podía creer, ¿tenía algo? ¿Estuvieron aquí?

El descubrimiento hizo que mi mente comenzara a trabajar a toda velocidad. Tomé varias fotografías desde diferentes ángulos, asegurándome de que se percibiese con la máxima claridad posible.

Salí de la cueva y llamé a Gonzalo.

—He encontrado sangre en la cueva —dije rápidamente, interrumpiendo su saludo.

—¿De verdad? —preguntó Gonzalo, sorprendido.

—Te estoy enviando las fotos ahora mismo.

—Joder, bien, Gallardo, bien.

—Manda a alguien a recoger la muestra, hay muy poca y está sequísima, pero creo que se puede sacar algo.

—Vale, reenvío las fotos a la científica. ¿Estaba muy visible?

—No, qué va, esta cueva es un jodido laberinto, lo peor que puede pasar es que no sea de ninguno de ellos, pero no creo que pase mucha gente por aquí.

—Perfecto, creo que irá una unidad de A Coruña, por cercanía.

—Tiene que ser algo, Gonzalo —dije esperanzada—. Hace un rato estuve con el hermano de una de las chicas que desaparecieron y es el que me dio la ubicación. Lo mismo es posible que en algún momento viniese con ellos, tendría sentido que después de salir de la ermita hubiesen ido a algún lugar que conociesen.

—Bueno, no cantes victoria todavía.

—Que sí, hombre…, ya lo sé.

—Pero entonces, ¿no es una de las cuevas que te indicó la Guardia Civil de allí?

—Qué va, las cuevas que me indicaron, bueno, que garabatearon ellos estaban lejísimos, esta está al lado de la ermita, tiene todo el sentido que se trate de ella.

—¿La cueva que no te dicen ellos es en la que aparece sangre?

—Lo sé, lo sé.

—Pero escúchame una cosa, ¿qué más tienes? Porque, aunque la sangre sea de alguno de ellos, que va a ser difícil comprobarlo si no tenemos registros suyos de ADN, vale, estuvieron allí, pero ¿qué más? ¿Qué hicieron después?

Gonzalo tenía razón, la emoción había podido conmigo y no sabía si realmente sería de utilidad.

—Vale, tengo algo más —contesté—, un profesor, Bruno.

—¿Qué tiene que ver en todo esto?

—Sospecharon de él al principio por estar liado con una de las chicas desaparecidas.

—¿Y has hablado con él? ¿Sabes dónde vive?

—Sí, sí, sigue en el pueblo, tengo la casa ubicada, voy ahora mismo para allá.

—No le digas nada de la cueva, utilízalo a tu favor para ver si se contradice.

—Lo sé, Gonzalo, que no soy nueva. ¿Te han llegado las fotos?

—Sí, sí, me acaba de llegar el *mail*.

—Vale, pues que manden a alguien ya. Yo voy a visitar al profesor, a ver si tiene ganas de hablar.

—Buen trabajo, Gallardo.

—¡Gracias, amigo!

Volví a subir la horrorosa cuesta que me llevaba de nuevo a lo alto del acantilado, pero con mucha más energía que antes, estaba eufórica, volvía a tener hasta hambre.

Cuando llegué arriba, continué el camino de tierra que conducía a la casa, el sendero entraba en el bosque, que se extendía por toda la parte trasera del pueblo. Todavía no era de noche, aunque la luz había bajado significativamente. A pesar de ello, con la linterna y la absurda confianza que sentía después del descubrimiento, me adentré en el bosque con facilidad a pesar de la ya pesada, pero que muy pesada lluvia que parecía que me iba a acompañar durante toda mi estancia.

Tal y como me dijo Rosa, la casa no tenía pérdida, destacaba principalmente por ser la única estructura de piedra en cientos de metros a ambos lados de bosque.

Siempre me había imaginado a mí misma, ya anciana, retirada en alguna casa así, en el bosque, escribiendo novelas policiacas de misterio.

La casa era realmente vieja, de piedra —como todas—, pero muy bonita —como casi todas—. Los muros estaban cubiertos de musgo y enredaderas, y el tejado oscuro mostraba signos de desgaste, con algunas tejas faltantes. Las ventanas, con marcos de madera envejecida, estaban protegidas por contraventanas medio cerradas que dejaban entrever un interior oscuro.

Me acerqué al camino de entrada, casi oculto por la vegetación, lleno de hojas mojadas y barro. Subí las escaleras del porche de madera, que crujía con cada paso. Llamé a la puerta y esperé. No hubo respuesta, insistí, pero nada.

Eché un vistazo por las ventanas de los laterales, no parecía que hubiese nadie. Me decepcionó, ya sabía yo que la racha no podría durar tanto. Aunque tenía un plan B. En mi corta estancia en el pueblo, estaba acostumbrada a ver puertas abiertas y un exceso de confianza en los extraños. Así que probé a girar el pomo de la puerta, y, efectivamente, esta se abrió. Aunque siendo una persona tan amenazada por el pueblo, no le veía mucho sentido.

Abrí unos centímetros la puerta.

—¿Hola?

Tal vez si uso la baza de ser policía, no se enfadan si abro la puerta de su casa, pensé. Aunque prefería que el hombre estuviese predispuesto a hablar conmigo, tal vez esa no era la mejor opción. Pero por primera vez en todo el día, noté algo más fuerte que el olor a humedad y tierra mojada. Un olor nauseabundo salía de la casa. Di un par de pasos hacia dentro e iluminé con la linterna. Tuve que taparme la nariz con el chubasquero para no marearme del olor.

La casa estaba bastante descuidada, pero no necesariamente abandonada, sino más bien propia de alguien que no es fanático de la limpieza. Aunque empecé a sospechar que tal vez Bruno y su madre ya no vivían allí. Era lo que más sentido tenía, al menos.

—¡¿Hola?! —repetí esta vez más alto.

Encendí el interruptor de la luz que estaba junto a la puerta, pero no funcionaba. Caminé por el salón iluminando el suelo y los muebles que encontraba a mi paso con la linterna. Había estanterías llenas de libros cubiertos de polvo, y localicé las escaleras que daban al piso de arriba. Mi ilusión por conseguir hablar con aquel hombre estaba desvaneciéndose, era más que evidente que se había marchado de la casa. Alumbré los estrechos escalones mientras subía, cuando algo me golpeó el hombro. Entonces, me giré y vi un zapato a cinco centímetros de mi cara. Al verlo, la imagen me hizo caer por las escaleras. Recuperé la linterna del suelo y lo enfoqué: era un hombre colgando del piso de arriba, ahorcado. Me levanté del suelo muy impactada y con el susto aún en el cuerpo. Acababa de conocer a Bruno.

No sabía cómo reaccionar, me quedé en blanco, inmóvil varios segundos, pensando qué hacer. Salí al porche de nuevo. Me tomé unos minutos para respirar y procesar lo que acababa de encontrar. Me senté en las escaleras, tenía la puerta abierta detrás de mí. Un escalofrío me recorrió el cuerpo al saber que si me daba la vuelta podría ver esas piernas colgando al fondo de la habitación. Me levanté y cerré la puerta de la casa para poder pensar, sentándome otra vez en aquellos escalones del porche.

En ese momento, mi teléfono sonó, era mi hija. No sabía cómo iba a mantener una conversación, pero necesitaba escuchar su voz. Me di una bofetada en la cara para espabilar y contesté:

—¡Hola, cariño!

—¡Hola, mamá! ¡Has visto lirios!

—Sí, ¿te han gustado?

—¡Mucho! —dijo riendo—. Oye, ¿quién es el señor de la foto?

—¿Qué señor? —contesté confusa. ¿Había sacado sin querer a Diego en la foto?

—El señor que aparece detrás de las flores.

Puse el manos libres y miré la foto que le había enviado para comprobar a qué se refería.

—Lidia, yo aquí no veo a ningún… Hice *zoom* a la foto y, efectivamente, detrás de los lirios había un hombre con una capucha y las manos en los bolsillos, mirando a la cámara.

Tras lo que había visto hace unos minutos, estaba sumamente sugestionada, y esto no lo mejoró. Antes, cuando buscaba la cueva, ya tuve la sensación de que había alguien en ese bosque.

—Ay, hija, pues un señor que estaba por allí paseando, aquí la gente sale mucho a pasear.

—Tendríamos que salir a pasear nosotras también —contestó ella.

—Cuando quieras, cariño, pero ya sabes que Madrid no es tan bonito.

—Mamá, tengo que colgar, que vamos a entrar al cine.

—Ah, es verdad, ¿estás con la abuela?

—¡Sí!

—Dale un beso de mi parte y pasadlo bien. Te quiero, cariño.

—¡Y yo! —contestó antes de finalizar la llamada.

—Vale, Álex, cabeza fría —me dije a mí misma.

Me levanté y volví a abrir la puerta de la casa con decisión. Tenía que examinar la casa. Entré iluminando con la linterna el cuerpo del profesor. Tenía los ojos abiertos, colgado del techo se veía delgado y desaliñado, como si llevara meses sin cuidarse. Llevaba una camisa vieja, manchada y arrugada. Su rostro demacrado estaba parcialmente cubierto por una barba descuidada y sucia. El pelo, largo y enmarañado, caía en mechones desiguales alrededor de su cabeza.

El olor en la habitación era insoportable, una mezcla de descomposición y humedad que se aferraba a mis fosas nasales y me hacía querer salir corriendo. Pero tenía que mantener la calma y tratar de entender qué había pasado aquí. El cuerpo no había entrado todavía en descomposición. Como mucho, habrían pasado dos días. Aparté las piernas con el brazo para subir las escaleras hacia el piso de arriba. A pesar de alejarme del cuerpo, el olor no cesaba; parecía incluso que cada vez era más intenso.

En el piso de arriba había varias puertas cerradas. Me di un golpe fuerte en el pie con algo metálico, lo iluminé y era algo naranja, grande. Al alejarme unos pasos, me di cuenta de que era una bombona de butano, con una manguera conectada a la boquilla. Seguí la dirección de la manguera, que arrastraba por el suelo y pasaba por debajo de una de las puertas. Me preparé mentalmente, porque creía que ya sabía lo que me iba a encontrar. Respiré profundamente y abrí esa puerta. Ese olor, que inundaba toda la casa, provenía de esa habitación. Y en ese momento, se expandió por todo el pasillo.

Dentro había una mujer mayor, con la cara muy hinchada, de un color azulado y grisáceo, tumbada en una cama y conectada a varios cables que salían de una máquina de diálisis apagada. Llevaría muerta cuatro o cinco días, quizá. El esquema de lo sucedido se me vino a la cabeza antes incluso de abrir la puerta: Bruno había matado a su madre con el gas y varios días después se suicidó.

Por lo menos la mujer no sufrió, pensé. Eché un vistazo por la habitación con cuidado de no tocar nada. Parecía prácticamente una habitación de hospital ambulante. Frente a la cama había un cuadro, el único que había visto en toda la casa. Era una pintura al óleo de San Amaro, hecha desde una de las colinas detrás del bosque de aquella zona. Mostraba un paisaje general del pueblo de noche, con algunas hogueras en la playa y personas alrededor. En la esquina inferior derecha se veía la fecha: el 30-04-1999.

30 de abril… Era la fecha de la desaparición de los chicos, pero veintidós años antes. La Noche de Walpurgis, la festividad de la playa. Debajo de la firma había un pequeño símbolo dibujado. Saqué el móvil e hice una foto al cuadro; me resultaba una curiosa casualidad, tanta que, de hecho, no parecía serlo.

Salí al pasillo con una sensación de desasosiego y entré en el que debía ser el dormitorio de Bruno. El espacio era pequeño y desordenado. No había gran cosa: libros, una pequeña colección de DVD y una cama deshecha. Las paredes estaban cubiertas de estanterías repletas de más libros y revistas antiguas. Una mesa de trabajo en una esquina. La sensación que me daba era de que Bruno había sido un hombre inteligente y culto.

Bajé de nuevo al salón, debía de dar el aviso. Volví a apartar el cuerpo ahorcado con delicadeza mientras bajaba las escaleras. Saqué el teléfono para llamar de nuevo a Gonzalo cuando me fijé en algo sobre la mesa: había un pequeño cuaderno con un bolígrafo al lado. ¿La nota de suicidio?, pensé. No debía tocarlo sin guantes; sin embargo, mi curiosidad superaba al protocolo. Busqué algo para cogerlo sin contaminarlo con mis huellas: un trapo, papel, lo que fuese. Miré por las encimeras que había en el salón. Cuando levanté la cabeza, tenía frente a mí una ventana que daba al exterior. Había alguien observándome. Un hombre encapuchado, el mismo de la foto de Lidia. En cuanto mantuve contacto visual con él, se marchó corriendo. Era el tipo que me estaba siguiendo. Desenfundé la pistola que llevaba bajo la chaqueta y salí de la casa tras él. Todo estaba ya muy oscuro, pero distinguía la figura adentrarse en el bosque, perdiéndose entre la oscuridad.

—¡Eh! —grité mientras corría siguiendo su camino—. ¡Alto, policía!

Corrí hasta estar a más de cincuenta metros de la casa. Ya no conseguía verle, pero escuchaba el sonido de las ramas rompiéndose por sus pasos no muy lejos de mí. No le veía; me había adentrado entre los árboles y la oscuridad. Saqué la linterna y giré varias veces para poder ver su ubicación, o si se había escondido.

—¡Sé que me estás siguiendo! —grité mientras giraba sobre mí misma.

Me quedé en silencio esperando escuchar algo que me indicase la dirección, pero con el ruido de la lluvia era difícil. A pesar de eso, o se había alejado mucho, o había dejado de correr. Alumbré con la linterna entre los árboles, avanzando despacio y tratando de cubrir mis espaldas, estando alerta y poniendo todos mis sentidos en el ruido. Di un par de pasos más cuando me sorprendió tras el árbol que tenía a la derecha, golpeándome en la cabeza con una madera. Caí al suelo de inmediato. El hombre salió corriendo por el bosque.

Mi pistola había caído a un par de metros de mí. Cuando la encontré sobre el barro, fui arrastrándome hacia ella. La cogí y apunté a las piernas. Le había dado; iba cojeando de la pierna izquierda; aun así, continuó corriendo. Me levanté torpemente y salí tras él. Pero era imposible, me costaba caminar erguida. Tanto el golpe como la caída me habían dejado hecha polvo. Lo había perdido. Regresé a la casa mientras sacaba el teléfono para llamar a Gonzalo, parecía que su sexto sentido había intervenido; justo me estaba llamando él.

—Gonzalo... —contesté dolorida y jadeante—. Me han estado siguiendo.

—Gallardo, no hay sangre.

—¿Qué?

—Me acaban de llamar de la científica de A Coruña, no hay nada. La roca con sangre de la foto no está. Me han enseñado exactamente el mismo lugar, el mismo rincón, pero está limpio.

—Gonzalo, ¿qué coño me estás contando?

—Pues o has hecho Photoshop, o alguien ha limpiado cuando has salido.

Me retiré el teléfono de la cara y di un fuerte grito, desesperada por la situación.

—¡Joder! —Salí del bosque dirigiéndome de nuevo a la casa de Bruno—. El profesor está muerto.

—Venga, no me jodas, Gallardo.

—Y me han estado siguiendo todo el día.

—Gallardo, no puedes seguir tú sola ahí. Mañana te mando a la unidad para allá.

—Gonzalo, no. Si esto se plaga de policías, quien coño sea que está haciendo esto va a tener mucho más cuidado.

—Gallardo, ¡que no tenemos nada! Que la única prueba que había la han limpiado.

—Gonzalo, por favor, confía en mí, dame un poco más de tiempo.

Pude escuchar a Gonzalo suspirar al otro lado de la línea y aguantar unos segundos en silencio.

—Tienes una semana. Si en una semana no sacas nada, plagamos ese pueblo de nacionales.

Visto lo visto, casi era mejor no decirle que acababa de pegarle un tiro en la pierna a alguien. Supongo que la persona que me estaba siguiendo, si era quien había limpiado la sangre, no iba a ir a la policía a denunciarme.

—Manda a los forenses a casa del profesor. Te mando la ubicación ahora.

—Gallardo, desde este momento, quiero que me mantengas informado de todo. De-to-do.

—Por supuesto. Mañana hablamos.

Subí las escaleras del porche de la casa. Había perdido la linterna en el bosque tras la caída. Iluminé con el *flash* del móvil dirigiéndome hacia la mesa. Ya me daba igual el protocolo, necesitaba saber qué había escrito Bruno antes de ahorcarse. Era lo único que me quedaba después de perder la muestra de sangre. Pero para mi sorpresa, esta historia no iba a acabar tal y como creía. El cuaderno ya no estaba.

Iluminé el suelo buscando sangre. Se lo tenía que haber llevado ese hombre, y estaba herido. Sin embargo, nada. Solo había dos posibles explicaciones: que ese hombre era un superhéroe y no sangraba, o que no era el único que me estaba siguiendo.

Capítulo 7
Sin título

Diego

Eran las tres de la mañana y yo seguía mirando el mapa que mostraba Instagram, asegurándome una y otra vez de que la ubicación no cambiaba. Y, de hecho, no lo hacía.

La posibilidad de que fuese un grito de ayuda de Jaime había quedado descartada. Si alguien había subido aquella publicación desde el instituto, debía tener las credenciales de Jaime por algún motivo. Ni siquiera recordaba si él tenía un iPhone, tampoco podía asegurar que alguien tuviera su móvil y lo había subido desde allí. En general, no podía asegurar nada.

El debate moral sobre si estaba bien husmear en el Instagram de mi amigo… inexistente. ¿Debate? Ninguno. Solo quería respuestas. Entré en sus mensajes privados con la esperanza de encontrar algo que arrojara luz sobre las nuevas preguntas que esto había despertado en mí. La última conversación que tuvo, hacía tres años, fue con el usuario «Julio de los Olmos». ¿Desde cuándo Jaime y él se llevaban bien? No recordaba a Julio por entonces como alguien despreciable, al menos no hasta que comenzó a juntarse con Roberto y los demás. Pero nunca había sido un buen tipo.

La conversación era larga. Empecé a desplazarme hacia arriba, buscando el punto donde las cosas pudieran empezar a ponerse interesantes. Y entonces lo vi. Algo me llamó la atención. Y no precisamente para bien.

Julio había reenviado una *storie* de Lara, en bikini. Sentí un pinchazo en el estómago. La imagen mental me hirvió la sangre.

30 de abril de 2021

Julio: Puff, está buena eh

Jaime: Córtate tío que es la novia de Diego jajaja

Julio: bue, por lo que me ha dicho
no deben estar muy bien

Jaime: Pero tú desde cuando hablas con ella
cabrón

Julio: Llevamos una semana hablando por Instagram,
le reaccione a una storie y me contestó

Jaime: Yo hasta donde sé, no están mal,
tienen sus cosas, como todos

Julio: Me dijo que el Diego está a su puta bola siempre

Jaime: Es que Diego es un poco especialito para
las relaciones xD

Julio: De todos modos, yo no estoy haciendo nada malo,
si ella quiere tontear está en su derecho

Jaime: Si si, pero que es mi colega

Julio: Que ya hombre, pero el no viene esta noche, no?

Jaime: Nop, lleva una semana un poco raro con nosotros, y cuando le preguntó Nuno si salía por Walpurgis ni le contestó. Mónica dice que casi no sale de su habitación, igual ahora con lo que me dices que te ha dicho Lara tiene más sentido

Julio: A ver, yo siempre le he visto un tio rarete eh

Jaime: Es un buen tío, pero tiene mucho mundo interior, demasiado xD

...

Jaime: Has conseguido las llaves??

Julio: Yesss, no me ha hecho falta ni ir a casa de mi tío, mi padre tenía una copia

Jaime: DE PUTA MADRE!!!

Julio: Les has dicho que voy?

Jaime: No, hemos quedado a y media en la plaza, pero van a flipar cuando les diga que hacemos botellón en la puta ermita, así que estoy seguro de que les va a parecer bien jajajaja

Julio: Perfect

Jaime: Se va a mosquear tu padre?

Julio: Si no se entera no xD que ahora
con las elecciones está un poco tocahuevos

Jaime: Intentaremos que así sea jaja
Nos vemos esta noche tron

Y ahí acababa la conversación. Con el chat justo delante, no podía dejar de releer la última frase de Jaime: «Nos vemos esta noche». Era inevitable que surgiera ese pensamiento intrusivo, esa necesidad absurda de creer que todo podría haber sido diferente con un simple «Esta noche no me apetece salir». Chorradas que me gustaba pensar cada día para flagelarme.

¿Estuvieron en la ermita? ¿Qué tenía que ver eso con la cueva por la que me había preguntado esa policía?

Ninguno sabía que Julio iba a estar esa noche, excepto Jaime, que por algún motivo —sabe Dios cuál— parecía que le caía bien. Me costaba entender qué me mosqueaba más, si que Julio tontease con Lara o que ella fuese diciendo a todo el mundo que no estábamos bien.

Notaba cómo la conversación semidespectiva hacia mí me estaba nublando el juicio, desviándome del verdadero objetivo: descubrir quién había subido ese vídeo. Que, por cierto, seguía publicado y plagado de comentarios llenos de interrogaciones.

Con tantas preguntas girando en mi cabeza, traté de poner en orden mis ideas. Volví al chat, en busca de si, en algún mensaje que se me hubiera pasado, había algo que hiciera referencia a otra persona, ajena al grupo y Julio, que hubiera estado esa noche con ellos.

Porque de ser así, esa podría ser la responsable de haber grabado el vídeo y, probablemente, de publicarlo.

Sin embargo, no había nada más. Mensajes anteriores eran reacciones a *stories* de ambos y alguna breve conversación sobre videojuegos.

Me quedé dormido con la *tablet* en la mano revisando todos los mensajes de Jaime. Nada que me sirviera, y nada que se acercara a la fecha de la desaparición.

Me desperté con el ruido del timbre de casa, a la mañana siguiente; miré el reloj y eran más de las diez.

Escuché la voz de mi madre conversando con alguien, era una sorpresa para mí que estuviese despierta, o que hubiese querido levantarse de la cama para abrir, incluso.

Adormilado, y sin el más mínimo esfuerzo por incorporarme, escuché a mi madre decir:

—Pasa, pasa, es la puerta de la derecha.

Marta abrió la puerta de mi habitación.

—¿Qué coño haces aquí? —dije mientras me levantaba de golpe, con el sueño todavía pegado en el cuerpo.

—Tío, ¿por qué no vas a clase?

Cerré la puerta tras ella para que mi madre no pudiera escucharnos.

—¿Y es motivo para presentarte aquí así, de repente, sin avisar?

—Pero ¿cómo quieres que te avise? No miras el móvil, no vas a clase... ¡¿Cómo quieres que te avise?!

—Pues así no —contesté mientras recogía la habitación de manera apresurada. No me gustaba para nada la idea de que Marta viera el caos que reinaba en mi casa. Era... deprimente.

Noté cómo, a pesar de mi intento por mostrar indiferencia, Marta examinaba la habitación. La ropa tirada por el suelo, el armario abierto con todo revuelto, hasta que su mirada se detuvo en la *tablet* sobre la cama.

—No me jodas que al final fuiste —dijo con un tono demasiado elevado como para permitir que mantuviéramos esa conversación con mi madre en la habitación de al lado.

Cogí la mochila de clase y guardé la *tablet.*

—Vamos a otro sitio.

Abrí la puerta, invitando a Marta a salir del dormitorio.

—Hasta luego, mamá —dije mientras avanzábamos hacia la salida.

—¿No queréis desayunar? —preguntó ella mientras se tomaba un café que sujetaba con la misma mano que, esperaba, su primer cigarro del día.

No dejé tiempo a Marta para contestar.

—No, no te preocupes. Nos pasamos por el bar de camino —respondí, avanzando deprisa por el pasillo hasta la puerta.

—Tened buen día —dijo mi madre, dando a entender que ni siquiera sabía qué hora era.

Por fin había parado de llover, pero el olor a tierra mojada aún impregnaba el aire. En esta zona, donde todo lo que rodeaba la casa era prado, la humedad se quedaba. Caminé rápido, quería alejarme lo máximo posible, como si la distancia borrara la imagen de mi casa en la mente de Marta.

—¿Puedes ir más despacio? —dijo ella, tratando de seguirme el paso—. ¿Qué has encontrado?

Nos alejamos lo suficiente de la casa y, al llegar al sendero que salía en sentido contrario al pueblo, me detuve y saqué la *tablet* de la mochila.

—Mira esto —le dije mientras entraba en su Instagram. Amplié la ubicación que mostraba esa última conexión.

Marta guardó silencio, con los ojos fijos en la pantalla.

—Eso es…

—Es el instituto —la interrumpí.

—¿Me estás diciendo que el vídeo lo publicó un compañero nuestro?

—No sé si un alumno, un profesor, el director o la abuela del conserje, pero fue alguien que estaba allí. La última conexión fue a las diez y media de la mañana, y mira. —Señalé el dispositivo que marcaba aquella conexión.

—Dispositivo iPhone —leyó ella la notificación.

—Quien publicó el vídeo tiene un iPhone —añadí, como si realmente tuviera una pista inquebrantable. Antes de que Marta la hiciera añicos.

—Diego, ¿y qué significa eso? Todo el mundo tiene un iPhone. Qué coño, si hasta tú tienes uno. La gente pide créditos en los bancos para comprarse uno.

—Bueno, joder, pero para algo servirá, para descartar gente.

—¿Pero descartar a quién? ¿De quién sospechas?

—Yo qué sé… Julio…

—Pero ya está bien con Julio. ¿Cómo va a ser él? ¿Subió el vídeo para autoincriminarse? ¿Qué sentido tiene eso?

—Joder, Marta, no lo sé. Por lo menos yo intento buscar respuestas.

—¿Qué quieres decir? ¿Que yo estoy aquí a verlas venir?

—Pues, joder, por lo menos en vez de decirme que no a todo, podrías animarme un poco con esto.

—¿Pero animarte en qué? ¿En que no vayas a clase? ¿En que andes por ahí colándote en casas, robando? ¿En que te vayas dando de hostias con todo el mundo? Joder, Diego, ¿cómo narices puedes pedirme que ayude a que te jodas la vida? ¡Se te está yendo la cabeza!

—Venga, Marta, no me fastidies. Sé que tú vives bien con tu vida perfecta.

—Pero ¿quién te crees que eres para decir que mi vida es perfecta? ¡¿Cómo vas a saber cómo es mi vida?! Si solo hablamos de ti. Nunca me has preguntado nada sobre mí; es más, creo que nunca me has preguntado qué tal estoy. ¿Cómo se mantiene una amistad así, tío?

—Pues, sea como sea, no creo que sea muy difícil que te vaya un poco mejor que a mí.

—¿Quieres hacer el puto favor de dejar de victimizarte por todo? De verdad que entiendo todo por lo que has pasado…

—Marta, con todo el respeto que me puedo permitir, tú no tienes ni puta idea de por lo que he pasado. Hemos hablado cuatro ratos, pero no te creas con derecho a…

—¡Pues igual no! Porque no eres capaz de hablar conmigo de verdad. Eres un puto niño asustado con un escudo de titanio. ¿Por qué no ves que solo estoy intentando conseguir que estés bien?

—¿Qué coño quieres saber? ¿Que mi hermana está muerta? ¿Que medio pueblo sospecha que maté a mi novia y a mis amigos? ¿Que mis padres me sacaron a rastras de mi casa para traerme a este pueblo de mierda, y seis meses después a mi padre se le cruzó un cable y nos dejó solos? ¿De verdad crees que tengo algún motivo para no tirarme por el acantilado aparte del de saber si existe la más remota posibilidad de conocer qué les pasó a mis amigos?

—Pero, Diego, ¿tú entiendes cómo me hace sentir, cada día, verte arrastrándote como un zombi, ignorando que estoy delante de ti, y que me estoy muriendo por que me dejes ayudarte, y que aun así vayas ciego con la bandera de «Joder, qué solo estoy? No te dejas querer, eres el desgraciado con la vida más triste que se empeña en meterse más piedras en la mochila para no salir a flote cuando se tire al mar. Eres la persona más egocéntrica y egoísta que he conocido en mi vida.

Ambos nos quedamos en silencio. Podía notar la respiración acelerada de Marta, que cogía aire por primera vez después del discurso que acababa de soltar. Mi silencio era más bien una expresión de la vergüenza que sentía, porque no le faltaba razón. Lo más correcto en ese momento era callarme.

Me senté en el suelo, aturdido, como si me acabaran de dar una paliza.

—El suelo está empapado.

—Me he dado cuenta —respondí al notar cómo el agua calaba mi pantalón. Pero no me levanté.

—Diego, yo…

—Es verdad, Marta —contesté, tajante.

Ella volvió a guardar silencio, esta vez muy sorprendida al ver que no me había puesto a la defensiva.

Se sentó frente a mí, arriesgando ella también la sequedad de su ropa.

—Es solo que… es lo único que tengo.

—No es lo único, Diego. Te ha tocado pagar más papeletas que a la mayoría, sí, pero eso no es justificación para arruinar tu vida. Ya no vas a clase, prácticamente has renunciado a tu futuro, y te está consumiendo hacer el trabajo de otra gente que ya está con ello.

—Bueno… —dije, en desacuerdo con ese último punto.

—¿Cómo crees que le va a hacer sentir a tu madre ver que ni siquiera has conseguido graduarte?

Ahí tocó fibra.

—No me creo que te dé igual un disgusto más.

La verdad es que me había dejado planchado.

—Gracias —dije con sinceridad.

—Da igual —respondió ella, agachando la cabeza—. Igual podíamos levantarnos de aquí.

—Yo estoy bien —contesté, ignorando cómo se me helaba el culo.

—Mira, paso, pero, por favor, vuelve a clase.

—Vale.

—Esto no significa que te esté pidiendo que lo dejes todo, solo quiero que no te consuma la vida. Y que pienses mejor los procedimientos. Nada de allanar la casa de Eladio —dijo riéndose.

—Haré lo que pueda —bromeé.

—Yo voy a estar para lo que necesites, pero mente fría, por favor.

—Vale.

—Prométemelo.

—Sabes que no soy muy fanático de las…

—Prométemelo —insistió ella, sin dejarme acabar la frase.

—Te lo prometo.

—Bueno, ¿y qué más has encontrado?

—Una conversación entre Jaime y Julio en mensajes privados.

—¿Y qué decían?

—Toma. —Le di la *tablet.*

Marta comenzó a leer la conversación. Mientras la observaba, pensé en cómo me había sentido golpeado, arrastrado y pisoteado por sus palabras, y me di cuenta de que…, de alguna manera, sentía cosas por ella. Era la primera vez que tenía ese pensamiento tan latente en la cabeza.

—Joder, con cuánta alegría hablan de ti, ¿no?

—No me ha hecho especial ilusión saber que mis amigos murieron pensando que los odiaba.

—No creo que fuese tampoco eso —contestó ella, mientras continuaba leyendo.

Mi pensamiento mutó así, durante la discusión. Ella había

querido darme a entender que sentía algo más por mí, más allá de la extraña amistad que teníamos.

—¿Fueron a la ermita? —dijo, devolviéndome la *tablet.*

—Eso parece.

—¿Y buscaron allí?

—No lo sé, pero la poli que me preguntó ayer por la cueva puso cara rara cuando le dije que había una al lado de la ermita.

—¿Crees que Julio le contó que fueron allí?

—Es una posibilidad.

Me inquietó que Marta no mencionara nada de lo que tenía que ver con Lara. Tal vez eso corroboraba mi teoría, y no se sentía cómoda hablando de mi antigua relación.

—¿Y cuál es el siguiente paso? —preguntó ella, dando por hecho que tendría un plan.

—Tampoco lo sé. Necesito hablar con Julio. Si él no hizo nada, no sé por qué se empeña en tener la puta boca cerrada.

—No lo hagas con los puños, vamos a pensar otra forma.

En ese momento comenzó a chispear.

—Joder… —dije, mirando al cielo.

—¿Vamos a mi casa?

—No te ofendas, pero no me apetece tener que hablar con tus padres.

—Imbécil, mi madre está en el centro médico y mi padre trabaja hasta las tres.

Realmente me apetecía.

Marta se levantó y empezó a andar mientras comenzaba a llover con más fuerza.

—Bueno… —suspiré.

—¡Venga! —exclamó a unos metros de distancia.

—Oye, ¿pero tu casa no está en el otro lado?

—Sí, pero tengo que ir a pedirle a mi madre las llaves.

—No jodas.

—Que sí, pero que no te preocupes, si a mi madre le da igual todo.

No quería tener un incómodo cruce de miradas con su madre al pedirle las llaves, en plan «así que eres tú el que se va a zumbar a mi hija». No pensaba ni de lejos que eso fuese a suceder, pero tampoco me quería arriesgar a un juicio injusto.

Caminamos deprisa bajo la lluvia hasta el centro médico, por el camino ya embarrado.

—Oye, no sé por qué te daba vergüenza que viese tu casa.

—¿Quién ha dicho que me da vergüenza? —Sí me la daba.

—Lo parecía.

—A ver, no es el mejor lugar para pasar el rato —aclaré, tratando de salir de la situación.

—Pues yo no he visto tan mal a tu madre como me la ponías.

—Ya, anoche la verdad es que estaba viendo la tele y, no sé…, me pareció guay, teniendo en cuenta que es una sombra de lo que era.

—Lo que te dije el otro día sigue en pie: si algún día crees que puede estar bien que vayamos a pasar un rato con ella, podemos jugar a algún juego de mesa. Seguro que se distrae. ¿Un Cluedo?

—¿Cluedo? —repetí, con una mirada fulminante.

—Era broma —dijo, riendo.

Entramos al ambulatorio y fuimos hacia la consulta. Como de costumbre, no había mucha gente en la sala de espera, únicamente un viejo, muy viejo, tosiendo.

Marta abrió la puerta de la consulta como si estuviera en su casa. Yo estaba tras ella cuando vi, al fondo de la sala, a un guardia civil de San Amaro sentado en una banqueta, con la pierna cubierta de sangre. Su expresión era de dolor evidente mientras la madre de Marta le curaba la herida. El charco de sangre bajo su pierna me hizo fruncir el ceño, parecía grave.

Él levantó la vista al vernos, y su rostro se tensó aún más. No reaccionó bien al vernos allí.

—Marta, ¿se puede saber por qué no llamas a la puerta? —dijo su madre mientras se levantaba de la banqueta y venía hacia la puerta, entornándola tras ella, con los guantes cubiertos de sangre.

A mí me hizo exactamente lo mismo hace un rato, pensé. Alguien no le había explicado bien eso de llamar antes de entrar.

—Perdona, mamá, pensaba que estarías sola.

—¿Qué quieres? —preguntó ella, agresivamente.

Yo me di la vuelta y me alejé unos pasos para no hacer la situación —aún más— violenta, pero no pude evitar seguir observando al guardia civil de reojo.

—Hola, Diego, ¿qué tal la herida? —me preguntó su madre.

—Mejor, mejor, gracias.

—Me alegro. Pásate mañana si quieres y le echo otro vistazo.

—Sí, claro.

—¿Está bien? —preguntó Marta, refiriéndose al guardia civil.

—Sí, solo se ha enganchado con un tornillo o algo, pero, claro, se lo tengo que desinfectar.

—Vale, vale. Solo quería las llaves de casa.

Su madre se metió a la consulta, cerrando la puerta frente a nosotros.

Marta me miró con cara de no comprender la situación, así que la mía era un cuadro.

Su madre volvió a salir con las llaves en la mano. Se las dio a Marta y volvió dentro. Ni siquiera preguntó por qué no estábamos en clase. Así daba gusto, la verdad.

—En fin. El pan de cada día —dijo Marta, mirándome.

Yo no sabía si se refería a la agresividad de su madre o a verla cubierta de sangre. Ambas opciones me parecían válidas.

Capítulo 8
Post mortem

Alejandra Gallardo

Me encontraba en la recepción del hostal a altas horas de la madrugada, peleándome con un viejo ordenador con Windows XP, intentando que las fotos que había tomado durante el día se imprimieran en una impresora aún más antigua que el propio ordenador. Ya había pasado mi hora de toque de queda, pero no tenía otra opción; necesitaba esas imágenes.

No me encontraba bien. La noche me había dejado el cerebro hecho trizas: el profesor muerto, la sangre, que debía ser una gran prueba, desaparecida y, para colmo, le había disparado al desgraciado que me había seguido todo el día, quien suponía que era uno de los que robaron el cuaderno del profesor. Además, el golpe con el tronco me había dejado atontada. Todo empezaba a desquiciarme.

No había nadie en la recepción, estaba yo sola con las luces apagadas, dando por hecho que al dueño no le molestaría que utilizara su equipo para imprimir. Cuando conseguí sacarlas, las imágenes tenían una clara desaturación en la tinta debido al tiempo de desuso de la impresora. Pero me servían, al menos para verlas con un poco más de claridad sobre el mural de mi habitación.

Apagué todo y subí, procurando no hacer ruido por las escaleras. El hostal tenía ese aire sombrío que solo los edificios antiguos pueden adquirir a ciertas horas de la noche, y no me interesaba descubrir si el dueño dormía allí o no.

Al llegar a mi cuarto, comencé a reemplazar los papeles llenos de interrogantes por las fotos impresas y las —escasas— respuestas que había obtenido. Me tomé un momento para repasar visualmente la cronología que había establecido: la noche de la desaparición, el recorrido hacia la ermita, la foto que tomé a través de los cristales, y luego la cueva en la playa, donde todo se había vuelto oscuro, literalmente. Algo había ocurrido allí, de eso estaba segura, y la sangre era la única pista tangible, y ya no la tenía.

Desglosé el mural en secciones. Alguien estaba decidido a sabotear mi investigación, así que añadí la foto que le envié a Lidia, la del hombre entre las flores, el mismo que me había seguido hasta la cueva y había hecho desaparecer la sangre seca sobre la roca. Estaba siguiendo un rastro difuso, pero era todo lo que tenía.

Luego estaba el profesor, sospechoso de la desaparición de los chicos durante el primer año. Había matado a su madre y se había suicidado. A simple vista, podría decir que vivía atormentado por cargar con la imagen de pedófilo a sus espaldas y tener que cuidar a una madre moribunda no le parecía la mejor de las vidas. Sin embargo, alguien había robado lo que parecía ser su carta de suicidio.

No era disparatado pensar que todo lo que tenía hasta ahora estuviera conectado. ¿Acaso el profesor confesó el crimen en ese cuaderno? Pero, de ser así, ¿por qué robarlo? A menos que implicara a otra persona. Un pensamiento perturbador cruzó mi mente y marqué con un círculo rojo la foto del hombre que me había estado siguiendo. Todo empezaba a tener sentido.

Mi conclusión era irrefutable: había un hombre cojo con una herida de bala en San Amaro, y ese hombre, como mínimo, sabía qué había en ese cuaderno. Y si sabía eso, sabía mucho más de lo que estaría dispuesto a admitir.

En última instancia, tenía al alcalde y al cura, de los que no tenía fotos por motivos evidentes, pero de los que había hecho dos dibujos bastante apañados. No sabía por dónde tirar con ambos, más allá de que habían tratado de encubrir a Julio para que no fuera inculpado. Y ahí estaba Julio, un chaval medio tontillo que, para mí, no sabía mucho, pero que sí pudo hallarse en aquella cueva con los desaparecidos.

Sobre un pósit escribí las preguntas más urgentes que necesitaba responder para avanzar:

¿Quién era el hombre (ahora cojo) que me había seguido?
¿Qué ponía en el cuaderno del profesor?
¿Qué había pasado en la cueva?

Mientras colgaba el pósit sobre el mural, me fijé en la foto de muy baja calidad de la ermita, y algo me llamó la atención. Sobre los bancos había un símbolo, uno que ya había visto antes, aunque no recordaba dónde. Entonces, algo hizo clic en mi cabeza. Saqué el móvil y busqué la única foto que había olvidado imprimir, el cuadro en la habitación de la madre del profesor. Aquel paisaje de San Amaro durante la Noche de Walpurgis. Amplié la imagen y, efectivamente, ahí estaba ese símbolo, en la firma junto a la fecha. Era el mismo que estaba grabado tras los bancos de la ermita.

Lo examiné bien y lo dibujé en otro pósit. Un círculo con una línea recta que bajaba de él, esta línea era atravesada por dos diagonales que formaban una X. Debajo de la línea, dos trazos que parecían puntas de flechas invertidas.

Y, finalmente, el hilo rojo ataba todas las preguntas a una persona. El cura volvía a estar en el centro de todo. Si el símbolo estaba en los bancos de su ermita, debía saber qué significaba. Tuve que añadir un punto más a mi lista de prioridades:

¿Qué es este símbolo?

Programé la alarma para las siete y me dejé caer en la cama, haciendo un esfuerzo consciente para dejar todos mis problemas colgados en ese mural y tratar de descansar.

A la mañana siguiente, el sueño no fue un problema. Tenía ganas de comenzar con todas las visitas que tenía planeadas. Por fin había dejado de llover y un poco de sol entraba por la ventana. Me levanté y me di una ducha rápida. Debía ir a la morgue del hospital de A Coruña; la noche anterior, mientras levantaban los cuerpos, solicité estar presente en la autopsia. No es que dudara de la veracidad del suicidio, es más, no tenía sentido que hubieran robado la nota si hubiese sido un montaje; de hecho, habrían dejado una falsa para despistar. Pero ya no confiaba en nadie y necesitaba ver si había algo que pudiera darme una pista sobre la motivación.

Al bajar las escaleras hacia la recepción del hostal, me topé con el dueño, sentado en un butacón junto a la puerta, absorto en la lectura de un libro.

—¡Buenos días! —dijo el hombre, que cerró el libro a medias y me miró con una mezcla de curiosidad y cortesía—. Sí que madrugas, ¿eh?

—¡Buenos días! Lo mismo digo —respondí con una sonrisa, acercándome a él—. ¿Ya leyendo desde primera hora?

—Aquí estamos, entreteniéndome un poco hasta que abran el bar —respondió con un tono despreocupado.

Esperaba que fuera para tomar un café y no un carajillo…

—¿Y qué está leyendo, si puedo preguntar? —intenté leer el título en la portada.

—*Os camiños da noite* —pronunció con orgullo—, de Carlos Casares.

—Vaya, ¿gallego? —Pues claro que era gallego, imbécil, me recriminé internamente por la torpeza. Necesitaba un café.

—Sí, sí, ¡siempre somos los que más tenemos que contar! —exclamó, henchido de orgullo.

Ya me estoy dando cuenta, pensé, aunque no lo dije.

—Oiga, pues muy interesante. A ver si algún día le puedo echar un vistazo. También tenéis alguna leyenda, ¿verdad? Quizá usted que es un hombre de aquí me pueda contar algo más. Una mujer se refirió el otro día a la Santa Compaña, ¿la conoce?

—Sí, hija, es una leyenda famosa de estas tierras.

—Una procesión de muertos o algo así, ¿no?

—Sí, almas en pena anunciadoras de la muerte. Algunos autores opinan que la denominación de «Santa Compaña» es errónea, pese a su fortuna en la literatura, pues la Compaña podrá ser muchas cosas, pero santa… —dijo negando con la cabeza—. Cuenta la leyenda que cruzan los bosques con sus túnicas por la noche, y pobre del que se los encuentre, porque se dice que buscan almas para llevárselas al otro mundo.

—Pues me contó la historia Dolores, la madre de Manuel, el cura. Está convencida de que la Santa Compaña se llevó a los chicos. Si no es indiscreción ¿qué opina usted?

—Si te digo la verdad, no tengo una opinión formada; a estas alturas de la vida, me gusta observarlo todo como un espectador, y, como admirador del folklore, es apasionante, pero poco más. Aun así, nunca fue de mi interés tentar a la suerte.

—Estoy con usted.

—Así que conociste a Dolores… ¿La viste muy mal?

—Bueno, no la conocía antes, por lo que tampoco me gustaría juzgar su estado.

—Eres una buena chica —dijo el hombre, con signo de aprobación.

—Disfrute de la lectura y que tenga un buen día —me despedí.

—Igualmente, hija —contestó mientras volvía a sumergirse en las páginas.

Subí al coche y tomé rumbo hacia el hospital de A Coruña. Tras tres días en el pueblo, mentiría si dijera que no sentí alivio al alejarme de allí. El paisaje verde y húmedo de San Amaro comenzaba a resultarme opresivo, como si el entorno mismo conspirara para sofocarme. Mientras conducía por la carretera serpenteante, sentí cómo mi mente empezaba a despejarse, abandonar el pueblo parecía que me permitía finalmente respirar.

El viaje estuvo acompañado por el disco *Fear of the Dark* de Iron Maiden, una pequeña burbuja de normalidad en medio del caos. Sabía que era solo una tregua temporal, pero en ese momento la necesitaba.

El trayecto de cuarenta minutos hasta A Coruña me permitió organizar mis pensamientos y racionalizar la situación desde la distancia. Los bosques espesos y las montañas cubiertas de nubes dieron paso a las señales de la civilización: coches, edificios y la luz grisácea del amanecer reflejada en las ventanas de los bloques de viviendas. De alguna manera, el bullicio de la ciudad me devolvía una sensación de control que había perdido en San Amaro.

Al llegar al hospital, aparqué en el subterráneo y me dirigí al sótano, donde se encontraba la morgue. Pasé los —pocos— controles de seguridad y me dijeron que el forense llegaría en un minuto.

Cuando entré en la sala, vi el cuerpo del profesor, cubierto con una sábana sobre la camilla metálica. Todo preparado para comenzar la autopsia.

Me tomé la licencia de acercarme al cuerpo. Había estado presente en varias autopsias, no era algo que me sobrecogiera; sin embargo, me removió pensar que esos pies, ahora desnudos, el día anterior estaban a la altura de mi cara, colgando de una viga.

La primera vez que pisé una morgue tenía nueve años. Mi padre me había llevado a ver un caso que acababa de resolver. El cadáver era de un hombre de mediana edad, obeso, con más de ciento veinte kilos. Mi padre, que me cogía de la mano, señaló el cuerpo y dijo: «¿Ves a ese señor? Los muertos son los únicos capaces de guardar un secreto». Era mi cumpleaños. Años más tarde, le diagnosticaron demencia precoz y lo inhabilitaron de la policía. Tal vez por eso siempre he encontrado algo de consuelo en la fría serenidad de las morgues.

Mientras miraba con obsesión los pies del profesor, entró el forense con un café en la mano.

—Buenos días —saludó con tono alegre, como si no estuviera a punto de abrir en canal a un cadáver.

—Buenos días —respondí, alejándome un poco del cuerpo.

—Comenzamos cuando quiera —dijo él, tomando un último sorbo de su café antes de tirar el vaso a la papelera.

—Cuando usted lo considere.

El forense retiró la sábana para dejar al descubierto el cuerpo grisáceo.

—Espere un momento —interrumpí al ver algo bajo su pecho.

Me acerqué a la zona y observé algo que parecía una escarificación. Era ese símbolo de nuevo, esta vez de unos cinco centímetros de alto.

—¿Ha visto eso? —le pregunté al forense.

—Sí, la madre tiene uno igual —respondió él—. Un tatuaje familiar, supongo.

—¿Es la primera vez que lo ve?

—Sí, ¿es relevante?

—No lo sé...

—¿Podría enseñarme el cuerpo de la madre?

—Sí, claro.

Lo seguí a través de una puerta que daba a la sala del depósito de cadáveres. Recorrió rápidamente las etiquetas en las cámaras y abrió la de la mujer, deslizando hacia fuera la camilla que mi padre solía llamar la «bandeja del horno».

Descubrió el cuerpo de la mujer, mostrándome la misma cicatriz que tenía su hijo.

—Es igual, ¿no?

—Sí, es idéntica... —contesté.

—¿Podría decirme si se las hicieron al mismo tiempo? ¿En cuestión de años, tal vez?

El forense echó un vistazo sin replicar ni hacerme demasiadas preguntas, parecía que había despertado su interés.

—Hmm, esta parece más antigua. A pesar de la edad y el estado del cuerpo, el color y la dispersión de la herida sugieren que ha pasado más tiempo desde que se hizo.

—¿Puedo tomar una foto? —pregunté, sacando mi móvil.

—Por supuesto. También puedo enviar a analizar los tejidos de la zona, si lo necesita.

—Sí, sería de gran ayuda.

Saqué un par de fotos, tanto de la cicatriz como del cuerpo, y el forense volvió a introducir la camilla en la cámara.

Regresamos junto al cuerpo del profesor, y el forense volvió a observar la cicatriz.

—Sí, esta parece más reciente. Está muy curada, pero no creo que se hicieran al mismo tiempo.

Antes de que le abriese, aproveché para sacar mis propias fotos del cuerpo y su cicatriz.

El hombre comenzó su trabajo con el cuerpo de Bruno, y yo empecé a sentirme nerviosa, solo por estar ahí, observando. Las imágenes obsesivas de San Amaro invadían mi mente, susurrándome que algo, en ese preciso momento, se me escapaba de las manos. Así que, cuando vi al forense sosteniendo el páncreas del profesor, supe que era hora de marcharme.

—Disculpe, voy a dejarle mi número. Cuando termine, ¿podría llamarme? Tengo que atender otro asunto.

—Sí, claro.

—No sabe cuánto se lo agradezco.

Volví al coche y conduje de regreso a San Amaro. Alguien tenía que aclararme el significado de ese símbolo, y no parecía ser algo desconocido en el pueblo: los bancos de la ermita, el cuadro de la madre y las cicatrices que ambos llevaban bajo el pecho.

Tenía que volver a hablar con el cura, pero esta vez sin rodeos; me estaba cansando de que todo el mundo me tomase por imbécil, y que cada hilo de mi investigación acabara deshilachado a los pies de ese hombre estaba colmando mi paciencia.

Durante el camino de vuelta, la lluvia comenzó a golpear con fuerza, cada vez más intensa a medida que me acercaba a San Amaro. Parecía que la lluvia y mi frustración estaban indisolublemente ligadas a ese lugar.

Aparqué el coche al lado de la iglesia poco antes de las once, sabiendo que la misa empezaba a esa hora. Quizá podría pillarlo con la guardia baja.

Abrí las puertas de la iglesia y me dirigí hacia la sacristía, pero no encontré al cura. Sin embargo, escuché una voz femenina que susurraba, sus palabras resonaban en las paredes de la iglesia, un murmullo apenas audible.

Me volví y descubrí como al fondo, en el confesionario, había una mujer arrodillada confesándose. Decidí esperar a que terminara e hice lo mismo que ella. No esperaba que no me reconociera, pero me pareció una forma muy dramática de expresar mi creciente descontento con el pueblo.

Me arrodillé y bajé la cabeza frente a la rejilla del confesionario. No lo había hecho desde la primera comunión, no sabía cómo se procedía, pero había visto muchas pelis.

—Perdóname, padre, porque he pecado.

—Ave María Purísima —contestó Manuel desde el otro lado.

—¿Qué?

—Que tienes que empezar con eso.

—Ah, perdón, Ave María Purísima.

—Sin pecado concebida.

No entendía nada, no tenía que haber hecho esto, tenía que haberle saludado normal y pedirle unos minutos de su tiempo.

—¿Ya? —pregunté, confundida por el protocolo.

—Sí, ya puedes confesarte, hija.

—Pues verá, realmente no he venido a confesarme, pero no puedo esperar a que acabe el turno.

—¿Segura? ¿Cuánto hace que no te confiesas, Alejandra?

—El suficiente como para que mis pecados hayan prescrito.

—Todos necesitamos purgar nuestra culpa, y eso probablemente te haya traído hasta aquí.

—Mira, dejémonos de rollos —dije, levantándome y mirándolo a través de la cortina—. No sé cómo procede un cura para confesarse, pero en casa de herrero, cuchillo de palo, por lo que veo.

—¿Qué quieres decir? —preguntó mientras salía del confesionario.

—Que no me puedo creer que el cura de un pueblo no sepa lo que pasa en su propia ermita. Tanto tú como tu hermano sabíais perfectamente que Julio estuvo con los chicos en la ermita la noche que desaparecieron. Y, es más, si no sabéis qué les pasó a esos chicos, no entiendo por qué mentir, es absurdo. ¿Unos chicos entran de botellón en la ermita? Es algo común, son críos, ¿por qué tanta bola para encubrirlo?

Saqué el móvil y, con poca preocupación por mostrarle un cadáver, le enseñé la foto de la cicatriz de Bruno y su madre.

—¿Qué significa este símbolo? Y no me mientas, porque lo he visto en los bancos de la ermita.

—¿Me permites? —pidió permiso para coger mi móvil. Miró la imagen con detenimiento—. Es un símbolo del pueblo, mucha gente mayor se lo hacía a sus hijos, al igual que a ellos se lo hicieron sus padres.

—¿Y qué significa?

—Nada realmente, pertenencia al pueblo.

—Perdóname, pero me parece demasiada casualidad que dos personas, muertas —puse énfasis en la palabra—, tengan grabado, que no tatuado, este símbolo que está en cuadros de la Noche de Walpurgis, y curiosamente, en los bancos de la ermita. ¿A quién pretendes engañar? A mí no, te lo aseguro. —Había agotado toda la paciencia que me quedaba.

—Mira, Alejandra, te seré honesto. Sí, sabía que estuvieron en la ermita. Julio se asustó mucho cuando se enteró de que sus amigos habían desaparecido y que todos sospecharían de él. Las elecciones estaban a la vuelta de la esquina, y a mi hermano también le preocupaba que eso pudiera afectarle, así que, simplemente, ayudamos a nuestra familia. ¿No harías tú lo mismo por tu hija?

—¿Cómo sabes que tengo una hija?

—Probablemente me lo dijeses durante el desayuno del otro día.

No estaba segura de haberlo mencionado, suelo ser muy cautelosa con esas cosas. Pero por si acaso, no quise acusarlo de mentiroso, de nuevo. En cualquier caso, tenía las grabaciones, y esta conversación también estaba siendo grabada desde mi bolsillo. Las repasaría para ver si en algún momento lo había mencionado.

—De verdad, Alejandra, eso es todo, y créeme que me arrepiento profundamente de todos los males que haya podido causar.

¿Qué debía hacer? ¿Conformarme con su palabra? Suponía que sí. No iba a sacarle mucho más.

Guardé silencio durante unos segundos, sopesando si insistir o marcharme. Finalmente, decidí esto último.

—Está bien. Pero tengo una última pregunta.

—Dime.

—Si viese a todas las personas de este pueblo sin camiseta, ¿cuántas de ellas tendrían esta cicatriz?

—No tengo una respuesta para eso.

—Que vaya bien la misa —dije, utilizando la frase como despedida.

No me fui satisfecha, pero al menos sentí alivio por haber hablado sin rodeos. Mi próxima parada sería el centro de salud. Si había un hombre con una herida de bala por ahí, es razonable pensar que habría buscado atención médica.

Había dejado de llover, y con ello San Amaro ya no parecía un pueblo fantasma. Un grupo de niñas saltaba a la comba en la plaza mientras cantaban una canción. Aproveché para sacarles una foto y enviársela a Lidia; le encantaban esas canciones infantiles para jugar con sus amigas, e incluso tenían un cuaderno donde se inventaban las suyas propias.

Cuando llegué al centro de salud, no había nadie en la sala de espera. Justo a mi llegada salía de la consulta un señor mayor con una tos con muy mala pinta.

—¡Y no salga a pescar estos días! —le decía la doctora desde la puerta en un tono elevado, el tono que usas cuando hablas a alguien que está medio sordo—. Quédese en la cama hasta que mejore.

—Sí, sí, hija, gracias —respondió él, con la voz quebrada mientras tosía en un pañuelo de tela.

—Hola, buenos días —saludé a la médica.

—Hola, puedes pasar directamente. ¿Qué te ocurre?

—No, no, nada, solo quería hacerle una pregunta.

—Sí, claro, pasa a la consulta.

Entré, y, sin sentarme, esperé a que ella cerrara la puerta y regresara a su silla.

—¿En qué puedo ayudarte?

—Soy la inspectora Gallardo. ¿Por casualidad no habrá venido un hombre con una herida de bala en la pierna?

—Pues… no —contestó despacio, procesando la pregunta—. ¿Ha pasado algo?

—Bueno, sé que alguien en el pueblo ha recibido un disparo y necesitamos localizarlo.

—Pues no, la verdad. ¿Ha sido hoy?

—No, fue anoche. ¿Tampoco?

—No, de hecho, ese hombre que acaba de salir es el primer paciente que ha venido en toda la mañana.

—¿Y no le suena haberse cruzado con alguien que cojee?

—Sí, contigo.

—¿Perdón?

—Vas cojeando —dijo señalando a mi pie izquierdo.

Con todo lo que tenía en la cabeza, ni siquiera había prestado atención al dolor en mi tobillo tras la caída y la carrera por el bosque.

—Ah —reí—, ya, bueno, ni me había dado cuenta.

—Quítate el zapato, que le echo un vistazo.

—Claro, gracias.

Me senté en la camilla, pensando en cómo demonios habría hecho ese hombre para curarse la herida él solo.

En ese momento, una enfermera abrió la puerta.

—Carmen, ¿puedes venir un momento? Tienes que poner tu contraseña para encender el ordenador de la recepción —dijo la enfermera desde la puerta.

—Sí, voy —dijo ella quitándose los guantes—. Vuelvo enseguida.

Cuando la doctora salió, me quedé sentada en la camilla, observando la consulta, y mis ojos se detuvieron en la papelera metálica junto a la silla.

Luché contra el impulso, que consideré absurdo y obsesivo, pero finalmente cedí. Qué coño, pensé.

Abrí la papelera, completamente llena de gasas manchadas de sangre, mucha sangre, cogí el boli que llevaba en la chaqueta y las levanté para ver todo lo que había allí, hilo, aguja, la sangre estaba muy roja, y aún goteaba al mover las gasas de un lado a otro. El anciano que había salido de la consulta no parecía ir desangrándose por la tos. Esta mujer había cosido una herida grave esa misma mañana. Me sentía en tierra de lobos. Busqué por la consulta algo parecido a una bolsa de pruebas, pero no veía nada, así que cogí una de las gasas cubiertas de sangre y la guardé en el bolsillo interior de mi chaqueta. Esa sangre era del hombre al que yo había disparado, del hombre que me había seguido, que se había deshecho de la sangre de la cueva, y uno de los que había robado el cuaderno del profesor. Si daba con él, tenía el gran optimismo de pensar que todo esto empezaría a cobrar sentido. Cerré la papelera rápidamente y volví a sentarme en la camilla, justo a tiempo para que la doctora entrara de nuevo.

—A ver ese tobillo —dijo con tono profesional, ajena a lo que yo acababa de descubrir—. Parece que es solo un esguince leve. Mantén el pie en alto y ponle hielo —sonrió como si nada.

—Muchísimas gracias —respondí, levantándome.

Estaba empezando a perder la noción de cuándo tenía que ir de frente y cuándo debía simplemente callarme y mantener la calma para poder usarlo en mi favor.

Me quedé de pie, frente a ella, mientras escribía algo en un informe en su mesa. Dediqué un par de segundos a pensar si debía preguntarle por la papelera, o no.

Pero preferí usarlo a mi favor. Tenía la sangre de ese hombre en el bolsillo; si conseguía algo, visto lo visto, debía ser mediante mentiras, igual que hacían ellos.

Salí del centro de salud con la cabeza llena de ideas. Caminé rápidamente por las calles de San Amaro, evitando la mirada de los pocos que se cruzaban conmigo.

Me dirigí al bar para aclarar mis pensamientos, pero, principalmente, para disfrutar de un buen café mediocre. Me senté en una de las mesas junto a la ventana, saqué la grabadora del bolsillo y unos auriculares que siempre llevaba en la chaqueta. Y empecé a repasar la grabación de mi primera conversación con Manuel, buscando cualquier indicio de que, en un descuido, hubiera mencionado algo sobre mi hija.

La conversación no duraba más de quince minutos, la escuché de principio a fin, nada. Estaba claro que yo no se lo había dicho, ¿cómo lo sabía él? Reproduje entonces la grabación de nuestra conversación de hacía un rato en la iglesia, notando un cambio en su actitud: ¿estaba más asustado? Quizá no asustado, pero sí más cauteloso. Sentía que él había perdido algo de control, probablemente debido a mi agresividad.

Mientras volvía a escuchar la grabación, Rosa, la camarera, se acercó a mi mesa.

—Hola, inspectora, ¿cómo va todo? —saludó con una sonrisa.

Me quité el auricular izquierdo para no parecer maleducada.

—¡Hola, Rosa! Todo bien, ¿y tú?

—No me quejo. ¿Qué te pongo?

—Un café solo, largo, por favor.

—Ahora mismo —respondió, girándose hacia la barra.

—Ah, y ponme también un trozo de esa tarta de arándanos del otro día.

—Te gustó, ¿eh? —dijo con una sonrisa cómplice.

—Sí, está riquísima. Gracias.

Rosa asintió y se fue a preparar mi pedido, mientras yo me volvía a colocar el auricular.

Saqué el bolígrafo de mi chaqueta y, mientras escuchaba la grabación, empecé a garabatear discretamente en una servilleta. No tenía mi mural delante, y yo siempre he sido una persona muy visual. De pequeña, decían que tenía visión espacial; nunca me interesé demasiado por lo que significaba, pero mi madre lo mencionaba a menudo cuando veíamos juntas *Se ha escrito un crimen* en el salón. Tenía la costumbre de ver los capítulos con un cuaderno en la mano, donde dibujaba las pistas que iban apareciendo y trataba de adivinar qué había pasado antes que la señora Fletcher. A veces, incluso, lo lograba.

Escuché la voz del cura explicándome el significado del símbolo, lo dibujé en la servilleta. Ya me lo sabía de memoria. Justo entonces, Rosa apareció con mi taza de café y la tarta.

—Te he puesto un trozo más grande esta vez.

—Puf, no sé si podré con todo, pero mil gracias —respondí mientras me quitaba de nuevo el auricular.

Rosa dejó todo sobre la mesa y, al ver la servilleta, frunció el ceño, como si algo en su memoria tratara de salir a la superficie.

—¿Qué es eso? —preguntó, intrigada.

—¿Te suena haberlo visto antes?

—Hmm, sí que me suena bastante, pero ahora mismo no sabría decirte dónde…

—¿En algún lugar del pueblo, quizá?

—Sí, creo que… ¿o tal vez lo he visto tatuado? Ay, no lo sé.

—¿Un tatuaje? ¿Recuerdas a alguien que lo llevase tatuado?

—Sí…, pero, si te soy sincera, no sé a quién. Aunque estoy segura de haberlo visto en otro sitio. ¿Por qué lo preguntas?

—Está en la ermita, también se lo he visto grabado a algunas personas del pueblo, pero no sé lo que significa.

—Oh, ¿y no se lo has preguntado a los que lo llevaban tatuado?

Ojalá pudiera, pensé. Están muertos.

—No… Tal vez sea solo una marca del pueblo.

—¿Es parte de la investigación? —preguntó en un susurro, como si se sintiera parte esencial de mi equipo de detectives.

—No lo creo, es solo algo que no sé lo que significa.

—Bueno, parece una persona, ¿no?

—¿Cómo dices?

—Sí, mira. La cabeza, los brazos en X y las piernas.

Hasta que Rosa lo señaló, no lo había percibido de esa manera. ¿Dónde estaba mi supuesta visión espacial en ese momento?

—Puedo preguntar por ahí, si quieres —ofreció.

—No, no te preocupes, pero si por casualidad ves algo o a alguien con esto, dímelo, ¿vale? Solo a mí.

—Por supuesto —susurró.

—No hace falta que susurres —dije con una sonrisa.

—Entendido, te mantendré informada —contestó ella, claramente orgullosa.

Genial, ahora se creía que éramos algún tipo de pareja de detectives secretas, pero, bueno, me aprovecharía de ello cuanto pudiera.

Rosa se marchó a atender otra mesa, y yo seguí escuchando la grabación. No había puesto Pausa y ya había terminado, ahora solo se oía el ruido de mi bolsillo golpeando el micrófono de un lado a otro del pantalón. Al parecer, no había cortado la grabación al salir de la iglesia.

Entre esos ruidos, en la distancia, comenzaron a sonar aquellas niñas saltando a la comba y cantando que había visto en la calle. Eso me hizo recordar que aún no le había enviado la foto a Lidia. Me preocupaba que sintiera que la estaba desatendiendo; aunque llevaba poco tiempo en el pueblo, me parecía que llevaba meses sin verla. Saqué el móvil para llamarla, y entonces, mientras el audio de la grabadora seguía sonando, algo pasó. Retrocedí unos segundos y volví a escuchar. Otra vez. Una vez más. Las niñas cantaban: «Manos que suben, manos que bajan, sin parar de girar…». Miré la servilleta, donde había dibujado el símbolo.

—Manos que suben, manos que bajan... —susurré, recordando lo que Rosa me había dicho: «Parece una persona».

Reproduje de nuevo desde donde comenzaba a oírse la voz de las niñas. Y escuché cada palabra con mucho atención, retrocediendo una y otra vez. También comencé a escribir la letra en otra servilleta.

Primero la cabeza, la vuelta hay que dar,
manos que suben, manos que bajan, sin parar de girar.
Cuatro manos, cuatro pies, el cuello a girar,
gota a gota cae, ya pronto a descansar.
En fila caminando, la ronda va a empezar,
todos bien juntitos, la lluvia llegará.
Canta y da vueltas, las nubes mirarán,
donde el viento susurra...

Eso era todo lo que había recogido el micrófono de mi grabadora.

Rosa pasó de nuevo cerca de mi mesa.

—Rosa —la llamé.

—Dime —contestó girándose hacia mí.

—¿Te suena esta canción? —Y le acerqué la servilleta.

Rosa comenzó a leerla.

—«Primero la cabeza, la vuelta hay que dar...» —susurró mientras leía, y entonces empezó a hacerlo con el ritmo de la canción—: «Manos que suben, manos que bajan, sin parar de girar».

—Sí, eso es —la interrumpí con intensidad.

—Sí, claro, es una canción infantil, la cantábamos en el cole durante el recreo y eso.

—¿Está completa?

—Hmm, no. No, creo que no.

—¿Sabes cómo sigue? ¿Quién os la enseñaba? —pregunté, seguido, perdiendo un poco el control sobre mi curiosidad.

—Chssst, ponme un cortado, bonita —exclamó una mujer desde una de las mesas del fondo.

—Ahora te la escribo, dame un segundo —dijo Rosa, luego cogió la servilleta y se marchó a poner el café a la mujer.

Mi cabeza iba muy muy acelerada, incluso me dolía. Cogí otra servilleta y comencé a dibujar de nuevo el símbolo, mientras susurraba la canción:

—«Primero la cabeza, la vuelta hay que dar» —murmuré mientras dibujaba el círculo—. «Manos que suben, manos que bajan…» —añadí la X que cruzaba la figura—. «Cuatro manos, cuatro pies…».

Rosa regresó con la servilleta en la mano, con un párrafo extra en la letra escrito con boli rojo.

—Toma, así es como la recuerdo yo, al menos.

Primero la cabeza, la vuelta hay que dar,
manos que suben, manos que bajan, sin parar de girar.
Cuatro manos, cuatro pies, el cuello a girar,
gota a gota cae, ya pronto a descansar.
En fila caminando, la ronda va a empezar,
todos bien juntitos, la lluvia llegará.
Canta y da vueltas, las nubes mirarán,
donde el viento susurra, allí se quedarán.
Y cuando caiga el agua, la fiesta volverá,
con risas y juegos, los campos verdes serán.
Canta y da vueltas, las nubes mirarán,
donde cantan sirenas, allí descansarán.

Me quedé en silencio, observando cada palabra, y desvié la vista un momento hacia los varios símbolos en las servilletas que había sobre mi mesa.

—¿Todo bien? —preguntó ella, preocupada por mi expresión obsesiva.

—¿Quién os enseñaba esta canción? — dije sin levantar la vista de la servilleta.

—No lo sé, es la típica que te enseñan tus amigos, o hermanos mayores, yo se la enseñé a Lara, por ejemplo, pero no recuerdo quién me la enseñó a mí, esas cosas que van pasando de generación en generación en los niños.

No respondí, seguía mirando y repitiendo frases sueltas en mi cabeza: «el cuello a girar», «gota a gota cae», «ya pronto a descansar», «donde cantan sirenas, allí descansarán».

Esa canción no solo era ese símbolo. ¿Describía cómo matar a alguien y deshacerse del cuerpo?

Capítulo 9
El sueño de los injustos

Diego

Marta y yo salimos del centro de salud; la lluvia había parado y el aire frío de la mañana aún llevaba el rastro de la tormenta. Aún era por la mañana. Ella caminaba mirando la pequeña mancha de sangre en las llaves que su madre le acababa de dar, perdida en sus pensamientos. Siempre que las veía juntas, parecían enfrentadas, como si en cada interacción hubiera una batalla no declarada. Aunque a veces echaba de menos tener una madre que se mostrara viva, que reaccionase con algo más que indiferencia, con sangre en las venas. A la mía, en cambio, lo único que le circulaba por las venas era café y la nicotina. No es un pensamiento justo, pero era lo que era.

Cuando llegamos a la plaza de camino a la casa de Marta, vi a aquella policía de nuevo. Estaba allí haciendo una foto con su móvil a unas niñas que saltaban a la comba. No me gustaba un pelo esa tía.

—Vamos por otro lado, que no quiero que me vea, es muy pesada.

—¿Quién?

—Esa —dije, señalando con la cabeza—. Es la poli que estuvo conmigo ayer.

—Ah, vale.

Nos desviamos por la calle de la panadería, rodeando la plaza en silencio, hasta llegar a la casa de Marta. Intentaba no pensar en por qué íbamos allí ahora que había dejado de llover, que era el principal motivo. Pero creo que el silencio nos delataba a ambos. Yo simplemente seguía sus pasos confiando en que fuese ella quien tomaría las decisiones aquel día.

—Me encanta este olor —dijo rompiendo el silencio.

—¿A pan?

—No, idiota, a tierra mojada.

—Ah. —No se me ocurría nada ingenioso que decir. Joder, estaba nervioso.

El camino se estrechaba a medida que avanzábamos, adentrándonos en una zona todavía más antigua del pueblo. Las casas eran las más grandes aunque viejas de San Amaro, las heredadas, como solía decir mi padre. Todas diferentes y construidas con piedra vieja y musgo en las juntas. Era una parte del pueblo donde el tiempo parecía haberse detenido.

Nunca había estado en su casa, ni siquiera sabía cuál de todas ellas era, hasta que Marta se detuvo frente a la más grande de todas.

—Joder —se me escapó.

—¿Qué pasa? —dijo ella entre risas.

—¿Cuánto gana tu madre? —pregunté.

—Imbécil —contestó y puso los ojos en blanco mientras abría el portón de madera—. La casa era de mis abuelos.

La casa era abrumadoramente grande, no tenía una decoración muy moderna, más bien una decoración propia de gente que no pasa mucho tiempo en ella, salvo Marta, pero se veía de gente con dinero. A primera vista, parecía el tipo de edificio que yo me imaginaba cuando mi madre me hablaba de esos comienzos de las novelas de

Agatha Christie donde se juntaban todos en un salón a señalarse unos a otros como sospechosos del crimen. Pero a pesar de su tamaño y apariencia intimidante, había algo acogedor en ella, tal vez la forma en que Marta se movía con tanta naturalidad por los pasillos.

—¿Quieres algo de beber? —me preguntó Marta, mientras dejaba las llaves en una mesita junto a la entrada.

—No, gracias.

—¿Seguro? Tengo cerveza.

—Son las once de la mañana, Marta —dije, luego pensé—. Vale.

Ella atravesó el salón que llevaba hasta una gran cocina americana con una isla en medio.

Hice un pequeño barrido con la mirada a los objetos personales sin que se notase que estaba husmeando con descaro. Había algunas fotos de Marta junto a sus padres, una foto de ellos de boda, y poco más. No me sentía del todo cómodo, sobre todo porque no sabía cómo debía actuar, ni a dónde ir, ni si debía sentarme en algún sitio.

—Es muy grande.

—¿El qué? ¿La casa?

Esto se estaba empezando a poner curioso.

Marta sacó dos cervezas de la nevera mientras yo daba vueltas en círculos sobre mí mismo.

—Bueno, ¿quieres verla?

—Sí, claro.

Subimos las escaleras hasta el piso de arriba y abrió la primera puerta a la derecha, su dormitorio. Ahora me avergonzaba más que hubiese visto el mío.

Tan grande como mi salón, era muy diferente al resto de la casa, no estaba tan cargado de antigüedades ni de ese aire de museo que tenía el resto. Aquí las paredes estaban decoradas con fotos y pósteres.

—Taylor Swift —murmuré, observando el póster de un metro que había en la pared.

—Ten cuidado con lo que vayas a decir —dijo con tono amenazante mientras me miraba fijamente y le daba un sorbo a su cerveza.

—No iba a decir nada, ha sido un pensamiento en voz alta. Me gusta alguna cosa suya. —No era mentira, después de escuchar «Ready for it» en bucle por tu hermana, se te acaba pegando la maldita canción.

—Eso espero, tienes delante tuyo a la Swiftie más peligrosa de San Amaro.

—Vale, pues discúlpeme, lo tendré en cuenta —dije levantando las manos en señal de paz.

La ventana sobre el escritorio mostraba el jardín trasero, el cual era muy grande. Me acerqué a ella y observé el jardín perfectamente cuidado. Árboles podados al milímetro, flores en líneas rectas, ni una hoja fuera de lugar. Parecía casi artificial, como si fuera más una exhibición que un lugar donde alguien realmente disfrutara pasando el tiempo.

—¿Te gusta el jardín? —preguntó Marta, aún con esa mirada que mezclaba curiosidad y diversión.

—Es impresionante —dije, aunque solo por mantener la conversación, realmente me daba igual.

—Mi madre se encarga de que siempre esté así.

—Pues tiene un jardín muy bonito. Mucho trabajo, supongo —fingí interés—. Le debe encantar la jardinería. —Hablaba sin pensar, en realidad la botánica me parecía el *hobby* de los divorciados.

Marta se sentó en la cama, con la cerveza en la mano, y me miró como esperando a que dijera algo más. Pero yo seguía observando el jardín, o más bien, utilizando la vista de este como una excusa para no tener que enfrentarme a la incomodidad que sentía.

Finalmente, me giré hacia ella.

—Es muy… tú, la habitación, creo. —Por decir algo.

—¿Eso es bueno o malo? —preguntó con una sonrisa que no terminaba de llegarle a los ojos.

—Es bueno —respondí, más seguro de lo que me esperaba.

Marta asintió, como si realmente hubiese dicho algo interesante, que no lo era. Se quedó en silencio, mirando la cerveza que sostenía entre sus manos, mientras la atmósfera en la habitación se volvía más pesada. Definitivamente ninguno de los dos sabíamos de qué hablar, pero sí que sabía que el *tour* por la casa no iba a seguir.

No podía entender cómo en la rutina nos resultaba sencillo mantener una conversación banal, o simplemente disfrutar del silencio, y ahora estaba siendo tan complicado.

—Estoy pensando en lo que has dicho antes, y tenías razón. No sé si esta habitación es muy tú, o no. Es verdad que nunca te pregunto por ti, por cómo estás y todo eso —dije, evitando el contacto visual con ella.

Marta agachó la cabeza mientras rasgaba la etiqueta de la cerveza con la uña.

—Y no me gusta. Creo que me habría hecho sentir más cómodo si al entrar aquí hubiese sabido… Yo qué sé, cuál es tu canción favorita de Taylor Swift. O qué pelis te gustan, o si sientes que tu madre dedica más tiempo al jardín que a ti, no sé, esas tonterías.

Ella levantó la mirada, y por primera vez desde que entramos hubo algo de contacto visual sin que ninguno de los dos lo evadiéramos rápidamente.

—Yo tampoco quiero que pienses que simplemente estoy diciendo que no a todo o que no me interesa ayudarte —dijo, levantándose de la cama.

Volví a mirar por la ventana y di un gran sorbo a mi cerveza.

—Lo que quiero decir con esto es que... quiero cambiar algunas cosas porque valoro mucho que hayas estado conmigo, o que lo hayas intentado.

Marta me miró con los ojos muy abiertos y se quedó unos segundos en silencio.

—Me sorprende... He tenido muchas veces la sensación de que te molestaba y que preferirías que no estuviese ahí. Aunque yo sí quería estar —dijo con apenas un hilo de voz.

Esa frase me dio una bofetada de culpabilidad.

—Marta... No quería estar con nadie. No es un problema tuyo, la mayor parte del tiempo no quiero estar ni conmigo mismo. Simplemente no quiero estar.

En ese momento, algo en mí se encendió y no sé ni cómo ni por qué, pero empecé a soltar lo que tenía dentro.

—Y sé que no te lo he dicho nunca, y que a veces no lo parece, pero me gustan los ratos entre clase y clase donde hablamos de lo imbéciles que son todos, o cómo entiendes cuando estoy enfadado o triste. Sabes leer si necesito distraerme dando una vuelta y hablando de gilipolleces o necesito despotricar sobre lo horrible que ha sido la mañana. Si hay una persona en el mundo con la que esté bien ahora mismo, es contigo. Y quiero que tú sientas lo mismo.

—¿Qué quieres que sienta? —dijo ella con un tono más suave.

Sin darme cuenta, estábamos a un par de pasos el uno del otro, lo suficiente como para que no hiciese falta mantener el tono de voz muy alto y poder continuar la conversación casi con susurros.

—Me da igual…, pero quiero saberlo —respondí suavemente, girándome hacia ella, sin querer romper ese delicado equilibrio.

Marta levantó la vista y me miró; por un momento, vi algo en sus ojos que no había visto antes. Algo que hizo que mi pulso se acelerara.

—Si me tengo que poner ahora a hacerte un resumen, igual se nos hace tarde —dijo con una media sonrisa.

—Teniendo en cuenta que hoy no tiene pinta de que vayamos a clase…, tengo tiempo —respondí, intentando aligerar la tensión.

Ella rio, pero fue una risa breve, más por la ironía que por la diversión.

—No sé si es buena idea —murmuró, aunque no hizo ningún movimiento para alejarse.

Di un paso más hacia ella, sentía que el aire se cargaba a nuestro alrededor. Marta me observaba con atención, como si cada milimétrico movimiento que hiciera yo pudiera ser respondido con otro suyo.

—Creo que nunca en mi vida he tomado una buena decisión. —Y me incliné un poco hacia ella.

Eso hizo que sonriera un poco más, y sentí que la distancia que había entre nosotros se acortaba. Estábamos tan cerca ahora que podía notar el calor que desprendía su cuerpo y que su respiración se había vuelto un poco más rápida.

Marta se giró un poco, quedando justo frente a mí, así el espacio entre ambos se redujo a apenas unos centímetros. La miré a los ojos, buscando algún indicio de lo que realmente quería. En ese momento, aunque el mundo se estuviese cayendo a pedazos, no habría hecho que me alejase.

—Diego… —empezó a decir, pero no la dejé continuar.

Antes de que pudiera arrepentirme, acerqué mis labios a los suyos, rozándolos apenas, dándole la oportunidad de alejarse si lo quería. Sin embargo, Marta no se apartó. De hecho, cerró los ojos y avanzó un poco más, lo que hizo que ese roce se convirtiera en un beso suave, pero lleno de una intensidad que me cogió por sorpresa.

El beso se volvió más profundo, más urgente. La tensión entre nosotros, que había estado acumulándose desde que habíamos salido del centro de salud, y vimos que ya no llovía, pero seguimos caminando hacia la casa, finalmente reventó, y ninguno de los dos parecía dispuesto a parar.

Mis manos se movieron casi por instinto, deslizándose por su cintura, atrayéndola más cerca; sus manos me subían por el cuello, aferrándose a mi pelo. Todo lo que había estado nublándome la mente días atrás, desapareció, no había nada ahí fuera.

Nos movimos juntos hacia la cama, sin soltarnos, tropezando ligeramente con la alfombra pero sin detenernos. Cuando finalmente caímos sobre el colchón, el beso se rompió solo lo suficiente para que pudiéramos mirarnos a los ojos, ambos respirando con dificultad, antes de que la inconsciencia que sentíamos nos arrastrara de nuevo.

Nos deshicimos del resto de la ropa sin mucha ceremonia, caía al suelo mientras nos aferrábamos el uno al otro con una urgencia que, yo por lo menos, no había planeado. El calor de su piel contra la mía, el sonido de nuestras respiraciones entrecortadas, el tacto de sus manos recorriéndome la espalda, todo se mezclaba en un torbellino que no podía ni quería controlar.

Ninguno de los dos dijimos ni una palabra, tampoco parecía necesario. Todo se comunicaba en la forma en que nos movíamos, en los suspiros que se escapaban de sus labios, en la manera en que notaba sus uñas clavadas en mi espalda. Era algo crudo, visceral.

Y cuando finalmente llegamos a ese punto, cuando todo el autocontrol que nos quedaba se desmoronó, la sensación fue abrumadora, envolvente. La tensión que había estado acumulándose, la anticipación, todo culminó en un momento que nos dejó a ambos mirando el techo de la habitación sin aliento.

Nos quedamos allí, tumbados sobre la cama, con la respiración aún acelerada, pero con una sensación de calma de lo más agradable. Marta estaba cerca, su cabeza descansando en mi hombro, y, por primera vez en toda la mañana, el silencio no fue incómodo. Me sentía de algún modo… imperturbable. Aunque no duró demasiado, la imagen de Lara apareció mi mente en ese momento. Hice un ejercicio de autoconvencimiento acerca de si lo que acababa de pasar estaba bien o no. No por mí; había estado muy bien, muy bien. Sino por si, de alguna manera, con esto había traicionado a Lara. Gran parte de ese ejercicio fue repetir en bucle en mi cabeza: «Está muerta, tres años, tonteaba con Julio». Sin embargo, parte de la culpa seguía sin desaparecer. Marta se levantó de la cama buscando su camiseta por el suelo, y mientras la observaba, aprecié su cuerpo, que antes me había sido imposible.

El principal problema de Galicia era que, como gran parte del tiempo hacía frío, era difícil insinuar con autenticidad la figura de una persona.

Mientras se ponía la camiseta, yo apreciaba por última vez sus pechos, y vi bajo ellos una pequeña cicatriz que parecía casi dibujada. Teniendo en cuenta lo que acababa de pasar, me sentí con derecho a no ser juzgado por mirarle las tetas.

—Oye, ¿qué es eso?

Marta se miró a sí misma, como si fuese la primera vez que alguien le preguntaba. Lo que me dejó entrever que no muchos habían corrido mi misma suerte.

—¿Esto? —Se señaló la marca—. Nada, me la hicieron de pequeña. Algo de mi familia.

—Ah, ¿en vuestra familia es normal marcaros como a vacas?

Marta rio y me dio un golpe en el hombro mientras se terminaba de vestir.

—¿Tiene algún significado? Parece un monigote.

—Si te digo la verdad, no lo sé —me respondió ella.

Yo me puse los pantalones cuando el sonido de una notificación sonó en mi mochila.

—Es la *tablet* de Jaime —expliqué.

Prácticamente al instante, sonó una nueva notificación en otro lugar de la habitación.

Me levanté y fui hasta la mochila, saqué la tablet, y vi una notificación de un comentario en el famoso vídeo. Unos segundos después, llegó otra más.

—Ponla en silencio porque no van a dejar de aparecer comentarios de gente —dijo Marta desde el otro lado de la habitación.

A los pocos segundos de sonar en la *tablet*, otra vez volvió a sonar en otro lugar del cuarto.

—¿De dónde sale?

—¿El qué? —preguntó ella entre risas.

—Han sonado las dos notificaciones de la *tablet* a la vez que en otro sitio de esta habitación —dije con una risa nerviosa.

—Diego, será simple coincidencia —dijo ella, mirándome como si estuviera loco.

Me quedé unos segundos en silencio, no sé cuánto con exactitud, pero yo lo percibí como una eternidad.

—Marta, pon un comentario en el vídeo de Jaime.

—¿Qué? ¿Por qué?

—Por favor, pon un comentario.

—Diego, no quiero comentar ese vídeo. ¿Estamos tontos o qué? Qué mal rollo, tío.

—Marta, yo no tengo móvil, solo tenemos el tuyo. Si no lo pones tú, dame el móvil a mí. Lo borro después, te lo juro.

—Pero no entiendo el motivo.

—Marta, pon un comentario.

—No —dijo con voz temblorosa.

—Marta, ha sonado una notificación a la vez que en la *tablet*. Dame tu móvil, por favor.

Ella comenzó a dar un par de pasos hacia atrás, asustada.

—Pon el comentario.

—Diego, me estás asustando.

—¡Que pongas el puto comentario! —grité con los ojos comenzando a nublárseme por las lágrimas.

—Diego… —dijo ella, cada vez con la voz más pequeña y rota.

—Dame eso. —Fui hacia sus pantalones, donde suponía que tendría el teléfono.

—Diego —dijo, abalanzándose sobre mí, tratando de que no lo cogiera.

Pero no pudo, lo cogí y tenía el bloqueo facial. A ella le estaban temblando las piernas. Le acerqué el móvil a la cara antes de que le diera tiempo a reaccionar y lo desbloqueé. Me di la vuelta mientras me agarraba de los brazos e intentaba quitármelo.

—Diego, dame mi móvil, por favor. ¡Diego, joder, dame el puto móvil! —dijo mientras trataba de ponerse frente a mí, a la vez que yo buscaba darle la espalda.

Con los dedos temblorosos del pánico, entré en su Instagram y busqué el usuario de Jaime. Tecleé un par de letras al azar y supliqué, de verdad supliqué, por no tener razón. Publiqué el comentario mientras el llanto de Marta era cada vez más sonoro.

—¡Cállate! —grité con intención de poder escuchar la notificación.

Y sonó, igual que antes, en la *tablet;* dos segundos después en otro lugar, en el sitio que Marta cubría con su cuerpo: un cajón de su mesa.

—Quita de ahí —dije, ordenándole más bien.

—Diego… —murmuró con la voz quebrada y los ojos enrojecidos de tanto llorar.

—¡Que te quites! —dije mientras la empujaba con mi cuerpo hacia la cama.

Abrí el cajón que protegía. Al fondo, bajo varios cuadernos de clase, había un iPhone. Tiré los cuadernos por el suelo y lo cogí, y antes de tratar de desbloquearlo, el brillo de la pantalla me mostró dieciocho notificaciones en Instagram: «JaimeRom99 ha recibido 18 nuevos comentarios en tu vídeo».

—Marta, ¿qué coño es esto? —pregunté, y le mostré la pantalla del móvil.

—Diego, sé lo que estás pensando, pero…

—¿Subiste tú el vídeo?

—No, Diego, yo estaba contigo en clase esa mañana.

Me quedé en silencio, aún procesando cosas que no sabía cómo encajar en mi mente. Recapitulé aquel día: Marta y yo hablando en el parque, luego el examen… Estuve con ella, excepto en el rato en que me quedé dormido en el parque.

—No, Marta, tú te fuiste a una tutoría antes del examen; yo me quedé en el parque.

—Sí, pero tuve la tutoría. Por favor, Diego, tienes que tranquilizarte.

—Marta, ¿tuviste una tutoría de verdad?

—Que sí, Diego, joder, te lo prometo…

—¡Que no me prometas una mierda!

—Marta, por favor, te lo voy a preguntar otra vez. Si me valoras lo más mínimo, dime la verdad.

—Diego, por favor…

—¿Subiste tú el vídeo?

En ese momento sonó la puerta el garaje, retumbando en toda la habitación, y Marta miró hacia la puerta de su dormitorio.

—Diego, es mi padre. Tienes que irte.

—Vale, pues si no me lo dices tú, me lo va a decir él.

—¿Quién? Diego, por favor…

Cogí el teléfono y me lo guardé en el bolsillo. Agarré mi mochila con la *tablet* de Jaime y salí de la habitación. Marta dio tres vagos pasos detrás de mí, suavizando el tono para que no la escuchara su padre.

—Diego, por favor, no hagas nada.

No me giré, no la miré, pero sabía que esta conversación no se iba a quedar ahí. Bajé las escaleras apresuradamente y salí de la casa. Me alejé tan rápido de aquella calle que, sin darme cuenta, estaba corriendo hasta el borde del acantilado, donde frené en seco y di un grito tan fuerte que dos gaviotas que sobrevolaban se alejaron en sentido contrario. Intenté aclarar mi mente, aunque era imposible. No quería pensar en Marta, en todo lo que acababa de pasar, en Lara. El poco alivio que había sentido en aquella habitación se había esfumado, y ahora todo cobraba un sentido que hacía que quisiera arrancarme la piel. Marta, tratando de convencerme para que no robara la *tablet* de la casa de Jaime, pidiéndome que dejara todo esto… No quería, no podía pensar que la única persona en la que estaba confiando mi cordura se hallara metida en esta mierda.

Fui al instituto con una única idea en la cabeza: pillar a Julio por banda. Me daba igual todo. Si tenía que meterle la cabeza en el váter o pisarle el cuello, lo haría, pero ese capullo me iba a aclarar todo.

Caminé tan rápido hasta allí que ni siquiera recordaba el camino, no sabía si me había cruzado con alguien, ni si llovía o nevaba, nada. Tenía el cerebro en modo supervivencia. Cuando crucé la puerta, con las piernas aún temblorosas y sin saber qué coño iba a hacer, vi de reojo al profesor de Historia del Arte, el que le dio la tutoría a Marta. En ese momento cambié de plan. Me fui rápido hacia él antes de que se metiera en cualquier aula.

—¡Perdona! —exclamé a unos metros de distancia.

—Hombre, Diego, llevas ya varios días sin venir a clase. ¿Todo bien? Piensa que estamos ya casi con los finales.

—Sí, es que estoy teniendo algunos problemas en casa y... Bueno, precisamente por eso quería pedirte a ver si podías ayudarme con alguna tutoría.

—Bueno..., yo no suelo dar tutorías, Diego, pero entiendo tu caso y tal... Bueno, déjame que eche un vistazo al calendario y a ver si podemos cuadrar alguna hora libre que tengamos los dos, ¿vale?

—¿No? Marta me dijo que sí que hacías tutorías.

—Pues no, de hecho, esta sería la primera en todo el año.

—¿No tuviste una con ella hace poco?

—Hmm, no, ya te digo que no soy partidario de dar ventajas a alumnos por encima de otros. Pero, bueno, contigo voy a hacer una excepción.

Asentí con la cabeza mientras él continuaba su camino y yo asimilaba que, efectivamente, Marta no había tenido ninguna tutoría, que durante ese rato había estado sola, con lo que tuvo tiempo de sobra para subir el vídeo.

La realidad me golpeó como una bofetada. No podía entrar a una clase y arrastrar a Julio por el suelo. Las dos veces que lo había intentado, siempre ocurría el mismo problema: había gente que me lo impedía.

Salí del instituto rápido y empecé a andar, tenía que pillar a Julio.

Regresé al parque en el que había estado con Marta, a unos metros del instituto. Y simplemente esperé a que acabaran las clases para poder ir tras él hasta que estuviese solo.

Cuando lo vi salir, lo seguí con cautela desde varios metros de distancia, tardando un poco más que él en girar las calles. Iba con Alicia, pero tras cinco minutos de camino se despidieron y tomaron caminos diferentes. Ese era mi momento. Esperé a que atravesara la plaza; entonces descubrí que su intención era meterse en la calle de Marta, la de las casas grandes. Claro, hijo de alcalde. Antes de que girara la esquina, aceleré el paso, algo que él percibió y se giró hacia mí. Su cara fue un poema.

—¡Tío, déjame en paz, por Dios!

Le agarré del cuello mientras pataleaba y se defendía con más ímpetu que la última vez. Lo llevé lo más lejos posible de su casa; era el mismo camino de tierra por el que había huido al salir corriendo de la casa de Marta, lo arrastré hasta el acantilado.

Me mordió el brazo y aprovechó que lo había soltado para darme una patada en el estómago antes de salir corriendo.

Tardé pocos segundos en alcanzarlo y tirarlo al suelo. Le puse la rodilla sobre su brazo mientras se retorcía, intentando que me quitara de encima.

—¡¿Qué pasó?! —grité.

—¡Que yo no sé nada!

—Julio, me la pela romperte los dientes, te lo juro por Dios, me da igual todo.

—¡Te lo juro, joder!

La situación me estaba empezando a dar una mezcla de lástima y vergüenza, pero no me quité de encima.

—¡¿Quién coño grabó el vídeo?!

—¡Que no lo sé! —Comenzó a gemir entre sollozos.

Acerqué mi cara casi hasta tocarle la frente con la mía.

—Que-quién-grabó-el-vídeo —dije despacio, pero haciendo hincapié en cada palabra.

Él empezó a llorar más y a berrear algo que repetía y que tardé en entender.

—Esto no vale la pena… —decía en bucle.

—¿El qué?

—Que yo no los maté, joder. Yo no los maté… —dijo mientras se le caían los mocos mezclándose con las lágrimas.

—¿Qué les pasó, Julio? He visto tu conversación con Jaime sobre Lara.

A Julio le cambió la cara, ahora me miraba con lo que parecía mucho más terror.

—Yo no los maté —repitió mientras meneaba la cabeza de un lado a otro negando.

Comencé a aplicar más presión, le hundí la rodilla en su codo mientras le torcía el brazo en un ángulo antinatural, contrario a la articulación.

—¡Aaah! ¡Aaah! ¡Por favor, para! ¡Te lo suplico, joder, para!

—¡¿Quién más estuvo allí esa noche?! ¡¿Quién grabó el vídeo?! —grité mientras le retorcía el brazo a punto de pasar un punto crítico para romperlo.

Julio lloraba con más fuerza aún, sollozos mezclados con gritos de dolor.

—¡Aaah, ah, ah, Marta, joder, Marta, lo grabó ella!

En ese momento le solté el brazo.

—Estás loco, tío. Estás loco —dijo entre sollozos mientras se sostenía el brazo.

Mi cerebro se apagó por completo, noté como si la gravedad hubiese desaparecido. Todo iba despacio, flotando, incluidos mis pensamientos. Me quité de encima de él, y me senté sobre el barro, sin ser capaz de enfocar la mirada en ninguna parte. En ese momento, algo me dio un fuerte empujón, lo que dejó mi cara sobre la tierra mojada. No sé si alguien ejercía presión o simplemente yo era incapaz de levantarme. Me agarraron los brazos, poniéndomelos sobre la espalda. Y escuchaba voces mezcladas con los gritos de Julio, suponía.

—Vamos, chaval, te vienes al cuartel.

Poco a poco, mi cerebro salió de ese limbo, pero seguía sin poder asimilar nada. Un guardia civil me estaba levantando del suelo. Yo miraba a Julio, que me gritaba:

—¡Ojalá te mueras en la cárcel, gilipollas! —Luego, se acercó más a mí y me susurró al oído—: Lara iba a dejarte por mí.

En ese momento no lo pude procesar, aunque lo entendí a la perfección. Me alejé a la fuerza mientras me arrastraban, sin apartar la vista; él, en cambio, permaneció allí quieto, con una sonrisa.

—¡Espero que en la cárcel te revienten el culo! —gritó ya a varios metros de distancia.

Me subieron a un coche, ni siquiera sé si era uno oficial o no. El agente no dijo una palabra durante todo el trayecto hasta el cuartel. Cuando salí del *shock,* ya estaba sentado en el suelo del calabozo, en el sótano del cuartel. Solo empecé a ser consciente de la disociación al verme a mí mismo aguantar la mirada durante más de veinte minutos a un ladrillo del calabozo. Un ladrillo con un crucifijo grabado con alguna navaja, alguien que había pasado por allí y había preferido tener a alguien con quien hablar, suponía. Me imaginaba la clase de conversación que habría tenido esa persona, tal vez suplicando una respuesta, mientras esperaba, sentado en el mismo lugar donde yo estaba ahora.

Entonces comencé a pensar en todo lo que me había pasado, pero en ese estado mi mente solo quería sobrevivir en piloto automático. Quería irme a casa con mi madre, meterme en la cama y actuar como si ese día no hubiese sucedido. Si pudiera darme cabezazos contra los ladrillos y que eso me garantizase olvidar las últimas veinticuatro horas y vivir en la ignorancia, me habría abierto la cabeza a golpes. En una clase de Filosofía, el profesor llamó al acto de guardar los problemas bajo la alfombra y continuar fingiendo que no ves las montañas de mugre, «dormir el sueño de los injustos». Creo que nadie merecía sentir lo que yo estaba sintiendo.

Empecé a llorar repentinamente en aquella esquina, cansado, como si el cuerpo me pesara toneladas.

Volví a levantar la mirada hacia el ladrillo y, con la mayor de las desesperaciones, yo también necesitaba que alguien me escuchara.

—Estoy muy cansado… Sé qué hace un tiempo que no hablamos… Y que nunca hemos sido muy amigos. Llevo mucho tiempo tratando de comprender…, tratando de saber por qué… Es solo… Quiero saber si hay alguna forma de pararlo todo, un instante, y que alguien me diga qué hay que hacer ahora. Quiero sentir que la carga que llevo no pesa tanto. Y no sé por qué coño estoy haciendo esto, recurrir a ti sería la última de mis opciones, creo que de la fe no se vive, solo distrae, pero no puedo más. Empiezo a odiarme; pasar un solo segundo en mi cabeza es un infierno. Cada vez siento menos las cosas. Cada vez hay más rencor dentro de mí, más ira, menos amor. Ya no sé si merezco ser querido. Solo pido dormir tranquilo por las noches. Necesito alguna respuesta, saber si también hay un plan para mí. Si todas las cosas que he visto y he hecho, a día de hoy todavía no sé lo que significan. Haz que el reloj se pare. Solo para poder coger aire. Y entonces decidir si quiero seguir. Si lo único que me ata aquí es la curiosidad, no sé qué sentido tiene todo esto. Si miro al cielo, a las estrellas, ya no veo nada, vacío. Lo que más enfermo me ha puesto siempre de ti es que se supone que tenemos que creer que las respuestas que no das es algún tipo de omisión benevolente, «que todo sucede por algo». «Dios aprieta pero no ahoga», dicen. Yo creo que quien te da una soga nunca lo hace con buenas intenciones. Francamente, si se supone que estamos hechos a tu imagen y semejanza, espero de todo corazón que estés igual de triste. Así que, bueno, solo quería decir eso. Ah, y que te follen.

Había perdido por completo la cabeza, aunque en ningún momento esperé algún tipo de señal, mucho menos una respuesta. En ese instante oí abrirse la puerta de arriba y unos pasos lentos que bajaban las escaleras del calabozo.

No hice el más mínimo esfuerzo por ver de quién se trataba. Continué mirando el puto ladrillo.

—Ya está bien, ¿no?

Miré de reojo a la persona que me estaba hablando desde el otro lado de los barrotes. No sé por qué, pero no me extrañó mucho: su majestad, Juan de los Olmos, el puto alcalde.

No contesté a su pregunta, ni siquiera sé si era una pregunta.

—Marcos, abre aquí —dijo, llamando al guardia que lo acompañaba; supongo que quien me había detenido.

El hombre abrió la cerradura y Juan pasó a la celda, quedándose de pie frente a mí.

—Diego, ¿qué hacemos contigo?

Seguí sin contestar.

Él se agachó, poniéndose a mi altura, en busca de mi mirada, pero no se la di.

—¿No crees que ya te has pasado de la raya?

Definitivamente, no esperaba una respuesta mía; solo quería hablar él.

—Mira, la primera vez que le zurraste a mi hijo lo puedo entender: las emociones del momento, se te fue un poco la cabeza, vale. Yo fui el primero en decir que no quería tomar acciones, y mira que Julio se puso pesado. Pero esta ya... —dijo con un tono paternal, como el profesor que te dice que cuando copias en un examen te engañas a ti mismo—. Hace un rato me avisaron de que parecía que se te iba a ir un poco la cabeza otra vez.

¿Marta me había vendido?

—Mira, yo no creo que seas un mal chico, y, sobre todo, me da pena, te lo digo de corazón, mucha pena por tu madre. Pero, hijo, nos has tocado mucho los huevos.

Me volví despacio, asumiendo que esto era una amenaza gorda y que la cosa no parecía que fuese a acabar bien. Por lo menos me quedé a gusto.

—Tu hijo es tan subnormal como tú.

Juan me miró, asintiendo despacio con la cabeza. Se incorporó y salió de la celda.

—Marcos... —dijo, e hizo un gesto con la cabeza al guardia—. Todo tuyo.

El guardia se acercó, apretando los puños. En ese momento supe perfectamente lo que iba a pasar, y no lo evité. Cuando me golpeó, sentí como el dolor se me metía hasta los huesos. Nunca me habían dado tan fuerte. Todo se volvió negro al instante. Pero, a pesar de todo, no fue el mayor daño que me hicieron ese día.

Capítulo 10

Dudas y deudas

Alejandra Gallardo

Llevaba más de una hora sentada en aquella silla de la cafetería junto a la ventana. Durante ese tiempo había parado y comenzado a llover de nuevo tres o cuatro veces. El reloj de mi teléfono marcaba las 12:13 cuando comenzó a sonar un número que no tenía guardado.

—¿Hola?

—¿Inspectora Gallardo?

—Sí, ¿quién es?

—Soy el médico forense, ya he terminado la autopsia de Bruno Cortés y su madre Marcela Castillo.

—Ah, sí, sí, disculpe, dígame.

—En principio, nada que contradiga el informe de la Guardia Civil. La mujer murió por intoxicación debido al monóxido de carbono del gas butano. Llevaba muerta cinco días como máximo. Él murió por hipoxia cerebral, lo más común en quienes se ahorcan en sus hogares, donde no hay suficiente altura para fracturarse el cuello. Tenía marcas en las manos de haber intentado soltarse mientras ya estaba colgado, lo cual también es común si no se fractura el cuello. Suelen tener unos segundos bastante agónicos hasta que deja de llegar oxígeno al cerebro.

—¿Cuánto tiempo llevaba muerto?

—Dos días.

—¿Está seguro?

—Sí, los músculos ya estaban relajándose. Suelen estar rígidos durante las primeras cuarenta y ocho horas. La lividez ya estaba fija, pero el estado de descomposición era muy leve. Tenía algunas larvas en los orificios nasales y oídos, pero aún en segundo estadio. También había un aumento significativo en los niveles de potasio en el humor vítreo, lo que apoya un IPM de aproximadamente cuarenta y ocho horas.

—Entiendo… ¿Y qué más?

—No había signos de lucha o defensa. Sin embargo, sí que tenía restos de pintura metalizada naranja bajo las uñas.

—La bombona de butano —dije.

—Sí, eso parece. En cualquier caso, ahora termino el informe y se lo enviarán.

—Estupendo. Mil gracias por llamarme.

—No hay de qué. También enviaré las extracciones de las cicatrices que me comentó para que analicen el tiempo exacto en el que se hicieron.

—Se lo agradezco mucho.

—Bien, que tenga un buen día. Estamos en contacto.

—Igualmente, que tenga un buen día. Adiós.

Me guardé el teléfono en el bolsillo mientras miraba por la ventana, dejé de lado por unos instantes todo lo relacionado con la canción y el símbolo, tratando de recomponer las piezas de lo que había ocurrido en esa casa.

El profesor había decidido matar a su madre enferma de una manera «dulce». Ya debía tener premeditado que él se ahorcaría más tarde. Tras la muerte de su madre, esperó dos días allí con el cadáver en casa hasta que al final se suicidó. Y lo hizo prácticamente al mismo tiempo que yo llegué al pueblo. Dejó una nota de suicidio, pero cuando volví a buscarla, alguien se la había llevado. Pero… ¿nadie había estado involucrado en su muerte? ¿Qué coño ponía en ese cuaderno? Debía ser la explicación de por qué hizo lo que hizo. Si alguien se lo había llevado, era porque no quería que esa explicación saliera a la luz.

Y para más inri, ambos tenían la cicatriz del símbolo que una canción infantil parece describir como un tipo de ritual. El cuadro en la habitación de la madre muestra a San Amaro en los noventa, durante la Noche de Walpurgis, la misma fecha en la que desaparecieron los chicos.

Mientras montaba esa reconstrucción mental, mi teléfono volvió a sonar, esta vez mostrando un nombre familiar que, con suerte, podría despejarme la mente de todo lo que sucedía en este maldito pueblo.

—Hola, Carlos —saludé, mi voz reflejaba la necesidad urgente de una conversación banal.

—Cariño, no te preocupes, ¿vale? —respondió él en ese tono que, lejos de tranquilizarme, encendió todas mis alarmas.

No hay nada peor que un «no te preocupes» para empezar a preocuparte.

—¿Qué ha pasado? —pregunté, enderezándome en la silla con un nudo formándose en mi estómago.

—Lidia se ha roto el brazo, pero está bien.

—¿Cómo que se ha roto el brazo? ¿Qué ha pasado? Espera, dame un segundo, salgo a la calle.

Me levanté de la silla deprisa, dejando mi mesa tal y como estaba: el café a medio tomar, una maraña de servilletas garabateadas, la grabadora encendida. Salí por la puerta, sintiendo la mirada de Rosa clavada en mi nuca, tal vez preocupada.

—Dime, ¿qué ha pasado exactamente?

—Nada grave, se cayó por las escaleras del colegio al salir.

—Carlos intentaba restarle importancia, pero entonces escuché una voz más aguda, lejana, en el fondo.

—¡No me he caído! ¡Me han empujado! —Era Lidia, su voz se colaba débilmente en la conversación, como si estuviera algo lejos del teléfono.

—Ay, cariño, ¿estás bien? —pregunté.

—Sí, sí, estamos en el médico ahora mismo. Le acaban de hacer una radiografía, tiene rotos el cúbito y el radio. El hombro no está fracturado, pero se lo han tenido que recolocar.

—Dios mío, pero ¿qué me estás contando? Pásamela, ¿puede hablar? —dije, tratando de mantener la calma.

—Sí, te pongo en manos libres. —Carlos hizo una pausa, y escuché un leve ruido al fondo, como si estuviera acomodando el teléfono.

—¡Mamá! —La voz de Lidia se oyó más clara, pero seguía siendo distante.

—Ay, amor, ¿qué ha pasado?

—¡Me han empujado, mamá! —Sonaba frustrada, como si nadie la hubiera estado escuchando hasta ahora.

—¿Te caíste o te empujaron?

—Cariño, en el cole me dijeron que te tropezaste. —Carlos intentaba suavizar la situación, pero Lidia no cedía.

—¡Que no! ¡Que me empujaron! —Lidia estaba claramente molesta, insistiendo desde lejos.

—Vale, vale... Bueno —traté de calmarla—. Pero tú ¿cómo estás? ¿Te duele mucho?

—Me duele un montón, mamá. Y me han cosido la cara.

—¿Cómo que te han cosido la cara? Carlos, quita el manos libres —le pedí, queriendo que me hablara directamente.

—Vale, ya está. —Su voz volvió a ser clara y cercana.

—¿Le han dado puntos?

—Sí, dos en la barbilla, pero, de verdad, está bien. No te preocupes, en serio. —Él intentaba seguir siendo tranquilizador, aunque yo sentía que todo se me venía encima.

—¿Está bien? Se rompe el brazo por dos sitios, le dan puntos en la cara, le recolocan el hombro, ¿cómo no voy a preocuparme?

—Mamá, ¿vas a venir? —escuché a Lidia decir desde lejos.

Esa pregunta me atravesó como un cuchillo.

—Cariño, mamá está trabajando fuera, ya sabes que no puede venir —le dijo mi marido excusándose.

Me quedé en silencio unos segundos, pensando cómo tratar la situación.

—¿No te puedes escapar hoy y volver en un par de días? —preguntó Carlos con voz baja, claramente quería que Lidia no lo escuchase.

Suspiré mientras miraba la calle que llevaba a la plaza de San Amaro.

—Carlos, no me puedo ir ahora. Tengo una encima increíble, si me marcho ahora, todo se va a ir a la mierda.

—A ver, ¿por dos días?

Traté de estudiar rápidamente todas las posibilidades en mi cabeza.

—No puedo irme ahora, pero esto se acaba pronto, te lo prometo.

—Vale, vale, yo se lo intento explicar a Lidia.

—Luego, cuando esté un poco más tranquila, la puedo llamar yo y se lo explico.

—Vale, mejor, sí.

—¿Está bien? ¿De verdad? —pregunté, dando por cerrado el debate.

—Está bien, en serio.

—¿Y lo de que la empujaron?

—Yo creo que se ha tropezado, pero, bueno, igual algún niño sin querer le pudo dar un golpecillo, no lo sé.

—¿Pero no estabas cuando pasó?

—No, fue a la salida, y yo llegaba un poco tarde del trabajo. Cuando llegué, ya estaba allí la ambulancia.

—¡¿La ambulan…?! Vale, mira, no me cuentes más.

—Álex, de verdad, está bien, ha sido un susto. Ya está, ella está bien.

—Pásamela otra vez, anda.

—Voy.

—¿Lidia?

—¿Cuándo vienes, mamá?

—Cariño, te voy a llamar todos los días y voy a estar muy pendiente, ¿vale?

—¿No vas a venir? —Noté la decepción en su voz.

—Ahora es muy difícil, cariño. Estoy muy lejos y tengo mucho trabajo.

No me contestó.

—¿Cariño? —insistí.

—Álex, llámala luego mejor, ¿vale? Que ya se le habrá pasado un poco.

—¿Está enfadada?

—Creo que un poquito triste.

Cerré los ojos y respiré hondo, tratando de reafirmarme en que no podía hacer otra cosa. Al volver a abrirlos, noté por las lágrimas que empezaban a caer que era inevitable que esto no me pasara factura.

—Lo siento. Dile que lo siento mucho y que la voy a llamar todo el rato, ¿vale?

—Vale, venga, luego hablamos.

—Te quiero.

—Y yo.

Carlos colgó.

Me sentía fatal, incluso percibí que a él también lo había decepcionado de cierta manera. Estaba muy descentrada y tenía que mantener la cabeza fría. Volví a entrar para pagar la cuenta y marcharme; tenía que empezar a moverme.

Hice una foto a la servilleta con la canción antes de arrugarla y tirarla dentro de la taza del café y me acerqué a la barra.

—¿Qué te debo, Rosa?

—Pues son tres con cincuenta —dijo ella mientras me miraba de reojo queriendo hacer alguna pregunta.

Saqué de la cartera un billete de cinco euros.

—Quédate las vueltas.

—Gracias, ¿necesitas algo?

—No, todo perfecto, muchas gracias. ¡Nos vemos mañana! —me despedí con una sonrisa que distrajese de cualquier impresión negativa sobre mí.

Caminé un rato, deambulando por el pueblo. Evitaba pensar en mi familia y me focalicé en las principales preguntas que tenía que tratar de responder.

Pensé en hacer un recorrido por las localizaciones que seguían suscitando preguntas, con la esperanza de que alguna idea me viniese, o al menos una aclaración de qué debía hacer con tal saturación mental. No podía confiar en que la inspiración llegara a mí de repente, así que preferí buscarla por mi cuenta. Subí la cuesta que atravesaba el pueblo y que conducía hacia la ermita.

Pero durante el trayecto, oí un fuerte grito al otro lado del pueblo. Fui rápido hacia allí y vi a Diego cerca del acantilado; parecía bastante atacado. Por eso preferí no acercarme mucho y le observé tras la esquina de una casa, ya que tenía la impresión de que no le caía demasiado bien. Cuando comenzó a andar, esperé con discreción para ver a dónde se dirigía, y le seguí con distancia. Tras él, bordeamos todo el acantilado. Él andaba rápido y sin prestar atención a nada más que sus pies; aunque yo hubiese estado a un metro suyo, no se habría dado cuenta. Después de cinco minutos, me di cuenta de que se dirigía al instituto, así que decidí detenerme.

Me encontraba todavía cerca del acantilado, tal vez influenciada por mi embotamiento mental; pero vi un banco a unos metros de mí y necesitaba esa pausa, me dejé caer en él, con el mar justo enfrente. El acantilado caía en picado a seis o siete metros delante de mí y las olas rompían abajo con un estruendo sordo. No podía evitar que todo se me estuviera empezando a hacer imposible de digerir. Tenía demasiadas bolas en las manos: el profesor, el cuaderno, el hombre al que disparé, el símbolo tatuado, la canción... Sin embargo, realmente no sabía hacia dónde tenía que ir. Nunca he sido partidaria, en mi trabajo, de dejar muchos cabos sueltos; me distraían y me frustraban porque sentía que no avanzaba. Por eso hacía mis murales, y ahora, cada vez que descubría algo nuevo, me notaba más lejos de la verdad. Y, por consiguiente, más porquería se acumulaba en mi cabeza y menos válida me sentía para compaginarlo con ser una buena madre.

El sonido del mar, en lugar de calmarme, pareció sincronizarse con el caos en mi cabeza; cada ola que rompía contra las rocas era como un golpe en mi conciencia, recordándome todo lo que estaba mal y todo lo que no era capaz de manejar.

Joder, nunca fui de las que esperan. Siempre creí que las respuestas están ahí fuera, solo hay que saber dónde buscarlas. Pero ¿y si esta vez me estaba equivocando? ¿Y si estaba mirando en la dirección equivocada? La duda se instaló como un peso en el pecho, un peso que hacía difícil respirar.

Cuando era pequeña, sé que nunca recriminé a mi padre no pasar el tiempo que yo esperaba que me dedicase. Para mí, él estaba salvando el mundo; desde bien temprano comprendí que eso era más importante que ver la televisión conmigo y mi madre. Al empezar a perder la cabeza, le tuvieron que inhabilitar, ahí comencé a ser consciente de lo que realmente significaba ser padre. Cuando debió estar, no estuvo, y cuando por fin estuvo, ya no era mi padre. Lo más triste de todo es que era un hombre brillante, y ver cómo todo eso se apagaba ha sido una de las cosas más tristes de mi vida. Durante mi adolescencia despertó el miedo de que en algún momento me pudiese ocurrir a mí, uno que se incrementó el día que nació Lidia.

Mi mayor miedo después no fue ese, porque si sucedía, se escapaba a mi control. Mi miedo era que ella pudiese sentir lo mismo que yo había sentido con mi padre: que no estuve con ella, o que puse el trabajo por encima de mi familia. En ese momento, mirando al mar, me vino el pensamiento de que quizá ser bueno en algo tiene un precio, y entendí mejor que mi padre hizo lo que pudo. Creo que todos lo hacíamos.

Me preguntaba si Bruno había sentido algo parecido mientras cuidaba de su madre. Cuidarla hasta el final, verla apagarse, día tras día, debió haber sido un infierno. Pero lo hizo. ¿Por qué? ¿Por amor, por culpa, por una obligación que lo consumía? ¿O simplemente porque no sabía cómo ser otra cosa que el hijo devoto que su madre esperaba que fuera?

Pensar en Bruno y en su madre me hizo preguntarme si, en mi obsesión por cumplir con mi deber, no estaba haciendo lo mismo. ¿Estaba arrastrando a Lidia a un futuro donde también se sintiera obligada a cuidar de mí, a pesar de que yo no había estado realmente ahí para ella?

El cansancio comenzó a pesar en mis párpados y el murmullo del mar me arrulló sin darme cuenta. Me quedé traspuesta en el banco, mientras las imágenes que generaba mi cabeza se mezclaban con los recuerdos, llevándome a otra parte.

Estaba frente al escritorio de mi padre. Aún se le veía joven, sentado en su viejo escritorio, rodeado de papeles y libros esparcidos por todas partes. Pero algo estaba mal. La habitación donde pasaba casi la totalidad de las horas que estaba en casa se hallaba llena de grietas, como si cediesen sobre él. Yo le veía desde abajo, mucho más baja de lo que soy ahora. Sus ojos estaban vacíos, perdidos. Intenté llamarlo; sin embargo, él no reaccionaba. Entonces, de repente, se giró hacia mí, aunque yo no sentía su mirada. «¿Quién eres?», susurró con una voz rota que resonó en mi cabeza como un eco lejano.

Me di la vuelta y ahora me encontraba en una casa diferente, una casa que reconocí de inmediato: la de Bruno. Las paredes estaban cubiertas de símbolos idénticos al que había visto tatuado en su cuerpo y en el de su madre. Me sentí atrapada, como si esas marcas estuvieran vivas, y temblaran en las paredes. Caminé por el pasillo, a sabiendas de que algo terrible me esperaba al final, pero no podía dejar de andar.

Llegué a una habitación, la misma donde su madre había muerto. Ella estaba allí, en su cama, con la mirada fija en el techo, pero sus ojos…, sus ojos estaban abiertos y huecos, mirándome sin ver realmente. Un susurro frío recorrió mi espalda cuando me di cuenta de que no me hallaba sola. En la esquina de la habitación, Bruno estaba de pie, mirando a través de mí. Tenía el cuello torcido, como si aún colgase de la soga. Su rostro, contorsionado en una mueca de dolor y rabia. «Eres lo mejor», murmuró mientras se acercaba lentamente hacia la cama.

Traté de moverme, de retroceder, pero mis pies estaban clavados al suelo. Bruno extendió una mano hacia su madre, y, en ese momento, vi cómo la piel de Marcela se ennegrecía, como si se estuviera pudriendo desde dentro. Una neblina oscura le salió de la boca, llenando la habitación con un hedor insoportable. Bruno la inhaló, luego volvió la cabeza hacia mí, sus ojos ahora llenos de una maldad que me heló la sangre. «Ella nunca me dejó ir», dijo con una voz que ya no era humana.

De repente, me vi reflejada en sus ojos, no como soy ahora, sino como una versión futura de mí misma: cansada, derrotada, tumbada en una cama, incapaz de escapar. Vi a Lidia en ese reflejo, parada junto a mi cama, mirándome con la misma mezcla de amor y odio que Bruno mostraba hacia su madre. Quise gritar, correr hacia ella, pero no podía.

El sueño se transformó en una serie de imágenes caóticas: el cuaderno de Bruno ardiendo en llamas negras, las cicatrices en su cuerpo abriéndose y sangrando, la canción infantil resonando en la distancia, las niñas saltando a la comba sobre el cuerpo de esa mujer. Entonces, todo se volvió oscuro.

Me desperté con un sobresalto, helada de frío, el corazón martilleándome en el pecho. El sol ya estaba bajo y no sabía cuánto tiempo había pasado. Aunque si de algo había servido esa horrible pesadilla, era para saber que en la casa de Bruno debía haber algo que me ayudase a tirar del hilo.

Me levanté con una sensación de urgencia, a sabiendas de que esta vez no podía permitirme el lujo de fallar. Rodeé el pueblo hasta el sendero de barro que llevaba a la casa. Había un par de cintas de cordón policial que prohibían la entrada. Pero yo estaba haciendo mi trabajo; no me tembló el pulso para pasar por debajo y abrir la puerta.

Al pasar, sentí la obligación de observar las escaleras donde la noche anterior los pies de Bruno me rozaron el hombro al encontrarle colgado. Anochecía y el cielo estaba muy encapotado; no había mucha luz que entrase por las ventanas, aunque sí algo más que la noche anterior. La casa parecía ya tener luz. Cuando sacaron los cuerpos la noche anterior, debieron encontrar el cuadro eléctrico. En cualquier caso, tras encenderla, rápidamente volví a apagarla. No me hacía especial ilusión ser descubierta allí por alguien. Aún olía a putrefacción y mantenía ese aire impregnado en las paredes que no desaparecía cuando sabías que era el escenario principal de una tragedia. Alumbré con la linterna del móvil y subí las escaleras con más confianza que la vez anterior. Entré en la habitación de la madre. Allí estaba la cama, todavía con la marca del cuerpo sobre el colchón, que mostraba que había pasado mucho tiempo sin levantarse de ella.

Abrí los armarios con cuidado; la mezcla del olor a naftalina con la podredumbre que había quedado adherida me dio ganas de vomitar. Había ropa antigua, que parecía que llevaba mucho tiempo sin ponerse, y poco más. Sobre la cómoda había una foto de un niño sentado en una silla, mirando la televisión. Junto a él, un hombre adulto agachado y mirando a la cámara. ¿Una foto de Bruno junto a su padre, quizá? No había visto nada sobre ese hombre en la casa hasta el momento. Más bien daba la sensación de haber sido un niño criado por una madre soltera. Algo tipo Norman Bates, aunque ahora que lo pensaba, su historia no era muy diferente. La foto parecía bastante antigua; Bruno, treinta o treinta y cinco años antes de que me lo encontrase colgando de una viga en esa casa.

Me fijé en la ventana que aparecía en la foto tras ellos, desde la cual se veía todo el pueblo. Mi mirada se desvió hacia el cuadro de San Amaro, ese con el símbolo que me había obsesionado desde que lo había visto. La perspectiva coincidía, como si hubiera sido pintado desde esa misma habitación. Sin embargo, no recordaba haber visto una así en la casa. Un presentimiento me golpeó y salí de la vivienda, alejándome unos metros para observarla desde fuera. Entonces, me di cuenta de lo estúpida que había sido: la casa tenía tres pisos. Allí, en lo alto, había una ventana redonda. El desván.

No recordaba haber visto unas escaleras que subiesen a un desván. Entré de nuevo, y en el piso de arriba iluminé con el móvil hasta que, en el pasillo que unía las habitaciones de Bruno y su madre, vislumbré un pequeño cordel que pendía del techo. Di varios saltos hasta enganchar la cuerda, y las escaleras plegables bajaron con un chirrido que resonó por toda la casa. Empecé a subir y asomé la cabeza por la trampilla echando un vistazo con la linterna, era la habitación de la foto.

Entré sintiendo el suelo de madera crujir bajo mis pies. El cuarto estaba más sucio que el resto de la vivienda, pero sorprendentemente ordenado. Me acerqué a la ventana y desde allí vi todo San Amaro, una panorámica que me hizo imaginar a alguien vigilando el pueblo durante horas, disfrutando de un macabro privilegio. Sin duda, desde allí se había pintado el cuadro.

Al girarme, mis ojos encontraron la misma silla de la foto, frente a un pequeño televisor de los años ochenta. Había varias estanterías muy bien colocadas, llenas de libros. Hice un barrido con la linterna, buscando entre los títulos, pero casi todos estaban en gallego. A unos metros, en la misma pared, había otra estantería. Justo cuando me desplacé con la linterna, descubrí entre ellas ese símbolo tallado en la madera, esta vez más grande de lo que lo había visto, de casi un metro de alto. Justo coincidía con el lado opuesto de la ventana. Sin duda, estaba en el lugar correcto.

Había varios sillones distribuidos por la estancia, lo que me llamó la atención al volver a dirigirme a la silla. Me senté en ella, miré hacia la televisión… ¿Qué clase de niño se sienta en una silla incómoda para ver la tele si tiene sofás en la habitación? Parecía más bien como un castigo. Bajo la televisión, había un viejo reproductor de vídeo VHS en el suelo. Me levanté para comprobar si había alguna cinta cuando un rayo de luz se coló a través de la ventana. Me asomé rápidamente: un coche estaba aparcando frente a la casa.

¿Iban a entrar? Sin posibilidad de salir y sin pensar demasiado, cerré la trampilla desde el desván, entonces las luces se apagaron y el desván quedó sumido en una oscuridad casi total. Me asomé parcialmente por la ventana, intentando descubrir de quién se trataba. Dos hombres. El cristal estaba sucio, y solo alcancé a ver sus siluetas cuando salieron del coche. Luego, escuché la puerta de la casa abrirse.

Saqué la grabadora y la dejé en el suelo esperando que captara más sonidos de los que mis oídos podían percibir.

Los hombres estaban susurrando, entonces fue cuando me temí lo peor. ¿Me habían seguido otra vez y ahora me tenían acorralada en el desván?

La voz de uno de ellos se escuchaba con más claridad, tenía un tono no muy grave que permitía que no se hiciese una bola con la acústica de la casa.

—Tú ve a la de Bruno, yo a la de Marcela —dijo.

El sonido de sus pasos subiendo las escaleras y acercándose cada vez más empezó a ponerme muy tensa.

¿Qué estaban buscando? La pregunta se repetía en mi cabeza mientras los escuchaba revolver en los cajones, cada sonido amplificado por la acústica de la casa. Y comenzó a distraerme el miedo de no haber buscado bien de lo que ellos querían deshacerse.

Tratando de hacer el menor ruido posible, me desplacé al lado contrario del desván, donde estaba la trampilla de entrada, para escuchar todo lo que pudiese. Sin embargo, el segundo de mis pasos produjo un crujido que me heló la sangre. Puse la mano sobre mi cartuchera, preparada para haber sido descubierta.

Me quedé inmóvil, conteniendo la respiración, aguzando el oído para percibir cualquier señal de que los hombres me hubieran descubierto. Sentía tanta tensión que incluso pensé que los latidos de mi corazón podría delatarme.

—En la de Bruno no hay nada —dijo el otro.

—En la de Marcela tampoco.

—¿Y los libros?

—Estarán en el aula.

—¿Sabes dónde la tenían ellos?

—Arriba, supongo.

No me jodas, pensé.

El sonido de sus pasos se acercó a la trampilla. Me escondí con sigilo, dando pasos de avestruz tras el sofá del fondo. Me pegué a la pared, buscando un plan que no aparecía. Desenfundé el arma sin hacer ruido y permanecí allí, con un ojo tras el sillón.

Entonces, el sonido que temía resonó en el desván. La trampilla comenzó a abrirse lentamente y la luz de una linterna se filtró en la habitación, proyectando sombras alargadas en las paredes. Me encogí más contra la pared, sintiendo que cada músculo de mi cuerpo se tensaba. El tiempo parecía detenerse mientras la cabeza del primer hombre asomaba por la abertura.

La luz de su linterna no llegó a tocarme, pero sí pasó por encima del sillón tras el que me escondía. El hombre subió del todo y lo oí caminar hacia el centro de la estancia. Tras él, subió el otro.

—Vale, ahí. Coge *O Libro das Leis Sagradas*, *O Códice do Conxunto* y el de *A Comuñón dos Escollidos*.

—Coño, Manuel, ¿no tardamos menos si nos los llevamos todos?

Manuel, ya tenía un nombre.

Asomé un poco la cabeza por encima del sillón, con intención de poder ver alguna de las caras, pero el contraluz de la linterna no me ayudó. Aunque sí que pude ver... Joder, uno de ellos llevaba uniforme de la Guardia Civil. En ese momento, me fijé en que mi grabadora se había quedado en el suelo de la habitación, a un par de metros de las estanterías que estaban saqueando.

Uno de los libros que iban guardando en bolsas se cayó. Si al recogerlo tenía contacto visual con la grabadora, íbamos a tener un problemilla.

Sin embargo, el hombre recogió el libro del suelo y no la vio.

Un teléfono móvil comenzó a sonar, el corazón se me paralizó por un instante al pensar que era el mío. El hombre con el uniforme sacó su teléfono del bolsillo y contestó:

—Dime.

Retrocedió un par de pasos, mientras daba un rodeo por la habitación, alumbrando con su linterna y acercándose peligrosamente a la grabadora.

—Sí, está en el calabozo.

Joder, ¿con quién estaba hablando?

—Ahora no puedo, estamos haciendo lo de Bruno.

Aguardó unos segundos, escuchando. Yo no oía a la persona del otro lado de la línea, solo un hilo de voz indescifrable.

—Venga, vale, voy para el cuartel. Hasta ahora.

El hombre colgó y se guardó el teléfono en el bolsillo.

—Tenemos que irnos, que quiere que nos llevemos al chaval.

—¿A quién? —preguntó el otro.

—Joder, al que le pegó a su hijo.

—Ah, coño, vale, vale.

¿Al que le pegó a su hijo? ¿Estaba hablando de Diego? Entonces, era el alcalde quien había llamado.

—Venga, coge esto y luego volvemos.

Echaron un par de libros más en las bolsas y bajaron por las escaleras de la trampilla. La cerraron, y fui tratando de hacer el menor ruido posible hasta mi grabadora.

—¿No le ponemos candado?

—¿Tienes?

—En el coche, seguro.

—Pues venga.

Mierda, si me encerraban con llave, estaba jodida. Pero sería un problema para la Alejandra del futuro.

Volví a asomarme por la ventana para ver si esta vez podía identificar las caras.

Al minuto, escuché el sonido del candado bloqueando la apertura de la trampilla. Seguidamente, se marcharon. Desde la ventana pude comprobar con más claridad que el conductor era un guardia civil, ese tal Manuel al que no me sonaba haber visto en el cuartel. Por fin algo de luz dentro de tanta mugre.

Ahora tenía algo más de tiempo para inspeccionar el desván. ¿Por qué eran importantes esos libros? Joder, los había tenido delante y ni siquiera les había prestado atención.

No parecía haber muchos más trastos en el desván, así que devolví mi atención al televisor y al vídeo. Levanté la tapa con los dedos, sintiendo el polvo acumulado y el crujido seco del plástico viejo. Parecía que la cinta aún estaba dentro. Encendí el televisor, que tardó unos segundos más en despertar que el reproductor de VHS, pero finalmente lo hizo. Presioné el botón de expulsar la cinta y esta salió lentamente, como si se resistiera. Una pegatina descolorida la etiquetaba: «ENRIQUE CORTÉS / 30-04-1984».

El 30 de abril... otra vez. Esa fecha no paraba de repetirse, y Enrique Cortés... debía ser el padre del profesor. Metí la cinta y antes de reproducirla, me acerqué una vez más a la ventana para asegurarme de que los hombres se habían marchado. El coche ya no estaba, y las calles estaban vacías, pero la sensación de ser observada persistía.

Me puse frente al televisor, y mientras el zumbido estático llenaba la habitación, me senté en aquella incómoda silla, lista para ver mi peliculita.

La grabación era antigua, se veía con muy mala calidad, una especie de vídeo *amateur*. La cinta comenzaba con unos cuantos niños corriendo en un jardín, en una especie de fiesta. Era de día, parecía por la mañana. Había cierta alegría en el ambiente, aunque el sonido de la estática eclipsaba el audio recogido por la cámara, si es que lo tenía.

El vídeo cortó a otro plano: ahora se veían varios adultos. Por la foto de antes abajo, reconocí al padre del profesor. Estaban riendo y celebrando, parecía un cumpleaños. Junto a él se hallaba una mujer joven y atractiva, que difícilmente se asemejaba al cadáver en descomposición, conectado a una máquina de diálisis, que había encontrado en la habitación. La cinta seguía saltando de una situación a otra, como si alguien hubiera editado torpemente un *after-party* de los ochenta sin el menor gusto por el montaje.

De repente, la imagen cambió de forma abrupta. La cámara estaba fija en un extremo de una mesa larga en el mismo jardín, el ambiente era completamente diferente. Los niños, antes tan alegres, estaban sentados a la mesa, observando con una calma inquietante. Los adultos comenzaron a sentarse también, pero iban vestidos con túnicas negras y encapuchados, como en una procesión de Semana Santa. La celebración había desaparecido, reemplazada por una solemnidad que me erizó la piel. Allí, entre los niños, estaba Bruno, más joven que en la foto que había visto, pero inconfundible.

Al otro extremo de la mesa, apareció una figura vestida con una túnica similar, pero completamente roja, desde el capirote hasta el borde de la vestimenta. Parecía ser una especie de líder. Los demás adultos se dieron las manos y comenzaron a realizar lo que parecía una especie de bendición sobre la mesa. Sentí un nudo en el estómago, y comencé a preocuparme por el resto de las escenas.

Otro corte abrupto, la cámara ahora enfocaba al hombre de la túnica roja, de pie junto a otro de los encapuchados de negro. Este otro comenzó a desvestirse hasta quedar completamente desnudo. Lo que, al principio, parecía un ritual extraño estaba tomando un giro mucho más oscuro. Luego, el de rojo se quitó la capucha, revelando al padre del profesor. Se le veía tranquilo, incluso feliz, como si todo aquello fuera un simple trámite.

El siguiente corte me golpeó con más fuerza: el padre de Bruno, desnudo, caminaba hacia el borde de un acantilado. Ya no estaban en el jardín de la casa. La cámara, en un plano general, capturaba cada uno de sus pasos, mientras el hombre a quien le había entregado su traje lo seguía, ahora vestido con la túnica roja. En la mano, ese hombre llevaba una daga pequeña, o tal vez un cuchillo.

El padre del profesor cogió la daga y caminó hacia el borde del acantilado. La cámara, fija, documentaba todo con frialdad. Al estar de espaldas a la cámara, parecía verse cómo el hombre se clavaba la daga en la boca del estómago y comenzaba a deslizarla hacia abajo, entre sus piernas; se veía cómo sus entrañas caían al mar. La sangre fluía, manchando el suelo, mientras el hombre tambaleante se inclinaba sobre el abismo. Con un último esfuerzo, su cuerpo cayó al mar, desapareciendo del plano.

La pantalla se oscureció de golpe y un mensaje apareció en letras blancas sobre el fondo negro: «Ascensión de Enrique Cortés, 29 de abril de 1984». Luego, la imagen se distorsionó y la cinta llegó a su fin, dejando solo el zumbido vacío del televisor.

Me quedé en silencio varios minutos, mirando las distorsiones en la pantalla.

¿Qué cojones acababa de ver?

Ese vídeo era un testimonio, un ritual macabro documentado como si fuera un simple evento familiar. Y Enrique Cortés… había cometido un acto de autoinmolación con una tranquilidad que solo alguien absolutamente convencido de lo que hacía podía mostrar.

Esta cinta la tenían su mujer y su hijo como recuerdo. ¿Era lo que Bruno veía en esta habitación? ¿Un vídeo de la muerte de su padre?

Definitivamente, todo lo que podría haber imaginado sobre las cosas que pasaban en ese pueblo ni siquiera se acercaba a lo que acababa de ver.

Puse la cinta desde el principio y esta vez la grabé por completo desde mi teléfono para poder revisionarla con detalle. Ahora la veía con más preguntas; tenía que saber quién era el hombre al que le dio la túnica, porque todo indicaba que sería el siguiente que lideraría ese grupo desde el 84.

Una vez acabé, me levanté de la silla y ya tenía una idea más o menos clara de lo que hacer, principalmente agarrar la cinta y salir de la casa. La trampilla estaba cerrada y lo único que podía devolverme al exterior era esa ventana redonda.

Eché un vistazo a través de ella para armar un plan. A un par de metros había un tejado de tejas a la altura del segundo piso; tal vez desde allí podría bajar por otra parte. Busqué la forma de abrir la ventana, pero estaba sellada; se trataba más bien de un tragaluz. No estaba pensada como una salida para policías en apuros.

En otra situación, tal vez habría sido más cuidadosa; sin embargo, el reloj seguía girando, y en algún momento esos hombres regresarían de sus recados para terminar de limpiar. Y tal vez llevarse la cinta, que por fin había encontrado yo antes que ellos.

Cogí uno de los libros más gruesos de la estantería y retrocedí unos pasos antes de lanzarlo con toda mi fuerza contra el cristal. El sonido de este rompiéndose resonó en el desván, enviando una lluvia de fragmentos al suelo. No me detuve a pensar en el ruido. Me quité una de las botas y con cuidado terminé de quebrar los cristales que sobresalían, también limpié el marco lo mejor que pude para evitar cortes.

Me deslicé con precaución, primero los brazos, luego el torso, hasta que logré sacar una pierna y apoyarla en las tejas. El impacto fue duro, rompí algunas de ellas bajo mi peso y provoqué un crujido que me hizo contener la respiración. Por suerte, el tejado no tenía una inclinación pronunciada, así que no me resbalé. Hasta ese momento, todo iba relativamente bien.

Caminé hacia la derecha, donde bajo las tejas había unos barrotes que salían del balcón de la habitación de la madre. Me agaché, dejando que mis manos buscaran el siguiente punto de apoyo, hasta que sentí que mi pie tocaba la barandilla metálica.

La puerta del balcón estaba cerrada y no quería hacer más destrozos, así que continué con el *parkour.*

Mientras intentaba descolgarme sujeta a los barrotes del balcón, sentí que mi pie resbalaba. En un instante, perdí el equilibrio. Mi cuerpo giró de manera descontrolada, y antes de que pudiera reaccionar, me encontré cayendo hacia el suelo.

El aterrizaje no fue precisamente digno de una película de acción. Caí de lado, golpeando el suelo con el hombro y la cadera, arrancándome el aire de los pulmones en el proceso. El dolor fue instantáneo, como si alguien hubiera decidido practicar boxeo con mis costillas. Me quedé allí, aturdida, preguntándome si así era como se sentían los gatos cuando no caían de pie.

Cada fibra de mi ser protestaba, pero no tenía tiempo para quedarme a llorar sobre mi suerte. Moví las extremidades con cuidado, comprobando que nada estuviera roto. El hombro me dolía como el infierno, aunque al menos podía moverlo. La cadera iba a lucir un buen moratón, pero estaba intacta. «Venga, Alejandra, levantarse es gratis», me dije, con la voz de mi madre en la cabeza. Afortunadamente, la cinta estaba en el bolsillo contrario al que impactó contra el suelo y no había sufrido daños.

Fui hacia la entrada de la casa para recoger el libro que me había servido para romper el cristal y escondí un poco los trozos entre los arbustos con el pie.

Mi teléfono sonó. Gonzalo.

—Gonzalo, ¿te puedo llamar en un rato? Me pillas en un mal momento —dije, tratando de disimular el dolor en mi voz.

—Tengo malas noticias.

—No me jodas. ¿Qué ha pasado ahora?

—Te prometo que he hecho todo lo que he podido.

—¿Qué ha pasado? —repetí, con poca paciencia y temiéndome lo peor.

—Te han sacado del caso.

—¿Qué? Gonzalo, no me jodas, me dijiste que tenía esta semana.

—No ha sido cosa mía, te lo prometo. Han puesto una queja contra ti por tus «procedimientos inadecuados».

—¿Qué procedimientos inadecuados? —pregunté con cinismo. Obvié que acababa de salir por la ventana de una casa y que Gonzalo no sabía ni la mitad de las cosas que había hecho.

—No lo sé, no dan más información, pero viene con suficiente peso como para que no podamos protestar mucho.

—Gonzalo, por favor, estoy cerquísima.

—Tienes que volver mañana a Madrid, haz los informes que tengas que hacer y entrégaselos a quien va a llevar el caso.

—¿Y quién coño lo va a llevar?

—Se lo queda la Guardia Civil de A Coruña.

—Estás de coña, Gonzalo. Esa gente está metida en todo esto.

—¿Cómo lo sabes?

—Pues... porque lo sé, joder. De verdad, tengo muchas cosas de las que tirar; no puedes sacarme de esto. Haz algo, por favor.

—Álex… —Cuando me llamaba por mi nombre, malo—. Te prometo que he hecho todo lo que he podido. Llevo todo el día intentando reclamar, pero no hay manera. Desde este momento, estamos fuera. Lo siento mucho.

Me quedé en silencio, pensativa. Tras varios segundos, contesté:

—Está bien.

—Sé lo jodido que es dejarte la piel en un caso y que al final te aparten.

—Eres consciente de que quien se haya quejado de mí puede tener una explicación enrevesada, ¿no?

—No lo sé, pero ya no importa.

—Vale.

—Te veo mañana.

—Oye, ¿te importa entonces si me tomo un par de días libres? Entre que recojo mis cosas, me despido de algunas personas y eso. Aunque deje la investigación, igual puedo volver al trabajo en un par de días.

—Gallardo, que te conozco.

—De verdad, solo que esto me ha pillado por sorpresa y creo que necesito un respiro.

—Por mí, sin problema.

—Genial.

—Lo siento mucho, en serio.

—Gracias, Gonzalo —dije antes de colgar.

«Los cojones, yo de aquí salgo con los locos estos del Ku Klux Klan en un furgón», me dije a mí misma.

Si se habían quejado de mí, era porque quien estaba detrás de todo esto empezaba a sentir miedo. Ya estaba en el punto donde los peces comienzan a golpearse contra las paredes de la pecera, desesperados. En cierto modo, me subió el ego. Pero ahora sí que sí, estaba sola en esto, sin nadie que me cubriera las espaldas. Aunque nunca había dependido demasiado de Gonzalo, la verdad, la sensación de dejar de ser una policía investigando una desaparición para convertirme en una intrusa en un lugar donde ya no tenía jurisdicción era, por decirlo de algún modo, bastante incómoda.

La urgencia por obtener todas las respuestas antes de que Gonzalo volviera a llamarme se volvió mucho más apremiante. Sin embargo, tenía un plan, con más lagunas que certezas, pero un plan al fin y al cabo.

Me dirigí hacia el cementerio de San Amaro, que estaba cerca de la casa, casi pegado a la ermita. Durante el paseo nocturno, repasé mentalmente lo que sabía del grupo —o, por qué no decirlo, secta—, que parecía estar relacionado con la desaparición de los chicos el 30 de abril de 2024. La misma fecha en la que el padre del profesor se sacaba las tripas en el vídeo. La misma fecha del cuadro con el símbolo. Y el símbolo… La canción parecía describir un ritual, aunque no el que vi en la cinta. Sin embargo, estaba claro que todo tenía que estar conectado.

Al llegar a la entrada del cementerio, por suerte para mí, la puerta se hallaba abierta de par en par; al menos no tendría que saltar más por hoy. Tenía que encontrar la tumba de Enrique Cortés y comprobar si la fecha de su muerte coincidía con la del vídeo. Todo estaba sumido en la oscuridad total, así que iluminé mi camino con la linterna del móvil mientras me adentraba entre las lápidas. En los pueblos, suelen enterrar de delante hacia atrás, dejando las tumbas más antiguas cerca de la entrada. Vi lápidas que databan de 1920.

Caminar por un cementerio a oscuras nunca había sido algo que idealizara en mi trabajo como investigadora; para qué mentir, daba más bien un poco de miedo. Pero el verdadero escalofrío me recorrió la espalda cuando, de reojo, vi una inscripción en una tumba desgastada que me hizo detenerme en seco:

Antonio López Castro
12/10/1877 - 30/04/1929
O Fundador

Era la fecha. El 30 de abril, otra vez. Sin embargo, lo que más me perturbó fue ese título, «O Fundador».

¿Sería este el hombre que fundó el pueblo? ¿Y murió el 30 de abril, igual que Enrique? ¿Y si lo hizo de la misma manera?

Hice una foto con el teléfono y escribí el nombre en las notas del móvil. Ahora no solo estaba buscando la tumba de Enrique, sino también cualquier otra que compartiera esa fecha de muerte.

Regresé a la entrada y empecé de nuevo; esta vez revisé meticulosamente una a una, empezando por los nichos.

No tardé en encontrar otra:

José Pérez García
05/02/1908 - 30/04/1962

Repetí el proceso: foto y nombre anotado. Casi a la mitad del cementerio, encontré la tumba de Enrique, en un nicho:

Enrique Cortés Figueroa
30/01/1940 - 30/04/1984

Recorrí todas las lápidas. Localicé nueve tumbas con la misma fecha de muerte:

Antonio López Castro: 30/04/1929
Ramiro Domínguez Seijo: 30/04/1940
Anxo Varela Castro: 30/04/1951

José Pérez García: 30/04/1962
Macarena Fernández Rivas: 30/04/1973
Enrique Cortés Figueroa: 30/04/1984
Martiño Pereira Noguerol: 30/04/1995
Isabel Vidal Pena: 30/04/2006
Manuel de los Olmos Pérez: 30/04/2017

Eran más de las tres de la mañana, y allí estaba yo, sentada entre dos lápidas, repasando esos nombres una y otra vez. Pensamientos intrusivos comenzaban a invadir mi mente: ¿y si se trataba solo de una coincidencia? La gente podía morir el mismo día; mi padre y mi tío murieron el mismo día, aunque en años distintos. No es tan raro. Sí, la probabilidad es de 1/365, pero podía suceder.

Buscaba desesperadamente una explicación racional, algo que no implicara tener que profanar los ataúdes para verificar si los cuerpos estaban realmente allí o si también habían sido arrojados al mar. (Eso sí que sería una prueba concluyente).

Entonces, dejé de lado los nombres y comencé a centrarme en los años. 1929… 1940… 1951… 1962… 1973… 1984… 1995… 2006… 2017.

Y lo vi. Morían exactamente once años después que el anterior. Eso ya no era una casualidad, y a estas alturas tampoco podía permitirme creer en ellas.

Eran evidentemente sucesores del anterior. El que tomaba el mando lo hacía durante once años, después se suicidaba. Y aquí mi pregunta. Si el último había muerto en 2017, ¿quién llevaba ahora la túnica roja?

Capítulo 11

La casa

Diego

Yo estaba recogiendo los platos de la mesa en el salón. Mi madre estaba en la cocina, pendiente del postre en el horno. Al darme la vuelta con todas las sobras de comida en las manos, me di de bruces con el árbol de Navidad.

—Mierda —murmuré, mientras intentaba mantener el equilibrio.

Mónica se rio desde su silla.

—Y digo yo…, ¿estás manca, no recoges nada o qué? —le pregunté, haciendo malabares para que no se me cayera nada.

—Yo he puesto la mesa; recoges tú, majete —me respondió ella con tono divertido, sin molestarse en levantarse.

—¿Qué habéis tirado? —dijo mi madre desde la cocina. Solo se habían caído un par de bolas del árbol, pero tenía un oído muy fino.

—Recógelas, majeta —contesté a Mónica, acompañando mis palabras con una sonrisa fría.

Llevé los platos hasta el fregadero, mi madre estaba sentada en una silla leyendo *El rebaño de Gerión* de Agatha Christie. Ella solía tener dos aficiones: las novelas de crimen y misterio, y los relatos de crimen y misterio. Estos últimos, concretamente para el tiempo que esperaba mientras algo se cocinaba.

—¿Ya sabes quién ha sido? —le pregunté mientras enjuagaba los platos bajo el grifo.

—¿Por qué siempre me preguntas lo mismo? —respondió sin apartar la vista del libro.

—Porque si no, ¿qué gracia tiene leer esos libros?

—Lo importante de los misterios no es saber quién es el malo, si no saber por qué lo es.

—Vale, ¿pero lo sabes o no?

—No. —Aunque noté una sonrisilla que me decía lo contrario.

—Mentirosa —contesté por lo bajo mientras salía de la cocina.

Mi madre era de esas personas que preferían hacerse las humildes para parecer aún más inteligentes.

Volví a sentarme en la mesa mientras Mónica cambiaba el disco de Sinatra por uno de Mariah Carey. Llevaba un jersey de esos feos de renos, que cuanto más hortera, más espíritu navideño parecías tener.

—Oye, Diego.

—Qué —respondí con recelo.

—¿Qué tal con Lara?

—Pues... bien, normal, como siempre, vaya. ¿Te refieres a algo concreto?

Ella me miró y aguardó unos segundos mientras me analizaba.

—No —dijo finalmente, mientras comenzaba a sonar «All I Want for Christmas Is You», y volvía a centrar su atención en la música.

—Bueno, pues espero haber respondido correctamente a tu pregunta —dije, un poco incómodo, aunque intenté disimularlo.

Mi madre apareció en el salón.

—Bueno, al postre le falta un poco aún. He puesto el reloj para estar pendiente... Mónica, ¿ya me has quitado a Sinatra?

—Es muy aburrido, mamá.

—Sí, pues anda que la petarda esta… —Mi madre lanzó una mirada de desaprobación hacia el tocadiscos.

El timbre sonó de repente, interrumpiendo la conversación.

—Ah, ya está aquí —dijo mi madre con una sonrisa, y se dirigió hacia la puerta.

—¿Quién tiene que venir? —pregunté, desconcertado.

—¿Quién va a ser? —respondió Mónica, como si fuera obvio.

Una voz masculina resonó desde la entrada.

—¡Feliz Navidad!

Esa voz me resultaba muy familiar.

—¿Papá? —pregunté con la voz entrecortada.

Avanzó hasta nosotros, vestido de Santa Claus, con un saco lleno de regalos. La imagen era surrealista, pero no podía apartar la vista de él.

—¿Qué tal, papá? —preguntó mi hermana mientras se fundía en un abrazo con él.

—Pues de maravilla, ¿y vosotros? ¿Me habéis echado de menos? Os traigo regalos a todos.

Yo estaba algo desubicado. ¿Cuánto llevaba sin ver a mi padre? No podía recordarlo con exactitud, aunque la presión emocional al ver su sonrisa hizo que esa pregunta desapareciera.

—Papá… —dije, acercándome a él y abrazándolo con fuerza, como si temiera que fuera a desaparecer.

—¿Cómo estás, hijo? —preguntó, sosteniéndome por los hombros y mirándome con una mezcla de cariño y preocupación.

—Pues bien, bien… Sí, bien —respondí, asintiendo repetidamente, como si intentara convencerme a mí mismo.

—Siéntate, cariño —le dijo mi madre, retirándole la silla con una sonrisa—. Estarás cansado.

—Pues no os voy a mentir, ha sido un viaje largo, muy largo. Bueno, ¿y vosotros? ¿Qué tal?

—Muy bien, me encanta este sitio —respondió Mónica, con entusiasmo.

—Ah, cuánto me alegro de escuchar eso —exclamó él mientras se ponía la servilleta sobre el regazo en ese extraño traje rojo y blanco.

Me senté en mi silla frente a él, al lado de Mónica, y comencé a simplemente observar a mi familia.

—Cariño, ¿no has comido nada? —me dijo mi madre con preocupación.

Bajé la mirada y allí estaba toda la comida que creía haber recogido minutos antes.

—No tengo mucha hambre —contesté obviando mis pensamientos.

—¡Diego! Te va a encantar el regalo que te he traído —dijo mi padre, como un niño emocionado por entregar su sorpresa.

—¿Y a mí? —interrumpió Mónica.

—El tuyo ya lo tienes, hija. ¿No te acuerdas? —respondió mi padre, con una sonrisa.

Todos nos quedamos en silencio mientras sonaba aquel dichoso villancico.

—Y… ¿cuándo me lo das? —pregunté tímidamente.

—Ahora después, cuando estemos todos —contestó Mónica.

—¿Todos? —murmuré, tratando de entender a qué se refería, pero sin encontrar sentido a sus palabras.

—Menuda ventisca hace ahí fuera; entre la nieve y el viento, no sé ni cómo he encontrado la casa —dijo mi padre, y se metió un gran trozo de cordero en la boca.

El sonido del viento comenzó a escucharse más fuerte, chocando contra los cristales y la puerta de madera, como si quisiera entrar a la fuerza. Eché un vistazo por la ventana, pero no veía nada; todo estaba cubierto por la oscuridad, y aunque escuchaba la nieve caer, no veía ni un solo copo.

El tictac del reloj del horno continuaba resonando desde la cocina, cada vez más fuerte, casi igualando el volumen del viento y del villancico.

El timbre volvió a sonar.

—Esa debe ser tu chica, Diego —dijo mi madre, que ya se levantaba hacia la puerta.

—¿Cómo? —pregunté, todavía más descolocado.

Cuando abrió, el sonido del viento cesó, dejando espacio únicamente a una voz con un hilo agudo sonando a lo lejos.

—¡Feliz Navidad, familia! —exclamó una voz femenina que reconocí al instante.

—Pasa, hija, corre, que hace frío —le dijo mi madre con calidez, mientras la hacía entrar.

Cuando cerró la puerta, el sonido del viento volvió a sonar con fuerza en la casa.

—Siéntate ahí, al lado de Diego —indicó mi madre, señalando la silla vacía a mi lado.

Vi esa cara, que me retorció el estómago en un instante.

—¿Marta? ¿Qué haces aquí? —pregunté desviando la cara hacia mi hermana, con un creciente terror en mi voz.

—¿Vengo a pasar la Navidad con mi chico? —contestó con un tono sarcástico que hizo reír a todos.

Mi padre se reía a carcajada limpia, Mónica casi lloraba de la risa y mi madre me atusaba el pelo mientras yo permanecía mirando a mi alrededor.

—¿Qué está pasando? —me pregunté a mí mismo.

El reloj del horno sonaba con más fuerza, con eco, retumbando por las paredes de la casa, fundiéndose con el sonido de la ventisca y dejando a Mariah Carey en un tercer plano. Era como si el lugar del que procedían los sonidos se estuviera alterando y los que estaban cerca ahora estaban lejos, y los que estaban lejos ahora estaban cerca.

Marta me dio un beso en la mejilla que me paralizó y me dejó prestando atención, de una manera casi agónica, a todo lo que sucedía a mi alrededor.

El sudor comenzaba a gotearme por la frente cuando mi padre hizo una pregunta a Marta que me dejó helado:

—Bueno, Marta, ¿qué tal los amigos?

—Bien, muertos.

Todos empezaron a reír, nunca había oído la risa de mi madre con tanta fuerza, mi padre hasta golpeaba la mesa con la mano abierta, provocando un eco que me perforaba los tímpanos. Los platos y cubiertos de la mesa se levantaban con cada golpe. Las carcajadas de mi familia comenzaban a mezclarse en una única que sentía dirigida hacia mí.

En ese momento, una voz de hombre salió de la cocina a la vez que el reloj dejaba de sonar.

—¡Ya está aquí el postre! —El alcalde salió de la cocina con una bandeja llena de pequeños *brownies* de chocolate.

Me giré hacia Mónica, aterrorizado, en busca de alguna explicación, pero ella miraba la escena con ilusión.

—¿Qué coño es esto? —le pregunté con la voz quebrada.

—Es tu cena, ¡hijo! —contestó mi padre mientras se retiraba hacia un lado con su silla, dejándole un hueco al alcalde.

Miré la mesa, que ya estaba vacía, únicamente con un plato de postre delante de cada uno y la bandeja de *brownies* en el centro. Había un plato más frente a otra silla vacía.

—¿Quién falta? —Temblé al pensar en la respuesta.

—¿Quién va a ser? —respondió Marta con una amplia sonrisa, dándome un suave codazo.

—Bueno, ¡empezad a comer! —dijo mi madre con una sonrisa que parecía desgarrarle la cara.

El alcalde comenzó a repartir los *brownies* en los platos delante de cada uno.

—Hmmm, está increíble, Juan —dijo mi padre dedicándole una mirada de complicidad al alcalde, mientras mordía su *brownie*.

—Sí, ¡está buenísimo! —añadió Mónica.

De repente, un crujido al masticar, no propio de un *brownie*, sonó a mi derecha. El sonido era tan fuerte que me hizo girar la cabeza de inmediato.

Miré a Mónica y vi que su *brownie* era distinto, tenía trozos de cristal sobresaliendo por toda la superficie. Ella los masticaba con calma, aunque la sangre comenzaba a brotar de su boca, deslizándose por la barbilla.

No podía apartar la vista de ella: sus dientes, completamente rojos, manchados de sangre, con pequeños cristales clavados en las encías. Su expresión de placer al masticar me provocaba escalofríos.

Entonces, el timbre sonó.

—Ya voy yo —dijo el alcalde.

Escuché un «Hola, papá» proveniente de la entrada.

Julio caminaba hacia la mesa sonriente, pero con los ojos amoratados.

—¿Qué tal? ¿Llego muy tarde? —preguntó, con la misma sonrisa con la que me observaba mientras me detenía la policía.

—No, Julio, no te preocupes, llegas justo para el postre —contestó mi madre, que le recogía la chaqueta y la dejaba sobre el sillón.

—¿Qué tal, Diego? —me preguntó Julio.

El sonido de los cristales masticados por mi hermana no salían de mi cabeza, y cada vez eran más continuos. Cuando volví a mirarla, su jersey de renos ya estaba cubierto de sangre. De la boca para abajo, no había un solo centímetro de su cuerpo que no estuviese inundado por la sangre.

—Bueno, ahora sí se lo podemos dar, ¿no? —dijo mi madre.

—Sí, claro, ya estamos todos —respondió mi padre, que se levantó de la silla y fue hacia su saco de regalos.

De este sacó una caja roja con un lazo negro.

—Espero que lo uses con cabeza, hijo —me dijo, con el tono más paternal que había escuchado jamás de él.

Cogí la caja con las manos temblorosas, mientras sentía que todos me miraban impacientes.

—Qué será, qué será… —dijo mi madre en tono cantarín.

Quité el lazo despacio y abrí la caja.

Me quedé petrificado al ver su contenido, pero, en cierta manera, en calma, como si hubiera esperado este momento mucho tiempo.

—Vamos, ¡sácalo, que lo vean todos! —exclamó Marta emocionada.

La saqué de la caja y la puse frente a mis ojos: una soga.

Todos comenzaron a cantar al unísono siguiendo a Mónica, quien había empezado:

—¡Que se la ponga! ¡Que se la ponga! ¡Que se la ponga!

Me rodeé la cabeza con la soga que acababa de sacar, mientras todos aplaudían.

Dejé la cuerda caer sobre mis hombros y miré a Marta.

—No deberías estar aquí —dije.

Las luces del salón comenzaron a parpadear, dejando a oscuras toda la casa durante milésimas de segundo.

—No, tú no deberías estar aquí —contestó ella.

—Marta…, ¿estoy muerto? —pregunté; sentía que la realidad se desmoronaba a mi alrededor.

—Diego, tienes que escribir la carta.

—¿Qué carta?

—La de despedida —dijo ella mientras la luz se apagaba y encendía sobre todos nosotros.

—No lo sé…

—Diego, ¿cuántas veces has querido hacer esto? Tú siempre has sido así; nunca has sido la persona más llena de vida, nunca has sabido querer de verdad —dijo Marta, casi sentenciándome.

—Eso no es verdad —repliqué con la voz débil, dudando.

Las voces de los demás parecía que se metían en una burbuja de aire, dejándolas en un segundo plano junto con el viento y la música, pero seguían eufóricos al verme ponerme la soga. Las luces continuaban parpadeando de manera errática.

—Pues demuéstralo ahora; tienes que despedirte, Diego.

—¿Despedirme de quién?

—De tu madre al menos.

—Pero mi madre está ahí —dije, la observaba aplaudiendo y mirándome con su voz encapsulada en el vacío.

—Tu madre no está aquí, Diego, solo estamos tú y yo.

En ese momento, las luces se apagaron definitivamente.

Todo se quedó en silencio; los aplausos y los canturreos se detuvieron de golpe, como si la luz los hubiera apagado también a ellos. Pero aún podía ver sus siluetas en la oscuridad, seguían allí, inmóviles, observándome alrededor de la mesa.

El aire había cambiado, era más húmedo y frío.

Sentí que Marta comenzó a acercarse a mi oído.

—Diego, Diego, Diego… —repetía, con una voz que ahora sonaba extrañamente distorsionada.

Escuchaba su voz mucho más lejana de lo que debería estar, como si no correspondiera a la distancia real que nos separaba.

—¿Podéis encender la luz? —pregunté mientras empecé a sentirme mareado—. ¿Podéis... encender...? —Me estaba comenzando a costar hablar.

La voz de Marta seguía sonando con un eco que retumbaba por las paredes de la casa.

—Estás bien, tranquilo —murmuraba ella, aunque su voz empezaba a resultarme extraña, su timbre cambiaba, volviéndose más agudo, creando en mí una sensación repulsiva.

Me costaba mantenerme en pie, tuve que apoyar la cabeza sobre la mesa, buscando algo de estabilidad. Pero el dolor no paraba, cada vez era más intenso, más insoportable.

—¿Te duele? —preguntó mientras su voz parecía otra definitivamente.

—Me duele mucho —contesté, y me retorcía de dolor sobre la silla—. Ayudadme, por favor.

—Para que te podamos ayudar tienes que hacer esto.

—Mamá... Papá... —dije muy mareado, casi a punto de caer al suelo. Pero nadie contestó.

—El dolor pasará, pero tienes que despedirte. Confía en mí, es lo mejor para todos. —Ahora la sentía mucho más cerca.

Su voz cada vez era menos reconocible como la de Marta, era mucho más aguda, era idéntica a la de Lara.

—Me estoy muriendo —afirmé para mí, sin buscar una respuesta.

Y ella no me la dio.

El mareo me impedía mantenerme sentado en la silla, me dejé caer al suelo, intentando sujetarme a la mesa. Mi cara chocó contra el suelo frío que ya no parecía el parquet de madera de mi casa.

Apenas podía ver nada. Un sabor a metal empezó a inundarme la boca, noté un líquido caliente al toser, la sentí llena de sangre.

—Enciende las luces, por favor —rogué, deseando volver a estar en mi casa, con mi familia.

—Están encendidas, Diego, pero tienes que abrir los ojos —respondió ella, que me acariciaba la cara.

—Los tengo abiertos —dije; me retorcía de dolor en el suelo.

—No, no lo están, yo sí que te puedo ver.

—Marta, por favor, necesito ayuda.

—Diego, soy Lara.

El dolor empezaba a concentrarse en mis costillas, un dolor espantoso que casi me impedía respirar.

—Venga, intenta levantarte.

—Haz que pare, haz que pare —supliqué entrecortadamente, mientras las lágrimas brotaban de mis ojos.

—Diego, las heridas se te curarán, no te preocupes.

No podía verla, pero en mi mente podía imaginar a Lara intentando calmarme; se sentía tan real...

—Pero tienes que escribir la carta. Es urgente.

—¿Por qué?

—Porque necesitamos que lo hagas. Si no, te van a hacer pasarlo muy mal aquí dentro hasta que la escribas.

—¿De qué me estás hablando?

—No puedo explicártelo, Diego... ¿Pero quieres que tu madre pase por lo mismo otra vez? Otro hijo desaparecido...

—No —contesté con resignación, sintiendo que no tenía otra opción.

—Pues, entonces, tienes que escribir algo para que todos se queden tranquilos y no te busquen. Que crean que al menos fue decisión tuya.

—¿Si lo hago el dolor parará?

Ella no contestó, una vez más.

—Enciende las luces, por favor.

—Están encendidas, ya te lo he dicho, solo tienes que abrir los ojos.

Me di la vuelta, tumbándome bocarriba, mientras mantenía la mano sobre mis costillas. Una luz comenzó a cegarme, una luz fluorescente que me golpeó en la vista con la intensidad de un destello de soldadura. Los ojos me escocían del impacto, haciéndome preferir volver a mirar hacia el suelo y cerrarlos con fuerza.

La habitación había cambiado, ya no era el salón de mi casa, sino una habitación gris, con paredes de hormigón.

—Lara… —susurré, viéndola a mi lado.

Estaba arrodillada, tan cerca que su aliento rozaba mi piel. Tenía la mano apoyada en mi hombro, un contacto que en otro momento habría sido reconfortante, pero que ahora me helaba el alma.

—¿Dónde están todos?

—¿Quiénes, Diego?

Me quedé en silencio, observando a mi alrededor la habitación cerrada, sin ventanas, antes de volver a mirarla.

—Diego, tienes que escribir la nota.

El mareo se mezclaba con un auténtico horror superior al de aquella cena, un miedo que no había sentido nunca.

—Pero si no estoy muerto todavía, ¿por qué eres tú quien me lo está diciendo?

Me puso las manos en la cara, forzaba un contacto visual mucho más directo y cercano. Su calor fue como la esperanza de un letrero de salida en una habitación a oscuras.

—Porque yo tampoco lo estoy.

Capítulo 12
Las cintas

Alejandra Gallardo

Mi tiempo en San Amaro se acababa. Oficialmente, ya no tenía jurisdicción en el pueblo. Cualquier procedimiento legal, como interrogatorios o inspecciones —aprobadas—, estaba fuera de mi alcance. Como mucho, dispondría de uno o dos días antes de que Gonzalo me llamara preguntando dónde coño estaba. Y aunque no tenía pruebas de quién había hecho que me sacaran del caso, mis sospechas estaban claras: la propia Guardia Civil de San Amaro. Bueno, ¿qué coño? No eran sospechas, ya había visto a uno deshaciéndose de las cosas comprometedoras de Bruno y su madre.

Aquella noche, tras irme del cementerio con el móvil lleno de nombres de muertos y fechas enlazadas, llegué al hostal y lo primero que hice fue actualizar el mural. Tenía que encontrar una manera de atar todos los cabos antes de que me sacaran del pueblo.

Todo empezaba con un nombre: Antonio López Castro, su tumba marcada con el título «O Fundador», y muerto el 30 de abril de 1929. Luego había ocho nombres más, todos muertos el mismo día, pero siempre once años después. Mi cerebro ya no trabajaba con coincidencias, solo con hipótesis. Abrí una nueva rama de pósits en el mural para desarrollar mi teoría.

Una secta. El fundador del pueblo (o del grupo) moría en la Noche de Walpurgis en el mismo ritual que había visto en el vídeo del padre de Bruno. El liderazgo, o la túnica roja, pasaba al siguiente, quien fallecía once años más tarde, en el mismo día y, supongo, de la misma forma. Así hasta que llegábamos al padre de Bruno, de quien habían grabado una cinta de recuerdo para su familia en la que entregaba la túnica a su sucesor, que, según las fechas de las tumbas, era Martiño Pereira Noguerol. Finalmente, llegábamos al último nombre: Manuel de los Olmos Pérez. De los Olmos, menuda sorpresa, pensé. Si había muerto en el 2017, por narices debía ser el padre de Juan y Manuel, además, dos hombres muy bien colocados en el pueblo, alcalde y cura.

Ese hombre le había pasado la túnica a la persona que actualmente debería llevarla. Persona que, según mis matemáticas de preescolar, debería morir el 30 de abril de 2028. Por lo que todavía le quedaban unos pocos años de liderazgo.

La pregunta: ¿Quién coño era esa persona?

Me dejé caer sobre la cama, mirando el mural como si me fuera a dar las respuestas. Saqué el teléfono para revisar el vídeo de la muerte del padre de Bruno, buscando algo que no hubiera visto antes. Toda esa gente de los ochenta, esos niños... Probablemente ahora eran adultos que seguían aquí, en este pueblo. Pero sería imposible identificarlos. Quizá podría localizar a las familias de los cabecillas que habían muerto. Pero tenía muy poco tiempo, y era de esperar que mi presencia allí ya no fuese bien recibida por los vecinos. Quizá no era la mejor idea ir uno a uno preguntando por esa lista de nombres.

Mientras observaba el vídeo, me fijé en algo que antes me había pasado desapercibido: el cariño con el que había sido grabado, al menos la primera parte. Las sonrisas, las bromas... Todo parecía un ritual familiar, hasta que llegaba el turbio desenlace. Si la familia de

Bruno tenía esta cinta «homenaje» de su padre, quizá las otras familias también la tuvieran. Podría ser una tradición, un macabro regalo para recordar el sacrificio de un ser querido. En ese caso, significaría que la familia De los Olmos podría tener una cinta de la muerte de Manuel. Y en ella vería a quién le había entregado la túnica antes de lanzarse por el acantilado. Revelaría quién era el líder en la actualidad.

¡Joder! Casi salté de la cama. Eran las cinco y media de la mañana, pero estaba eufórica. ¡Claro! Tenía la prueba que necesitaba. Podría identificar al actual líder y obtener una orden judicial para sacarlos del juego. Era un puto genio.

El subidón se me apagó de golpe cuando recordé dos cosas: primero, «Gallardo, estás fuera del caso»; y segundo, cazar a una secta turbia no necesariamente me llevaría a encontrar a los chicos desaparecidos. Pero obviamente tenía que haber una conexión. No podía haber pasado desapercibida.

Durante los once años que pasaban entre un líder y otro, ¿se quedaban cruzados de brazos? Algo más debían hacer. La secta no era un pasatiempo que solo se activaba en las Noches de Walpurgis. Algo había más allá de esos rituales de ascensión.

Ya tenía algo sólido, que dejaría de serlo si resultaba que había sido algo puntual y nunca se volvió a grabar ninguna cinta. Pero algo tenía que hacer. Por otra parte, añadí dos pósits más en la rama de la secta. ¿Por qué actuaban? ¿Qué hacían? Ahí, dibujé el símbolo, que debía tener en cuenta, tampoco olvidar esa canción que describía otro tipo de ritual, tal vez tenía algo que ver con lo que hacían el resto del tiempo.

Iba a ser complicado moverme libremente por el pueblo estando excluida oficialmente del caso y ahora sabiendo que hay un grupo medio extendido de lunáticos que se sacan las tripas a sí mismos.

De pronto la cama sobre la que estaba echada comenzó a sentirse mucho más cómoda que antes, transformando la euforia en un profundo sueño. Total, tampoco podía hacer mucho a esas horas.

Mi alarma sonó a las ocho y media. Me levanté sintiendo las secuelas físicas de la caída del tejado la noche anterior, pero el cansancio no era excusa. No me costó nada salir de la cama.

Cada vez que miraba el reloj no veía la hora, veía una cuenta atrás para que me sacasen del pueblo. No estaba mal trabajar bajo presión a esas alturas, quizá era el chute de adrenalina que necesitaba.

El principal problema de mi plan residía en que no era muy bienvenida por los hermanos De los Olmos. Pero quien me interesaba era Dolores, su madre, y creía que le había caído simpática, además me había invitado abiertamente a su casa. El siguiente problema: no sabía dónde vivía esa señora. Pero mientras bajaba las escaleras del hostal, vi que tal vez no fuese un problema tan grande.

El dueño del hostal, como siempre, estaba inmerso en su lectura matutina.

—¡Buenos días! —dije con una gran sonrisa.

—Hola, hija —respondió bajando su libro.

—Oiga, ¿le puedo hacer una pregunta?

—Claro, ¿qué necesitas?

—¿Sabe usted dónde vive la madre de Manuel, el cura? Dolores, se llama. El otro día quedé en tomar algo con ella, pero se le pasó darme su dirección.

—Ah, pues claro, vive ahí mismo, según sales, sigue hasta la iglesia y la primera calle que gira hacia la playa. Una casa grande con una parra en la entrada. No tiene pérdida.

—¡Qué amable! Muchísimas gracias. Disculpe que hoy no le dé conversación, pero tengo algo de prisa.

—Nada, hija. Vete tranquila.

Salí. El frío me golpeó en la cara, más frío que en todo lo que llevaba en el pueblo. No iba lo suficientemente abrigada, pero no importaba. La casa, como había dicho el dueño del hostal, no tenía pérdida. Llamé a la puerta, rezando por no tener que allanar otra.

Dolores abrió a los pocos segundos, mirándome desconcertada.

—¡Buenos días! —dije.

La mujer se quedó parada en la puerta, excesivamente maquillada y confusa.

—Soy Alejandra, ¿se acuerda de mí? —dije, a la vista de que parecía que le estaba costando recordarme.

—Yo no te conozco —dijo, empezando a cerrar la puerta.

Pues empezamos bien, pensé.

—¡Espere! —Di un paso hacia delante—. Nos conocimos en la iglesia de su hijo, ¿recuerda? Dio una misa maravillosa y después nos quedamos hablando un rato los tres. ¿Se acuerda?

La mujer me observaba a través de una rendija que había dejado abierta mientras valoraba si se acordaba o no.

—Dijo que hacíamos muy buena pareja —añadí.

—¡Ah! Sí, claro, perdona, hija. Pasa, pasa.

Entré mientras ella cerraba la puerta detrás de mí. El olor a humedad y perfume rancio me envolvió al instante. La casa era sorprendentemente grande, aunque la cantidad de muebles hacía el espacio mucho más pequeño y sobrecargado.

A pesar del frío fuera, dentro hacía demasiado calor. Un calor seco, que te pegaba la ropa al cuerpo.

Las cortinas eran gruesas y pesadas, dejando entrar muy poca luz. Me estaban dando ganas de abrir todas las ventanas para que entrara el aire y dispersara la sensación opresiva. Las paredes, pintadas de un amarillo desvaído, estaban cubiertas de cuadros con marcos dorados, todos demasiado recargados. En las fotos, las típicas imágenes familiares en blanco y negro. Todos los retratados parecían más esculturas de piedra que personas vivas.

Mientras observaba una colección de figuras de vírgenes de porcelana, sonó la melodía de un gran reloj de pared. Mi abuelo tenía uno de esos en su casa, cuando era pequeña trataba de no quedarme nunca en su casa a horas en punto, esa musiquilla me ponía histérica. Era esa melodía clásica, la que suena en las iglesias o en los relojes antiguos cuando dan la hora, con esas notas que ascendían y descendían en un patrón repetitivo.

—Siéntate, cariño, ¿quieres un café? —dijo mientras se acercaba al salón.

—Pues se lo agradecería mucho, aunque no quiero interrumpirla, ¿iba a algún lado?

—¿Eh? —preguntó la señora, desubicada por mi pregunta.

—No, lo digo porque veo que va usted muy guapa.

—¡Ah! A misa, hija, a misa —respondió, y se fue a la cocina.

—Pero es muy pronto todavía, ¿no? —dije mirando hacia el reloj, que marcaban las nueve en punto.

—Sí, pero así echo un vistazo a la iglesia antes de que llegue la gente —explicó desde la cocina. La señora trataba la iglesia como si invitase a la gente a su propia casa.

Aproveché el momento en que Dolores desapareció tras la puerta para observar más a fondo.

—Pues es que estoy a punto de marcharme del pueblo, Dolores —dije, elevando la voz para que me escuchara desde la cocina—. Y quería despedirme de usted.

No veía ningún lugar donde pudiera haber cintas de vídeo ni libros. Era una casa bastante desapegada de cualquier entretenimiento.

—¡Ay! ¿No me digas? ¿Y cómo es eso?

—Pues es que le van a dar el caso a otra gente y yo tengo que volverme a Madrid.

—Ay, Madrid, siempre quise ir, se lo decía mucho a mi marido, pero, al final, nunca me sacaba por ahí.

Buena forma de involucrar al marido en la conversación, justo lo que necesitaba.

—Vaya, ¿hace mucho que falleció su marido, Dolores?

—Unos pocos años.

—Vaya, lo siento mucho, ¿estaban muy unidos? —pregunté con intención de que sonase a mera conversación, alejándome lo máximo posible de un interrogatorio.

—Mucho, la verdad es que se le echa mucho en falta.

—Claro, porque ahora vive usted sola, ¿no?

—No, no, mi hijo el pequeño sigue conmigo.

—Manuel, ¿no?

—Sí. —Dolores volvió al salón con dos tazas de café, que temblaban ligeramente en sus manos.

—Oiga, pues ahora que me habla de su marido, ¿recuerda que la otra vez me contó una historia sobre lo que le ocurrió?

La mujer se quedó paralizada mirándome, como si no lo recordase. Comenzaba a dudar de si se acordaba de mí realmente o simplemente había confiado en mi palabra.

—Lo que me contó sobre la Santa Compaña, ¿recuerda? —insistí, intentaba reavivar alguna chispa de memoria.

La mujer asentía despacio, demasiado cerca de mí, el olor de su perfume me llenaba las fosas nasales con más fuerza que el café que sujetaba a escasos centímetros de mi boca.

—La Santa Compaña… Esa historia me la contaban mis abuelos —dijo, demostrando que, realmente, no recordaba nuestra conversación.

Me empezó a venir la imagen de mi padre, cuando su demencia ya empezaba a estar avanzada. A veces tenía ratos buenos, pero los malos eran malísimos. Su cabeza iba y venía como si fuera el vagón de una noria. Aunque tal vez, en esta situación, era justo lo que necesitaba.

—Me contó cómo falleció su marido.

—¿Mi marido? De un infarto, se quedó en el sitio.

Esto no pintaba muy bien. Tenía que cambiar de estrategia.

—¿Puedo ir al baño un segundo?

—¡Por supuesto! —exclamó encendiéndose, tanto que me sobresaltó de tal modo que casi tiré el café.

Ni siquiera me dijo dónde estaba, pero aproveché que ella se estaba sentando en el sofá para salir de su mira y buscar por la casa algún tipo de habitación similar a la de la casa de Bruno, el «aula», como la llamaron esos tipos que entraron.

Atravesé el pasillo que llevaba hasta la cocina, y para mi desgracia solo había una puerta, que al abrirla reveló el cuarto de baño. Estaba claro que lo que buscaba tenía que estar en el piso de arriba.

Miré de nuevo hacia el salón. Desde donde estaba, podía ver a la señora de pie, dándome la espalda mientras colocaba el sofá, alineándolo con la mesa del salón, la misma manía que tenía con los bancos de la iglesia. Era el momento perfecto.

Las escaleras estaban justo al lado del pasillo, empotradas en la pared.

El rellano de las escaleras daba directamente a un pasillo estrecho, mucho más oscuro que la planta baja. Solo una tenue luz al final, filtrada a través de una pequeña ventana; todas las puertas a los lados estaban cerradas, así que fui probando una a una. La primera era una habitación individual, de niño, pero sin mucha decoración, debía ser el cuarto del cura. Cerré la puerta con cuidado antes de abrir la que había justo enfrente. Esta era de matrimonio, con una cama grande cubierta por una colcha de encaje. No veía nada que me diese indicios de dónde podía estar el vídeo. Solo era una casa de ancianos particularmente aburridos. Aunque conociendo las aficiones clandestinas del marido, debía haber algo más.

Eché un vistazo por el techo de esa planta, buscando algún tipo de trampilla que llevase a un desván como en casa de Bruno, pero nada. Entré en la habitación de Dolores y abrí un par de cajones donde solo había ropa. Al girarme hacia la puerta para salir de nuevo, me llevé la mano al pecho del susto. Ahí estaba la señora, mirándome desde el marco de la puerta con la cara desencajada.

—¿Tú qué haces aquí? —dijo con un tono muy frío y agresivo.

—Yo… estaba buscando el… —Antes de poder terminar la frase me interrumpió.

—Que ya os he dicho que me dejéis en paz, que yo no quiero saber nada —dijo avanzando lentamente hacia mí.

—Dolores, tranquila… —traté de calmarla.

—¡Y encima te metes en mi casa! ¡Que yo ya no vuelvo, carallo! —gritaba mientras se acercaba a mí con los ojos muy abiertos.

Yo retrocedí unos pasos hasta quedar acorralada contra la pared del dormitorio. Entonces, me di cuenta de que me estaba confundiendo con otra persona.

—¡¿No os vale con el resto de mi familia o qué?! —La mujer estaba a escasos pasos de mí, y yo ya no podía retroceder más, había algo muy intimidante en cómo se acercaba despacio mientras gritaba.

Me vi en una situación desesperada, así que probé suerte.

—Dolores, tranquila, que ya me voy y no te voy a molestar más, pero necesito que me des la grabación de la ascensión de Manuel —dije, siguiéndole el juego.

—¡¿Y por qué vienes a mi habitación?! —exclamó a unos pocos pasos de mí.

—No quería molestarte y pensé que estaría aquí. ¿Dónde la tienes? Te prometo que después me voy y te dejo en paz.

—¡Pues aquí no está! ¡Así que fuera ya!

—Dolores —dije vocalizando todo lo posible para que me entendiese—. Necesito que me digas dónde está el aula en esta casa.

—¿Pues dónde va a estar? ¡Como si fuese la primera vez que vienes! —A un par de pasos de mí, sintiendo de nuevo ese perfume, la mujer se dio la vuelta y caminó hacia la puerta.

—Lo siento mucho, Dolores, no es nuestra intención molestarte —dije mimetizándome con la situación mientras la seguía escaleras abajo.

Estaba fingiendo ser alguien que ni siquiera sabía quién era. Lo único que me preocupaba era cuánto tiempo le iba a tardar la cabeza en volver a su sitio y darse cuenta de que estaba metiendo a una extraña en la zona más íntima de su casa. Aunque, por sus palabras, tampoco parecía que apreciara mucho más a la persona con la que me confundía.

—Hasta el gorro me tenéis. No le vale a una haber dedicado su vida, que tenéis que seguir dando por saco hasta con noventa años.

Atravesamos la cocina y abrió una puerta de cristal que daba al jardín trasero.

—Claro, como tú no vas a llegar a mi edad, pues no te pones en mi piel.

—¿Por qué dices que no voy a llegar, Dolores?

—¿Cuántos años te quedan? No muchos.

«¿Cuántos años te quedan?»… ¿Era posible que Dolores me estuviese confundiendo con la persona que estaba buscando?

—No muchos, no —añadí, esperando ver por dónde seguía la conversación.

Una vez en el jardín, había una trampilla pegada al borde de la casa.

—Ay, las llaves… —dijo ella, llevándose las manos a la cara—. Cógelas, están en la entrada.

—Voy —respondí, abandonando el jardín con prisa.

Tenía que ser un sótano, esa sala estaría bajo la casa. Fui hacia la mesita de la entrada a por las llaves, cuando la puerta de la casa se abrió, frenando mis pasos en seco y acelerando mis pulsaciones por mil. Manuel.

—¿Alejandra? ¿Qué haces aquí? —dijo el cura, sorprendiéndome en mitad de su salón.

—Hola, Manuel. Nada… Había venido a despedirme de tu madre. No quería marcharme del pueblo sin aceptar su invitación para un café.

El cura esperó unos segundos en silencio mientras cerraba la puerta sin apartar la mirada de mí.

—¿Dónde está mi madre? —preguntó serio.

—Está en el jardín, me estaba enseñando la casa.

Manuel fue directo en busca de su madre, y yo me quedé en el pasillo, más cerca de la puerta que de ellos.

—¡¿Mamá?! —exclamó mientras se dirigía hacia el jardín, con un tono casi incriminatorio.

—Hijo, ¿ya has acabado?

—No, mamá. He venido a recoger unas cosas. Métete dentro, anda, que hace mucho frío.

—Espera, que le tengo que dar una cosa.

Observaba a Manuel y a su madre desde la distancia, al otro lado del arco que daba al jardín. Él me miró.

—¿El qué te tiene que dar? —me preguntó con una voz fría.

—No, nada, ya te digo que me estaba enseñando la casa, pero... ¿puedes acercarte un segundo?

Manuel caminó despacio hacia mí.

—Creo que me está confundiendo con otra persona —le susurré, tratando de que no viera nada sospechoso en la situación.

—Ya... Sí, a veces se le va un poco la cabeza, la edad.

—¿De qué habláis? —preguntó ella a unos metros de distancia mientras cruzaba la puerta del jardín.

—De nada, mamá. Métete dentro, venga.

—Uy, ¡mira qué hora es! ¡Que tengo misa y está todo sin preparar! —dijo Dolores, que miraba el pequeño reloj de su muñeca.

—Sí, de hecho, yo ya me tengo que ir —dije mientras me daba la vuelta hacia la puerta.

—Pero tanta prisa, tanta prisa... ¿y al final no te la llevas? —se quejó la mujer, frenando mi camino—. Se me ha metido hasta en el dormitorio, hijo.

Me quedé frente a la puerta de la calle, sabiendo que tendría la mirada de Manuel clavada en la nuca. Me volví hacia él, confiando en que en ese par de segundos se me ocurriera algo.

Lo único que se me ocurrió fue poner una mueca de confusión, achacándolo a algún desvarío de su madre.

Sin embargo, Manuel me aguantó la mirada varios segundos, con una clara desconfianza. Se acercó a su madre, agachándose y poniéndose a su altura para mirarla a los ojos.

—Mamá, ¿qué te ha pedido esta mujer?

—Oye, en serio, es que tengo que irme... —Y di un paso hacia atrás, de nuevo en dirección a la puerta.

—Espera —dijo Manuel, levantando su mano.

—El vídeo de tu padre —contestó Dolores.

Me quedé congelada, sin saber cómo reaccionar.

Manuel se volvió despacio hacia mí.

—¿Te parece bien engañar a una anciana?

—Yo no he…

—¿Esos son los métodos que utilizáis en Madrid? ¿Embustes? —Manuel empezó a acercarse a mí.

Traté de mostrarme firme, pero quizá la incapacidad de moverme que sentía era fruto de la intimidación.

—Hijo, ¿de qué habláis? No me estoy enterando.

—Mamá, esta señora te está mintiendo.

—¿Cómo que me está mintiendo? ¡Ya os dije yo desde el primer momento que una matasanos no! ¡Os lo dije o no os lo dije! —exclamó mientras le daba a su hijo con el dorso de la mano.

«Matasanos»… Me estaba confundiendo con la doctora.

Manuel se giró hacia su madre con brusquedad, perdiendo el control por primera vez desde que lo conocía.

—Mamá, ¡que es la policía de Madrid!

Dolores se quedó en silencio, asustada por la voz de su hijo. Se volvió hacia mí, sin comprender lo que estaba pasando por su cabeza, pero quizá comenzando a darse cuenta de su error.

—Manuel, de verdad, creo que es un malentendido.

—Además, tú ya no estás autorizada para seguir aquí, ¿no?

Estaba a un par de pasos más de sacar la pistola. La cosa no tenía buena pinta.

Levanté las manos, tratando de que mantuviera la distancia conmigo. Y entonces se detuvo, a un metro de mí.

—No me dejas más remedio que avisar a las autoridades, Alejandra.

El hombre se sacó un teléfono móvil del bolsillo. Ahora sí que estaba jodida.

—Manuel, haz lo que creas conveniente. De verdad que solo quería despedirme.

—No me tomes por ingenuo —contestó mientras marcaba un número.

—Créeme que no lo hago —dije y abrí la puerta de la calle—. En cualquier caso, me marcho.

Salí caminando rápido, sin saber exactamente en qué dirección, e intenté controlar la respiración. Estaba muy acelerada. No tenía el vídeo, pero sí la identidad de quien llevaba la túnica roja en la actualidad: la doctora de San Amaro. Encajaba todo a la perfección. El motivo por el que me había mentido con lo del disparo… Claro que me había mentido. Ella sabía que había disparado a quien me había seguido, y ella misma le había curado la herida. Es más, ¿había sido ella quien le mandó seguirme? Todo apuntaba a que tenía que ser ella quien tuviera el cuaderno del profesor y su supuesta confesión.

Caminé por la plaza, bordeando la iglesia por la calle que llevaba al cuartel, cuando desde la distancia vi al sargento Padilla terminando un cigarro en la puerta. No me vio, porque si lo hubiera hecho, no habría cojeado mientras volvía a entrar en el cuartel.

—Eras tú, cabronazo —susurré para mí.

Avancé rápido, cabreada, muy cabreada. Crucé la puerta del cuartel, segura de mí misma, esbozando una amplia sonrisa que no dejaba entrever lo que realmente pensaba. Al fondo, con la mirada clavada en el despacho del sargento Padilla, mi objetivo principal, vi que él me descubría al entrar. No lo dudó y se metió en su despacho de inmediato, cerrando la puerta tras de sí.

—Buenos días —dije a la mujer de recepción, sin detenerme, y seguí directamente hacia el despacho de Padilla.

Ella salió detrás de mí, observando adónde me dirigía.

—¿Te puedo ayudar en algo?

—No, no te preocupes, que solo va a ser un momentito —respondí mientras abría la puerta.

Padilla estaba sentado tras su mesa, fingiendo que trabajaba.

—Buenos días —saludé con una gran sonrisa cargada de ironía, imposible de no captar.

—Inspectora. ¿Se puede saber por qué no llama a la puerta? —dijo ofendido, el cerdo.

—Pues es que no tengo tiempo, porque resulta que me tengo que ir ya del pueblo. Anoche recibí una llamada diciendo que alguien se había quejado de mis «procedimientos» —expliqué, dibujando las comillas en el aire con los dedos.

—Ya, bueno, es un pueblo pequeño, y a la mínima que algún vecino ve algo raro, pues, quién sabe.

—Ya… —Cerré la puerta, privando al resto de los trabajadores del espectáculo. Me acerqué hacia su mesa—: Mira, estoy muy cansada. Me han seguido, me han golpeado con un tronco, me han amenazado, me han robado pruebas… y, a pesar de eso, me han sacado del caso por mis «procedimientos». —Repetí las comillas—. Disculpa si soy muy desconfiada, y no quiero que te ofendas, pero mientras todo esto ocurría, ¿dónde estaba la Guardia Civil de San Amaro?

—Disculpe, inspectora —Padilla se incorporó en la silla, mostrando una breve mueca de incomodidad—, ¿está insinuando algo?

—No, no lo insinúo, lo afirmo —dije acercándome más, lo suficiente para apoyar las manos sobre el escritorio.

Los papeles estaban desordenados, probablemente revueltos a toda prisa para fingir que estaba ocupado. También había un blíster de analgésicos que miré detenidamente.

—No estaba informado de todo esto que me dice, así que, por

lo que veo, ha ido bastante por su cuenta, ¿no? Sabiendo que debía trabajar junto a nosotros.

—¿Trabajar con vosotros? —me reí, incapaz de contenerme—. Pero si lo único que te pedí fue un mapa de las cuevas del pueblo, y justo la cueva en la que estuvieron esos chicos es la única que no marcas. Para colmo, alguien limpia la sangre de allí antes de que llegue la científica. Como comprenderás, Padilla, tengo mis problemillas con vosotros.

—Inspectora, no me está gustando nada por dónde está yendo. Nosotros siempre hemos estado más que dispuestos a trabajar mano a mano con usted.

—Vale, pues ¿por qué no me acompañas a hacer una visita al centro de salud? Tengo que hacerle unas preguntas a la doctora.

—¿A la doctora? ¿Por qué?

—Te lo cuento de camino. ¿Vamos?

—Pues ahora mismo me es imposible, no tengo tiempo. Además, está usted fuera del caso. De hecho, es su primer día fuera, y ya hemos recibido una nueva queja de que sigue trabajando sin autorización.

—Manuel, entiendo.

Padilla no contestó.

—Bueno, pues entonces supongo que aquí nos despedimos. Espero que resolváis todo esto —dije, alejándome de la mesa y ofreciéndole la mano desde la distancia.

Pero no se levantó. Se quedó allí, mirándome, sin saber cómo reaccionar.

—¿No te vas a levantar? —pregunté con una media sonrisa.

Padilla se levantó, y pude ver cómo apretaba la mandíbula. Extendió el brazo desde el otro lado de la mesa, esperando que me acercara por cortesía. Lo hice. Y lo miré fijamente a los ojos mientras le estrechaba la mano.

—Qué jodida tiene que ser la mierda en la que estás metido si alguien te pega un tiro y ni siquiera puedes denunciar al que lo ha hecho —dije, sosteniéndole la mano.

La cara de Padilla cambió drásticamente.

—Nos vemos pronto —añadí, y le solté la mano antes de darme la vuelta.

Unas voces alteradas resonaban desde el otro lado de la puerta. Me volví y la abrí. Había una mujer muy nerviosa que hablaba con un policía que intentaba tranquilizarla.

—Señora, no se preocupe, todos aquí sabemos cómo es su hijo. Estará por ahí deambulando como siempre.

—¡Que no, por favor! Siempre vuelve a casa a dormir, le ha pasado algo, ¡de verdad!

Me acerqué a ellos.

—¿Qué ha pasado? —le pregunté a la mujer.

—Mi hijo no ha venido a casa a dormir. Ha pasado lo mismo otra vez, por favor, tenéis que hacer algo. —Las palabras salían atropelladas de su boca.

—Le estoy diciendo que no se preocupe —me dijo el guardia civil, a quien reconocí de inmediato. Era el mismo hombre que la noche anterior había estado en casa de Bruno deshaciéndose de sus pertenencias, Marcos—. El hijo de esta señora siempre anda por ahí solo, no creo que le haya pasado nada.

—¡Que no! ¡Él siempre duerme en casa! —respondió, rota por la frustración, y comenzó a llorar—. ¡Por favor, no puede volver a pasarme esto, por favor, os lo suplico!

Intenté calmarla, mostrarme mucho más comprensiva que ese desgraciado.

—¿Cómo se llama usted? —le pregunté suavemente.

—María.

—De acuerdo, María, vamos fuera y me cuentas lo que ha pasado, ¿vale?

El guardia civil se quedó observando mientras yo me llevaba a la mujer, ignorándolo por completo.

—Me ocupo yo, ¿vale? —le dije; yo apoyaba mi mano en el hombro de la mujer calmándola, y, por supuesto, la alejaba todo lo posible del cuartel.

—Creo que usted no puede hacer eso —contestó él, algo irritado.

—Bueno, pues hablas con el sargento y me ponéis otra queja si queréis —le respondí, saliendo por la puerta con ella.

—María, cuéntame qué ha pasado, ¿vale?

—Mi hijo… No le veo desde ayer por la mañana. Se fue y hoy todavía no ha vuelto.

—Vale, ¿cómo se llama tu hijo?

—Diego, Diego Martínez.

—Espera, yo le conozco.

—¿Sí? ¡Por Dios, dime que le has visto!

—Sí, le vi… Le vi ayer, iba al instituto. Le vi por la zona del acantilado, parecía un poco nervioso.

—¿Hablaste con él? ¿Qué le pasaba?

—No, no hablé con él…

Entonces recordé algo a lo que no había dado importancia. Anoche, mientras estaba escondida tras el sofá en casa de Bruno, escuché a Marcos hablando por teléfono. Mencionó que habían detenido a Diego. ¿Pero acababa de decir que no le habían visto? Estaba pasando algo raro.

—María, ¿a qué hora le viste por última vez?

—No lo sé…, pronto. ¿A las diez de la mañana? Vino su amiga Marta a buscarle porque no había ido a clase.

—¿Y desde allí se fueron al instituto? —pregunté, cada vez más preocupada.

—Sí, eso dijeron.

—Yo le vi solo, y no estaba bien. Creo que le pasó algo después de salir de tu casa.

La mujer estaba muy nerviosa y veía en su cara un esfuerzo sobrehumano por tratar de aclarar su mente, como si llevara mucho tiempo sin darle trabajo.

—Vale, tranquila —le dije; notaba su creciente frustración, y le agarré las manos al ver que estaba temblando.

—No puede pasar otra vez, por favor… —Rompió a llorar.

—Tú eres la madre de Mónica, ¿verdad?

La mujer asintió.

—Vale. Esa chica… ¿Marta?

—Sí.

—¿Sabes dónde está? ¿Has hablado con ella?

—No, no sé dónde vive. Iba ahora al centro de salud.

—¿Al centro de salud? ¿Para ver si está Diego allí?

—No, para hablar con su madre.

Apreté las manos de María sin darme cuenta, temía la respuesta a la pregunta que estaba a punto de hacer.

—María, ¿no será la doctora la madre de Marta?

—Sí, ¿por qué?

Le solté las manos y me di la vuelta para que no notara mi expresión de preocupación.

—¿Conoces bien a esa mujer?

—Bueno, nosotros no somos de aquí de toda la vida, pero siempre nos ha tratado bien cuando hemos tenido algún problema médico… Pero ¿por qué? ¿Qué pasa? —preguntó, a pesar de mis intentos, preocupándose.

—Vale, María, necesito que vayas a casa y que estés tranquila, ¿de acuerdo?

—Pero ¿por qué me preguntas por ella? ¿Qué está pasando?

—No te preocupes. Luego paso a verte, ¿vale?

—Por favor, encontradle… No me queda nadie más. —Apenas podía vocalizar por las lágrimas.

Me dio muchísima pena, lo que hizo que volviese a entrar al cuartel con mucha más mala uva.

—¿Dónde está el calabozo? —pregunté a la recepcionista.

—Espere, que llamo a…

—He dicho ¿dónde está el calabozo? —insistí, sin la menor amabilidad.

—Es por esas escaleras…

Anduve rápido antes de que alguien intentara detenerme. Si la noche anterior habían detenido a Diego, Dios sabe por qué, debía estar allí. Pero si le habían dicho a su madre que no lo habían visto, mi preocupación creció por mil.

Bajé las escaleras hasta una celda vacía, con la puerta abierta.

—¡Eh, no puedes entrar aquí sin nuestra autorización! —gritó Marcos, bajando apresuradamente detrás de mí.

Entré en la celda y observé las paredes. Ladrillos desgastados y condiciones insalubres, incluso para alguien que solo debía pasar unas horas allí. El suelo había sido fregado recientemente; las huellas de mis botas eran las primeras del día, pero en uno de los ladrillos del muro de enfrente había una pequeña mancha… o, más bien, una salpicadura. Pasé el dedo por encima. Era sangre, y no estaba seca.

—No detuvisteis a Diego Martínez anoche, ¿verdad? —pregunté al guardia civil con ironía, mostrándole la sangre en mi dedo.

—Ya he dicho que no —respondió él, serio.

—La verdad, tampoco esperaba que me lo dijeras.

Subí por las escaleras hasta la planta principial.

—¡Vamos a informar de esto a la Nacional! —gritó Marcos, siguiéndome.

Me detuve en seco al llegar a recepción, sintiéndolo detrás de mí, claramente enfadado. Di dos pasos hacia él, hasta quedar a escasos centímetros. Me sacaba una cabeza y probablemente podría matarme de un puñetazo, pero el impulso y la insensatez fueron más fuertes. Le agarré de la camisa y tiré de ella, varios botones salieron despedidos, dejando su pecho al descubierto. Allí estaba la cicatriz, el símbolo.

—No lo vais a hacer —dije con una mirada fría y despectiva, dejando claro que sabía perfectamente lo que estaban haciendo.

—¡¿Pero qué coño haces?! —gritó furioso, mientras trataba de cerrarse la camisa.

Me di media vuelta y salí del cuartel. Se acabó, pensé. Ya no había máscaras. La mayor amenaza del pueblo, su gente, ya sabía que yo estaba pisándoles los talones. De hecho, solo me había faltado reproducirle a Marcos la grabación que había hecho la noche anterior en casa de Bruno, donde él mencionaba que habían detenido a Diego. Aunque ya daba igual. Tal vez hubiera sido más prudente mantener mi cautela habitual, pero, viendo que no me había llevado a ningún lado, solo me quedaba ir de frente y atenerme a las consecuencias. Consecuencias que, seguro, aparecerían más pronto que tarde. No creía que fuese su estilo quedarse cruzados de brazos después de todo lo que había pasado esa mañana.

En la calle, observé a la madre de Diego, que me había hecho caso y caminaba medio aturdida hacia su casa. Dos hijos desaparecidos. No podía permitir que eso pasara. Entonces pensé en que inevitablemente tanto las desapariciones como la secta estaban relacionadas, por algún motivo que yo aún no conocía. Claro, cuatro chicos desaparecidos hacía tres años, y ahora Diego. Sin embargo, durante tantos años que llevaba la secta en activo…, ¿por qué no había habido más desaparecidos? Y recordé una frase que ella misma había dicho minutos antes: «Nosotros no somos de aquí».

¿Y si hubo más desapariciones, pero no se relacionaron porque no eran de aquí?

Tenía que comprobar datos, pero no podía pedir ayuda a Gonzalo, ya no. Saqué el móvil y llamé a la única persona que podría ayudarme.

—Carlos.

—Hola, Álex. ¿Cómo vas?

—¿Estás en casa?

—Sí, hoy teletrabajo. ¿Qué pasa?

—Necesito algo rápido. Ve a mi despacho y enciende mi ordenador.

—Pero ¿qué pasa?

—Carlos, por favor, es urgente.

—Vale, vale, voy.

—¿Cómo está Lidia?

—Bueno, ha pasado mala noche. Cada vez que se movía en la cama le dolía.

—Pobre…

—Encendiendo. ¿Qué tengo que hacer?

—Necesito que entres en la base de datos de la policía.

—Sí, los cojones.

—Carlos, por favor, son mis credenciales, nadie va a saber que has sido tú.

—Alejandra, por Dios, ¿sabes la que te puede caer si alguien se entera?

—Nadie se va a enterar, y no tengo tiempo para mirarlo yo. Por favor, es urgente. Te escribo el usuario y la contraseña por WhatsApp.

—Dios mío…

—Ya los tienes.

—No me vuelvas a pedir esto.

—Venga, por favor…

—Vale, ya estoy dentro. ¿Qué tengo que hacer?

—Vete a «Nueva búsqueda». En tipo de incidente, pon «desapariciones» y clasifícalas como «sin resolver». En toda España.

—Soy un criminal, Alejandra.

—Madre mía, qué pesado eres…

—Salen… 8267 casos.

—Vale, necesito filtrar más. Pon solo el mes de abril.

—2733.

—Siguen siendo demasiadas… Vale, ve a geolocalización y pon un radio de trescientos kilómetros de Galicia.

—Un segundo… 162.

—¿Y en un radio de cincuenta kilómetros de San Amaro?

—Pff… A ver, espera.

—Vale, gracias.

—Aparecen 44.

—¿Y en los últimos diez años?

—20 desaparecidos.

—Descarga todas las denuncias y envíamelas a mi correo personal. Al personal, ¿vale? No al de la policía.

—Joder, encima dejando pruebas…

—En cuanto me las descargue en el teléfono, borra el correo, ¿vale?

—Está bien, te las envío.

—Muchísimas gracias, amor.

—Álex, ¿para qué es todo esto? ¿Tiene relación con los chicos que estás buscando?

—Estoy casi segura.

—Vale… Bueno, enviando.

Una notificación del correo electrónico me sonó en el móvil.

—Muchísimas gracias. Te llamo luego. Una última cosa: te voy a compartir la ubicación de mi iPhone. Si pasa el tiempo y no doy señales, avisa a la policía de Madrid, a la de Madrid, importante, no a la de aquí, y que desmonten este pueblo, ¿vale?

—Pero ¿dónde coño estás metida? ¡No me digas eso, que ya me estás preocupando!

—Esta tarde te enviaré un vídeo también, que no puedes abrir, pero si pasa cualquier cosa, necesito que se lo envíes a Gonzalo de mi parte y le digas que estaba en casa del profesor. Y una lista de nombres. De verdad, te pido que no veas el vídeo.

—Pero ¿qué co…?

—Cariño, hablamos luego, pero tenlo presente, ¿vale? Te quiero. Tengo que colgar. Dale un abrazo a Lidia de mi parte.

Colgué el teléfono y abrí el correo para revisar las denuncias que me había mandado. Abrí la primera.

DENUNCIA DE DESAPARICIÓN

FECHA DE LA DENUNCIA: 15 de abril de 2015
LUGAR DE LA DENUNCIA: Comandancia de la Guardia Civil, Santiago de Compostela, Galicia
NOMBRE DEL DENUNCIANTE: João Pereira da Silva
RELACIÓN CON LAS PERSONAS DESAPARECIDAS: Hermano del desaparecido

Personas desaparecidas:

- Nombre: Luís Pereira da Silva

Fecha de nacimiento: 23 de mayo de 1982

Edad: 32 años

Nacionalidad: Portuguesa

Descripción física: 1,80 m de estatura, complexión atlética, cabello corto y castaño oscuro, ojos marrones. Lleva un tatuaje en el brazo izquierdo con el nombre «Amalia».

Última vestimenta conocida: Camiseta azul oscuro, chaqueta de cuero negra, vaqueros y botas marrones.

- Nombre: Mariana Coelho Martins

Fecha de nacimiento: 5 de noviembre de 1985

Edad: 29 años

Nacionalidad: Portuguesa

Descripción física: 1,65 m de estatura, complexión delgada, cabello largo y rubio, ojos verdes. No tiene tatuajes visibles.

Última vestimenta conocida: Abrigo gris, blusa blanca, falda negra y zapatillas deportivas blancas.

Fecha y lugar de desaparición:

Luís y Mariana fueron vistos por última vez el 10 de abril de 2015 en la localidad de Leira, Galicia, donde estaban pasando unos días de vacaciones. La pareja había salido a cenar alrededor de las 20:00 horas y no regresaron a su hotel. Su vehículo, un Renault Clio gris con matrícula portuguesa (PT-23-AB-12), fue encontrado estacionado en el centro de Leira, pero no hay señales de ellos desde entonces.

Detalles adicionales:

- La pareja viajaba desde Oporto, Portugal, con la intención de pasar una semana recorriendo la costa gallega.

• Las tarjetas de crédito de ambos no han sido utilizadas desde el día de su desaparición, y sus teléfonos móviles están desconectados desde la noche del 10 de abril.
• Luís y Mariana son personas responsables y en contacto constante con sus familiares, por lo que la falta de comunicación resulta inusual y preocupante.
• Se ha rastreado la zona con la colaboración de la Guardia Civil y la Policía Nacional, pero hasta el momento no se ha encontrado ninguna pista relevante.

Declaración del denunciante:

«Tenían que haber vuelto a Portugal el 12 de abril. No tiene sentido que desaparecieran sin avisar. Todo esto nos está destrozando. Necesitamos respuestas y rogamos que se intensifiquen los esfuerzos para encontrarlos cuanto antes. No sabemos si se extraviaron o si les ocurrió algo peor, pero necesitamos saber qué les pasó. Por favor, ayúdennos».

Repasé una a una todas las denuncias. Había portugueses, asturianos, franceses, madrileños, holandeses..., pero ninguno de aquella lista era gallego. Y ninguno desapareció en su propio pueblo; todos estaban de vacaciones o de paso por las cercanías. Lo que más me llamó la atención fue que casi todos los casos eran de parejas. En las excepciones, cuando desaparecían personas solas, siempre coincidían con la desaparición de otra persona sin relación alguna, pero ocurrida en el mismo mes y año, aunque en lugares distintos, siempre en los alrededores, siempre de dos en dos.

2012: Thomas Moreau y Claire Dubois, un matrimonio francés, desaparecieron mientras estaban de vacaciones en Santiago.

2013: Rui Carvalho y Ana Ferreira, portugueses, misma situación.

2014: Aquí no había pareja, pero sí dos desapariciones en abril: Carlos Ramírez, que viajaba por trabajo en Arteixo, y Marta Sánchez, que celebraba su despedida de soltera en Carballo.

2015: Otra pareja, Javier Gutiérrez y Elena Pérez, andaluces, celebraban su segunda luna de miel en Razo da Costa.

Lo importante, lo que veía con claridad, era que cada abril desaparecían un hombre y una mujer. Siempre. Dos desapariciones por año en un radio de cincuenta kilómetros de San Amaro. Y, como me había repetido esa misma mañana, ya no tenía permitido creer en las casualidades.

Capítulo 13
El pozo y el péndulo

Diego

Estaba acurrucado en una esquina de la habitación, con un dolor que me atravesaba las costillas y apenas me dejaba respirar. Pero el dolor físico no era nada comparado con lo que sentía en la cabeza. Como si intentara mantenerme cuerdo mientras alguien me taladraba la sien desde dentro.

Frente a mí, había un folio en blanco y un bolígrafo. Los había dejado allí Lara antes de que yo recuperara la consciencia por completo, antes de que asumiera que eso no era parte del sueño y que ella había estado allí, conmigo, viva.

Si Lara estaba aquí, entonces Mónica también. Y Jaime, Nuno… Y si el alcalde había ordenado que me trajeran a este sitio, significaba que siempre había sabido que estaban vivos.

Lo más sano para mi cerebro, que rozaba la descomposición, era pensar cada pocos minutos que realmente estaba drogado o muerto.

Hice un esfuerzo por levantarme, apoyándome en las paredes que me rodeaban. Tenía que encontrar alguna pista de dónde me hallaba. La habitación estaba iluminada por un fluorescente que le daba un aspecto aséptico, casi clínico. Nada que ver con la celda del cuartel donde había perdido la consciencia. Las paredes grises y rugosas rezumaban humedad, y el frío me estaba calando hasta los huesos.

No entendía nada. Cuantas más preguntas me hacía, más perdido me sentía.

Di cuatro pasos tambaleándome hasta la otra pared, intentando que el mareo se pasara, cuando el mundo volvió a darme una hostia y me fui al suelo. Me hice un ovillo, apretándome las costillas, los dientes, la respiración, todo para intentar aguantar el dolor.

Con la cara pegada al suelo helado, en ese estado de semiconsciencia, me pareció escuchar algo al otro lado de la puerta.

—¿Hola? —balbuceé desde el suelo—. ¿Lara?

No sé cuánto tiempo pasé ahí tirado, ni cuánto llevaba desde que había despertado. Me quedé quieto, escuchaba cómo esos pasos se alejaban de la puerta metálica. Aunque ya ni sabía si los pasos eran reales o solo otro truco de mi mente decrépita.

Entre los libros de mi madre, una vez encontré uno que por su título me llamó la atención. Yo era pequeño, y nunca me gustó demasiado leer, pero ese título me cautivó. Era un cuento llamado *El pozo y el péndulo*.

Trataba sobre un hombre que estaba atado a una tabla, mientras un péndulo afilado bajaba muy despacio hacia él, cada vez más cerca de cortarle por la mitad. El hombre se veía obligado a esperar su muerte, lentamente. La moraleja de esa historia, que fue lo que se me quedó grabado, era que la auténtica agonía no era la cuchilla que le mataría, sino la espera.

Ese pensamiento lo había vivido en varios momentos. Siempre había preferido que alguien llegase un día a casa y dijese: «Tu hermana está muerta, está confirmado». Sin embargo, la agonía, para mí, era la espera a que alguien llamase a la puerta con la noticia.

Una vez más, reviví la sensación, en ese lugar, esperando, después de haber sido apaleado, y sin saber lo que iba a ser de mí. Siendo «obligado» a escribir una nota de suicidio. En cierta manera, tontear con la posibilidad de que, si quieres, puedes quitarte la vida es una cosa que dentro de lo que cabe te otorga control sobre algo. Pero esperar, sin percepción del tiempo, sin luz del exterior, sin saber si llegaría a pasar, eso era lo mismo que esperar a que llamasen a la puerta. A que cayese el péndulo y te partiese en dos.

Hice algunos intentos por contar el tiempo en mi cabeza, pero cuando pasaba de cien, perdía la cuenta y volvía a empezar. Ni siquiera sabía cuántas veces había llegado a ese número, por lo que pasó de ser una forma de medir las horas, a simplemente un pasatiempo.

Algo me hizo abrir los ojos: otro ruido tras la puerta, pero esta vez parecía que alguien tenía la intención de abrirla. Después de tanto tiempo con la visión desenfocada y el sudor de la fiebre por el dolor mezclándose con la sangre que salía de mi boca, escuché un chirrido metálico. Aún tumbado en el suelo, alguien entró en la habitación.

—Diego… —dijo una voz mientras cerraba la puerta.

Se agachó rápido, poniéndose a mi altura, igual que había hecho Lara cuando había despertado.

—¿Marta?

—Dios… ¿Qué te han hecho? —dijo, preocupada, mientras me observaba. Por su mirada, debía tener la cara hecha un cuadro.

—¿Qué haces aquí? ¿Dónde estoy?

—Diego, yo… —empezó a decir, pero no parecía saber por dónde tirar.

Me alejé de ella como pude, arrastrándome hasta apoyar la espalda contra la pared de la habitación.

—He visto a Lara. Están vivos, Marta. ¿Dónde está mi hermana?

—Diego, escúchame —dijo, y se acercó de nuevo, quedándose de rodillas a un metro de distancia.

Antes de que pudiera decir algo más, la puerta se abrió de golpe. Apareció el guardia civil que me había dado la paliza. Fue directo a Marta.

—¿Qué haces aquí? ¿Sabe tu madre que has venido? —le soltó con tono amenazante.

—Sí, lo sabe. Vete y cierra la puerta —le respondió Marta, sin perder la calma.

El hombre me miró. Le aguanté la mirada, más por inconsciencia que por valor. Sabía que, si pudiera, me habría hecho una bola aún más pequeña contra la pared para evitar otra paliza, pero ya no había más espacio donde esconderme. El guardia se dio la vuelta y salió, tal como Marta le había ordenado.

—¿Tu madre? ¿Qué tiene que ver tu madre en todo esto? ¿Y cómo conoces a ese tío?

Marta empezó a mirarme poniéndose nerviosa, preparándose para algo.

—¿Lo sabías? —la interrumpí con la voz rota, desesperada—. ¿Sabías que estaban aquí?

La mirada de Marta se nubló y sus ojos se llenaron de lágrimas antes de que pudiera siquiera responder.

No contestó, pero por su mirada, por cómo se le hinchaban los ojos y parecía a punto de romper a llorar, entendí que sí, que lo sabía.

—¿Por qué subiste el vídeo, Marta? ¿Para culpar a Julio?

—Diego… Se me fue de las manos. —Le temblaba la voz.

Intenté mantener la calma, acercándome a ella despacio. No quería que colapsara antes de contarme la verdad.

—Marta, por favor, dime qué pasó esa noche. ¿Por qué tenías el Instagram de Jaime? ¿Por qué subiste el vídeo? ¿Por qué llevan tres años encerrados?

—Es muy complicado de explicar.

—Marta, te lo suplico, dime qué pasó —repetí, mi voz implorante.

Ella miró hacia la puerta y guardó unos segundos de silencio. Suponía que debatiendo consigo misma cuál era la forma de hacerlo.

—Yo... Yo estaba con Jaime. No era nada serio, no éramos oficialmente pareja, de hecho, ninguno de los dos quería que se supiera. —Marta hizo una pausa, mirando al suelo—. Pero llevábamos un par de meses viéndonos... Esa noche me invitó a salir con vosotros, aunque tú no viniste. Julio y Jaime se llevaban bien y Jaime le invitó a venir... Esa noche, Julio robó las llaves de la ermita a su tío. La idea era ir allí, beber y ya está. No había mucho más que hacer.

Marta se quedó callada un momento, como si se le atragantaran las palabras que venían después.

—Todo estaba bien al principio. De verdad, estábamos divirtiéndonos, bebiendo... —Marta tragó saliva con dificultad—. Allí grabé ese vídeo.

Podía sentir a Marta muy incómoda, nerviosa, pero intentando escoger cada una de las palabras.

—Estábamos Julio, Jaime, Lara, Nuno, tu hermana y yo. —Hizo una pausa larga, como si recordar cada detalle le costara físicamente—. En un momento dado, nos aburrimos de estar en la ermita, así que dijeron de ir a la cueva, la que está en el acantilado... Yo no la conocía, pero querían seguir la fiesta allí.

Miraba a Marta de la única forma que podía; con odio, rabia por estar asimilando que la chica que había estado a mi lado estos últimos años, quien me había consolado, quien se había preocupado por mí, era quien siempre había sabido toda la verdad. Desde fuera, estaba seguro de que las venas de mi cuello se estaban hinchando mientras la escuchaba. Solo podía apretar los dientes y dejarla terminar.

—Al principio de la noche, me fijé en que Lara no estaba bien… Estaba diferente. Parecía muy triste. Me dijo Jaime que habíais discutido, que habías sido algo duro con ella…, y ella… Ella estaba bebiendo mucho. Pero, Diego, todos estábamos a nuestra bola, nadie prestaba atención a nada realmente importante, solo queríamos pasárnoslo bien. —Marta hizo una pausa, como si el recuerdo le quemara en la garganta—. Jaime me comentó que a Julio le gustaba Lara, y que llevaban unos días hablando, que ella parecía responderle.

Tomó aire, visiblemente afectada, mientras yo esperaba en silencio.

—Ya era tarde cuando nos dimos cuenta de que ni Julio ni Lara estaban con nosotros. No sé cuánto tiempo llevaban desaparecidos. Jaime y yo decidimos buscarlos, no sé, solo para asegurarnos de que no estuvieran haciendo alguna gilipollez. Fuimos a la cueva… —Su voz se quebró un poco—. Dentro había un túnel, oscuro, casi no se veía nada. Teníamos el móvil de Jaime para iluminarnos. Y…

Marta hizo una pausa más larga, luchaba visiblemente contra las palabras que venían a continuación.

—Vi a Julio… —continuó, con la voz apenas audible—. Estaba encima de ella. Lara estaba… estaba bocabajo, inmóvil. No se movía. Parecía… Parecía inconsciente, ni siquiera podía verle la cara. Pero Julio… Él seguía… No paraba, ni siquiera se daba cuenta de que estábamos allí. —Tragó saliva.

—Marta, ¿qué me estás diciendo? —pregunté, aunque temía la respuesta.

—La estaba violando, Diego.

Sentí como si me apuñalaran en el estómago. Las lágrimas empezaron a caerme por la cara sin control, y el nudo en mi garganta se hizo tan grande que apenas podía hablar.

Necesitaba gritar, darle puñetazos a la pared, cabezazos. Sin darme cuenta me estaba presionando las costillas rotas con la palma de la mano, buscando de forma involuntaria algún tipo de alivio provocado por el dolor físico.

No pude evitar hacerle la pregunta que me estaba dando pinchazos en el pecho.

—¿Por qué…? —Tuve que parar para coger aire—. ¿Por qué no dijiste nada nunca?

Marta tenía la cara desencajada.

—Julio y yo llegamos a una especie de acuerdo, aunque nunca lo hablamos realmente. Pero… yo no conté lo que le hizo a Lara, y él nunca dijo que yo también estuve allí —respondió en un susurro, con miedo.

Solo ella podría describir la cara con la que la miré.

—¿Y por qué subiste el vídeo, entonces?

—Me estaba matando ver lo que estaban haciendo contigo. Los primeros años… Bueno, no le di importancia, pero tiempo después, cuando empecé a pasar más tiempo contigo, y empecé a… Bueno. —Su voz se quebró.

—¿A qué? —insistí, sin poder creer lo que oía.

—Joder, Diego, me gustabas. Cuando hicieron lo de los muñecos, y supe que Julio había estado involucrado en la broma…, se me fue de las manos. No lo pensé. Solo dije: que se joda.

—¿Aun sabiendo que tú también estarías en el punto de mira? —pregunté, tratando de comprenderlo todo.

—Julio no habría dicho nada sobre mí… Sabía que yo podía

contar lo que le hizo a Lara —respondió, con lágrimas acumulándose en sus ojos.

—Pero... ¿entonces fue Julio? ¿Qué les pasó? ¿Por qué desaparecieron? —Mi desesperación crecía.

Pero Marta permanecía mirándome a los ojos.

—No, no fue Julio. Es una rata y una persona horrible, pero no tuvo nada que ver con eso.

—Pero ¿tú qué hiciste? ¿Por qué no podías decir nada? —Mi voz ahora era un grito ahogado.

—Porque no podía, Diego —susurró.

Yo la miraba muy confundido, buscando algún consuelo en sus explicaciones.

—¿Y por qué ahora sí?

Ella apartó la mirada hacia el papel en blanco que había en el suelo de la habitación.

—Porque ahora ya... —respondió, mirando el folio—. Diego, no escribas lo que te han pedido. Lo van a usar para que no te busquen —añadió, negando con la cabeza, incluso más nerviosa que antes.

—Marta, ¿qué pasó después? —dije, haciendo un esfuerzo sobrehumano por no desmoronarme por completo.

—Después fuimos corriendo hacia ellos... Jaime tiró al suelo a Julio y empezó a darle puñetazos. Llamé a los demás para que vinieran. El suelo se llenó de sangre de Julio, pero él se defendió, se levantó y se fue corriendo. Salió de la cueva, y se fueron tras él. Yo me quedé allí con Lara... Luego...

La puerta volvió a abrirse bruscamente y el guardia civil entró otra vez.

—Marta, sal de aquí, ya. Acabo de llamar a tu madre. No te ha dado permiso para venir —dijo mientras venía hacia nosotros y la agarraba del brazo.

Ella me miró desesperada mientras el hombre la arrastraba hacia la salida.

—No, no, ¡espera! —Traté de levantarme.

—Chssst —dijo el guardia civil, señalándome con el dedo—. Tú, ahí quieto.

—Diego, ¡no escribas la nota! ¡Por favor! —gritó Marta, siendo arrastrada de la habitación—. ¡No la escribas!

El hombre cerró la puerta tras de sí de un portazo.

El sonido de esta al cerrarse resonó en la habitación; me quedé solo de nuevo, en *shock,* cargado de una impotencia que me corroía, que me quitaba la poca energía que me quedaba, con los ojos inundados de lágrimas y con una nueva nube de información a medias que no terminaba de darme las explicaciones que necesitaba.

¿Qué había hecho Marta? ¿Por qué no pudo hablar antes? Y si Julio no había sido el culpable de las desapariciones, entonces, ¿quién coño fue? ¿Dónde estábamos?

Esas preguntas empezaron a alterarme tanto que ni siquiera le dediqué un minuto a pensar por qué coño querían matarme, por qué habían traído a mis amigos a esta casa, o si realmente habían venido ellos. Dios, ni siquiera podía hacerme preguntas sin colapsar.

Escuché un golpe seco desde el otro lado de la puerta, segundos antes de que se abriera.

Marta apareció, nerviosa, con una tubería en la mano. Tras ella, pude ver al guardia civil tirado en el suelo, con lo que parecía una brecha en la cabeza, de la que comenzaba a salir sangre.

—¿Qué coño has hecho? —pregunté, atónito.

—Vete. Ya —dijo ella, con la respiración muy acelerada.

—Marta, ¿le has abierto la cabeza con una tubería? —Mi incredulidad era palpable.

—Diego, mi madre está de camino. Tienes que salir de aquí —repitió, con urgencia en su voz.

—¡¿Me puedes decir de qué va todo esto?! —exploté.

—No tengo tiempo, Diego, de verdad. Tienes que salir de esta casa. Coge a tu madre y alejaos todo lo que podáis de Galicia.

—Pero ¿y tú?

—Yo no me puedo ir —respondió, negando con la cabeza.

—Marta, no me jodas, ¡vámonos!

—¡Diego, joder, que te van a matar! —gritó ella, desesperada.

—¿Dónde está mi hermana? No me voy de aquí sin ella.

—¡Diego, por favor, vete! —me imploró Marta, sin poder contener las lágrimas.

—¡Marta, por Dios, que no te puedes quedar aquí con esta gente!

El hombre empezó a moverse en el suelo, recobrando el conocimiento.

—¡Corre! —dijo ella, señalando hacia la puerta.

Dudé, juro que dudé al dejarla allí sola con ese tío de metro noventa al que acababa de abrirle la cabeza. Pero salí corriendo por el pasillo. Había varias puertas de habitaciones, como en la que yo estaba. Al fondo había unas escaleras. Subí por ellas hasta llegar a una puerta metálica en el techo y la empujé hacia arriba. Salí a una cocina, había una mesa desplazada, que parecía utilizarse para tapar la trampilla por la que había escapado.

Parecía una casa muy grande. Corrí hacia el arco que parecía llevar al salón principal. Y allí, en el salón, vi a Lara. Estaba sentada en un sofá, tranquila, como si no pasara nada.

—Lara, vámonos de aquí, corre. —Me arrodillé frente a ella, sujetándole la cara, intentando no dejarme llevar por el pánico—. ¿Dónde están los demás?

—Diego, ¿qué haces aquí? —preguntó sin sobresaltarse, inexpresiva.

—Lara, ¿me estás escuchando? Nos tenemos que ir —insistí, desesperado—. ¡Vamos! —Hice un intento por levantarla del sofá, pero no contribuyó.

—Diego, no nos podemos ir —dijo con una voz suave, como si le hablase a un crío.

—Pero ¿qué coño estás diciendo? ¡Venga, joder!

—¡Ha salido! —empezó a gritar—. ¡Ha salido!

—¡Lara, ¿qué cojones te pasa?! —exclamé, enfadado, sin entender por qué coño se comportaba así—. Marta me ha contado lo que te pasó, lo de Julio… Vámonos, por favor.

Ella dejó de gritar de golpe y me miró fijamente. Tras dos segundos, forzó una sonrisa que me confundió y me asustó al mismo tiempo.

—Lara, por favor, dime dónde están los demás. —Intentaba por todos los medios mantener la calma.

Entonces, escuché una voz detrás de mí que me retorció las tripas.

—¿Mamá? ¿Quién es este señor?

Me di la vuelta, y un niño de unos dos o tres años estaba sentado al pie de las escaleras.

Miré a Lara, temblando, esperando que no fuese lo que creía.

—Tranquilo, cariño, que no pasa nada —dijo ella, con ese mismo tono de voz con el que me hablaba a mí.

—Lara…, ¿qué cojones? ¿Quién es este niño? —le pregunté, incapaz de procesar lo que estaba viendo.

Ella me sostuvo la mirada.

—Pero… —susurré, mientras me giraba, mirándolos a ambos—. ¿Ju…? ¿Julio?

Ella mantenía esa mirada, esa expresión. Pero sentía que había algo más tras esa sonrisa. Podía sentir a la Lara que conocí, gritando desde dentro.

Me incorporé y di varios pasos hacia atrás, observándolos a ambos. Sin decir nada, eché a correr hacia la puerta principal; estaba cerrada con llave. Me di media vuelta y vi las escaleras en las que estaba sentado el niño, llevaban a una planta superior. Subí rápidamente, evitando el contacto visual con cualquiera de los dos.

Arriba había un pasillo estrecho con varias puertas a los lados; intenté abrirlas todas, pero estaban cerradas con llave. Al fondo había otras escaleras que daban a una tercera planta. Las subí y llegué a otra puerta; tiré del pomo y estaba abierta. Era una habitación oscura, iluminada por una bombilla que colgaba del techo. Bajo la luz, había un chico sentado en una silla, frente a un televisor. Antes de llegar a ponerme frente a él, lo reconocí.

—¿Jaime?

Apenas se giró hacia mí, desvió un poco la cabeza con la mirada perdida, como si no me reconociera.

—Jaime, soy Diego —dije, con toda la claridad que pude.

—Diego… —susurró, me sostenía la mirada, pero sin ninguna emoción reconocible.

—¿Qué coño os están haciendo? —pregunté, más a mí que a él, mientras intentaba encontrar algún indicio en su expresión—. ¿Dónde está Mónica, Jaime?

—Diego… —repitió en el mismo tono vacío.

—¡Jaime! —grité desesperado—. ¡Tenemos que irnos!

Me acerqué más a él, pero seguía inmóvil, completamente ausente.

—Diego… —repitió.

Le di un bofetón, me estaba empezando a poner muy nervioso.

—¡Jaime, ¿estás gilipollas o qué?! ¡Tenemos que salir de este sitio!

No reaccionó, estaba completamente ido, muchísimo más que Lara.

La habitación estaba llena de estanterías con libros, símbolos extraños en las paredes... y ninguna ventana. Aparte de la silla, había unos cuantos pupitres, parecía una escuela improvisada.

Yo estaba muy nervioso y sentía que el tiempo se me acababa. No sabía cuánto iba a poder mantener Marta al guardia civil a raya. Salí rápidamente de la habitación, dejando a Jaime sentado; no había otra opción, tenía que encontrar a mi hermana.

Ya en la segunda planta, me acerqué a una ventana al final del pasillo y miré fuera. Era de noche, aunque podía ver el jardín de la casa y el bosque más allá del muro de piedra que rodeaba la vivienda. Los árboles se acaban en el borde del acantilado. Desde allí se asomaba a un par de kilómetros el campanario de la iglesia. Seguía en San Amaro.

Perdiendo por completo los nervios, empecé a darle patadas a las puertas una a una mientras gritaba:

—¡Mónica! ¡Mónica!

Había olvidado el dolor de las costillas hasta la tercera o cuarta patada, donde lo recordé por las malas.

Conseguí abrir una de ellas. Era un dormitorio individual, parecía la habitación de una residencia de estudiantes, una cama, un escritorio y ya. No había objetos personales, nada que diese señales de humanidad en quien durmiera en ella.

Volví a bajar al salón. Desde lo alto de las escaleras, vi a Lara, con ese niño sentado sobre su regazo. La imagen me dio escalofríos.

—Diego, esto que estás haciendo no es lo correcto —dijo sin moverse del sofá, como si regañase a un perro que estaba dándose cabezazos contra puertas de cristal.

No le respondí, no tenía sentido. Me dirigí hacia la puerta principal. Junto a una mesita vi una lámpara que cogí rápidamente y empecé a golpear la cerradura con todas mis fuerzas. Tras varios golpes, el picaporte cayó al suelo y, finalmente, la puerta se abrió.

El aire frío del exterior me golpeó en la cara mientras corría por el jardín. La finca era inmensa, rodeada por aquel muro de piedra que parecía aún más alto desde allí. Corrí por el perímetro, buscando desesperadamente una salida.

Cuando rodeé una esquina de la casa, me detuve de golpe. Una puerta se había abierto y dos hombres arrastraban a una mujer esposada. Estaba oscuro y no podía ver con mucha claridad. Ella forcejeaba, aunque no conseguía liberarse; avanzaron hasta la casa, donde una de las lámparas que colgaban del porche le iluminó el rostro brevemente. Era aquella mujer, la policía.

Capítulo 14
Los perdidos

Alejandra Gallardo

Me encontraba en la cueva, la misma cueva donde habían estado los chicos, donde me robaron la muestra de sangre, dándole vueltas a si algo se me había escapado. Mi principal urgencia en ese momento era saber adónde se habían llevado a Diego. Había considerado la posibilidad de que regresar a los lugares clave pudiera ayudarme a pensar más rápido. Pero no lo conseguí. No me sentía segura, y a pesar de ser realmente buena bajo presión, la constante sensación de que en cualquier momento alguien aparecería con una túnica para intentar sacarme las tripas no era precisamente motivadora.

Por eso, volví al hostal, mirando por encima de mi hombro cada cinco segundos. No estaba comportándome como una neurótica, el pueblo me había sumergido en un pozo de desconfianza absoluta. Más aún después de lo que acababa de hacer en el cuartel. Confesar a las «fuerzas de seguridad» del epicentro del mal que sabía lo que estaban haciendo tal vez no había sido lo más sensato para mi seguridad. Quizá, sin quererlo, había convertido la cuenta atrás para que viniera la Guardia Civil a sacarme del pueblo en mi propia cuenta atrás para que los tarados de los capuchones vinieran a por mí.

Necesitaba pensar, atar los últimos cabos sin sentirme observada. Subí las escaleras deprisa y me encontré con la puerta de mi habitación entreabierta. Di un paso hacia el lateral, por donde se entornaba la puerta, mientras desenfundaba la pistola. La empujé despacio con el pie y entré, observando cada rincón donde alguien pudiera estar escondido. No había nadie en el baño, y avancé hasta la cama. No había nadie, pero sí que lo había habido. Mi mural había desaparecido. Todo lo que había recapitulado hasta ahora se lo habían llevado; sin embargo, no tuve tiempo para lamentarme, porque me encontré con algo mucho peor. Donde antes estaba el mural, ahora solo colgaba una pequeña fotografía de una casa. Mi casa.

Siendo tan racional y previsora como siempre intentaba ser, nunca me había planteado que pudieran llegar hasta mi familia.

Era una declaración de intenciones, poco sutil pero efectiva.

Empecé a entrar en pánico. Saqué el teléfono y llamé a mi marido. No contestó. Llamé a Lidia. Nada. Joder. Sentía cómo el corazón se me aceleraba. Pues ya está, a la mierda todo. Gonzalo.

—Gallardo, estoy reunido, te llamo en cuanto pueda —dijo antes de colgar.

—¡Me cago en Dios! —grité, perdiendo los nervios por completo.

Marqué el número de mi suegra.

—¿Sí?

—Almudena, soy Alejandra. ¿Sabes dónde están Carlos y Lidia?

—¡Hola! Sí, estuve comiendo con ellos a mediodía. Me dijeron que se iban al cine, que la niña estaba un poco de bajón.

Pude respirar por primera vez en minutos.

Gracias a Dios.

—Vale, gracias, Almudena. Escucha, si hablas con ellos antes que yo, diles que vayan a la comisaría y que se queden allí, ¿de acuerdo?

—Uy, ¿pero ha pasado algo?

—Tú solo díselo, por favor. ¿Vale?

—Vale, vale, yo se lo digo, pero me estás preocupando.

—Almudena, por favor, es muy importante. Que me llamen en cuanto puedan, pero que no vayan a casa. Te lo suplico.

—Ay, me estás asustando. —Su voz sonaba exaltada.

—Tranquila, de verdad, Almudena, tú haz lo que te digo, por favor.

—Vale, vale, no te preocupes, yo me ocupo.

—De hecho, si no es mucho pedir, ¿podrías ir al cine y esperarlos fuera? En cuanto salgan, os vais directamente a la comisaría. Dile a Carlos que haga lo que le pedí. Él lo va a entender.

—Sí, sí, voy ya mismo.

—Gracias, Almudena. Tengo que colgar.

Con las manos temblorosas, le escribí un mensaje a Carlos para asegurarme de que, en cuanto saliera del cine, lo leyera: «QUEDAOS EN LA COMISARÍA. ENSÉÑALE EL VÍDEO A GONZALO. NO VAYÁIS A CASA. URGENTE».

Descolgué la foto de la pared y la estudié de cerca, acercándomela a la cara. Tras la ventana de la cocina podía ver a Lidia. No tenía el brazo escayolado. Pero, entonces…, ¿cuándo habían hecho la foto? ¿Me estaban vigilando desde antes de que realmente los molestara? Encima, la foto… había tenido que hacerla alguien en Madrid. ¿O de verdad se habían desplazado hasta mi casa, la habían tomado y habían vuelto a Galicia? ¿Hasta dónde llegaba esta locura?

—No pasa nada, no pasa nada —me repetía a mí misma—. Focaliza, Alejandra. Hay que encontrar al chico —dije mientras me rehacía la coleta.

De repente, una idea me atravesó. Saqué el teléfono de nuevo para ver el vídeo del ritual. El acantilado, pensé.

Paré cada fotograma. En la grabación se veía un jardín, parecía el jardín de una casa. Estaba rodeado por muros altos de piedra, y, tras ellos, sobresalían robles. Si celebraban sus reuniones allí, lo más probable es que fuera como su piso franco.

En la siguiente escena, el acantilado desde el que el hombre se lanzaba estaba bordeado de árboles muy parecidos. No creía que fueran muy lejos de la casa para esa parte. En la canción se mencionaba algo sobre la procesión, probablemente caminaban hasta esa otra zona.

Cogí la chaqueta y fui deprisa hacia la zona del acantilado que se extendía frente al hostal. Miré de un lado a otro, tenía que bordear toda la costa del pueblo y encontrar la parte cubierta por el bosque, o al menos un perímetro cercano. En ese bosque debía hallarse la casa. Subí al coche y conduje hasta la parte más alta del pueblo, cerca del instituto. Sin embargo, allí el bosque comenzaba a varios kilómetros, adentrándose mucho en la montaña. El acantilado estaba completamente desolado, cubierto solo por la pradera. No podía ser ahí. Conduje entonces hasta el extremo opuesto, la entrada al pueblo. Por esa parte, el bosque era inmenso. Aparqué en un arcén de tierra junto a la carretera de entrada y continué a pie.

Ya anochecía. Cogí la linterna de emergencia del maletero, la buena, la grande, como en las películas.

Me adentré hasta el acantilado, en busca de la zona exacta del fotograma del vídeo. Se veía un claro amplio, sin árboles, y un pequeño desnivel que subía hasta el lugar donde el hombre caía en el vídeo. No tardé en sentir cómo la frustración empezaba a nublarme la mente. La imagen de la madre de Diego aparecía en mi cabeza, esporádica, con su voz repitiendo: «No me queda nadie más».

No sabía qué haría si no lo encontraba, ni cómo se lo explicaría a aquella pobre mujer.

Me detuve en seco mientras bordeaba con cuidado el acantilado. El suelo era de piedra, irregular y resbaladizo. Levanté la linterna y retrocedí, situándome a la misma distancia desde donde se había grabado la cinta. Saqué el teléfono para comparar la imagen. Era aquí. Regresé al borde del precipicio, posicionando los pies igual que el hombre cuando se había clavado el cuchillo, justo en el punto desde donde había caído al agua. Asomé la cabeza para ver la caída hasta las rocas. La luna resplandecía sobre las olas que rompían contra las piedras abajo. No pude evitar pensar en cuántas personas habrían caído desde aquel sitio, cuántos habrían sido tragados por el mar.

La casa tenía que estar cerca. Avancé en línea recta, adentrándome en el bosque. La sensación de ser observada no desaparecía, era algo que, desde el primer incidente en el pueblo, se había adherido a mí como una sombra constante. Ahora, en esta zona, esa sensación me estaba poniendo mucho más tensa. Durante un buen rato, no pude quitarme de la cabeza la idea de que, al mover la linterna de un árbol a otro, me encontraría con una cara asomándose desde detrás del tronco. O peor, cruzarme de frente con una procesión de encapuchados. Las imágenes se reproducían una tras otra en mi mente, cada cual más perturbadora.

El crujido de las ramas bajo mis pies resonaba con una acústica extraña, rebotando en el bosque, haciendo que fuera casi imposible no girarme a cada instante, buscando amenazas a mi alrededor. No solía asustarme con facilidad, pero nunca había estado metida en algo como esto, y desde luego jamás había pensado que mi familia podría verse envuelta. Todo estaba en mi contra para mantener la calma y actuar con mi seguridad habitual.

De repente, acostumbrada a que la luz de la linterna y las sombras se movieran con cada paso, noté que el haz de luz se aplanaba frente a un muro gris. La casa.

Apenas se veía algo del tejado de la casa desde fuera. Rodeé el muro de un extremo a otro, dando la vuelta completa. Parecía que la propiedad medía más de media hectárea. Finalmente, localicé la única entrada: una puerta metálica cerrada con varias cerraduras.

Antes de intentar entrar, saqué el móvil para enviar mi ubicación tanto a Carlos como a Gonzalo. Tenía la ubicación en tiempo real compartida con Carlos desde por la mañana, pero temía haber perdido cobertura al adentrarme tanto en el bosque. Y así fue: se la envié, se marcaba como enviada, aunque no como recibida.

Me giré con el móvil en busca de señal, cuando una luz azul y roja me sacudió, inundando la zona con destellos intermitentes. El aliento se me congeló. Dos siluetas descendían de un coche de la Guardia Civil. Sabía perfectamente que, en San Amaro, la presencia de la Guardia Civil no era señal de nada bueno.

—Inspectora, ¿sabe que está en una propiedad privada? —preguntó el hombre que había salido por la puerta del copiloto. Cojeaba. Era Padilla.

—Ah, ¿sí? —contesté, y me llevé discretamente la mano hacia la cartuchera.

—¿Tenía pensado allanar una propiedad privada? —dijo mientras se acercaban hacia mí.

—No es allanamiento si hay indicios de delito, sargento —respondí, manteniéndome firme.

—Apaga las luces —ordenó Padilla al otro, que no llevaba uniforme, no me sonaba de haberlo visto en el cuartel.

Padilla sacó su pistola y me apuntó directamente a la cabeza.

—Quita la mano de ahí —dijo al notar que estaba a punto de sacar mi arma.

Levanté las manos, despacio.

El otro apagó las luces, dejándonos a oscuras. Aproveché el momento, el único que tendría, para sacar mi pistola rápidamente, pero de pronto... Padilla apretó el gatillo.

Una descarga de dolor explotó en mi pie. Un grito se me escapó de la garganta mientras caía sobre una rodilla, incapaz de sostenerme. Sentí que el dolor me recorría como fuego. Me tambaleé y apreté los dientes para no gritar más fuerte, el ardor en el pie era insoportable. Por la intensidad del dolor y la zona, no me parecía descabellado pensar que me había volado algún dedo.

Padilla se acercó a mí.

—Esa te la debía —me dijo en voz baja—. Ramón, trae las esposas de la guantera.

Mientras me retorcía de dolor en el suelo, el otro me esposó las manos a la espalda.

—Vamos a meterla dentro.

Me levantaron entre los dos y me arrastraron hacia el interior de la finca. Intenté resistirme y soltarme, pero con las esposas y el dolor en el pie era imposible. Alcancé a ver parte de lo que me rodeaba: una casa grande en medio del terreno y el jardín, el mismo que el del vídeo, sin duda. Me llevaban hacia la entrada de la vivienda. A pesar del dolor, pensé que, con el estado en el que iba yo y el otro cojeando a mi lado, la escena debía de ser hasta graciosa vista desde fuera.

Me subieron a rastras por las escaleras del porche. Mis pies golpeaban contra cada escalón mientras intentaba apoyar el peso en mi pierna izquierda. Cada impacto me arrancaba una mueca de dolor.

Entramos en la casa, la cerradura estaba rota y una lámpara tirada a un lado. No me dieron mucho tiempo para examinar, pero hice todo lo posible por memorizar cada rincón, por lo que pudiera pasar, aunque no veía un futuro muy prometedor. Había una chica sentada en un sofá con un niño pequeño sobre su regazo.

Ella casi ni nos miró y no dijo nada. El niño, en cambio, no nos quitaba ojo de encima, lo que hacía que la escena resultara inquietante. Apenas tardamos cinco segundos en atravesar el salón y llegar a una cocina con una trampilla metálica en el suelo. Padilla la abrió mientras el otro me sujetaba. Nos metimos por ella, bajando unas largas escaleras que conducían a un sótano muy iluminado. Padilla bajó primero. Aún no tenía visión de la zona, pero algo había debido de descubrir él para reaccionar como lo hizo.

—Pero ¡¿qué haces?! —exclamó Padilla.

Bajé un par de escalones, obligada por el otro hombre que me llevaba.

Había una chica joven arrastrando al guardia civil al que desafié en el cuartel, Marcos, dentro de una de las salas que se abrían a lo largo de un pasillo.

Cada escena de esa casa era más aleatoria que la anterior.

—Hostias —dijo la chica, soltando las piernas de Marcos al vernos allí.

En ese momento, sentí un tirón de mi chaqueta hacia atrás y el hombre que me sujetaba caía por las escaleras, golpeado, quedando fuera de juego. Me tambaleé, casi le seguí escaleras abajo, pero alguien me tenía sujeta. Me volví.

—¡Diego!

Padilla tardó un segundo en reaccionar, el tiempo justo para que le cogiéramos ventaja.

—¡Coge mi pistola, corre! —dije.

Diego sacó mi pistola de la cartuchera y apuntó rápidamente a Padilla. Me sorprendió la destreza con la que lo hizo.

Aun así, Padilla aprovechó la inexperiencia de Diego, sacó su arma, sabiendo que no iba a disparar, y nos apuntó a los dos desde abajo. Traté de aguantar la situación lo mejor que pude mientras veía como la chica parecía tener su propio plan. Estaba cogiendo un tubo de hierro que había en el suelo y le asestó un golpe tan fuerte que por el sonido, por un momento, pensé que lo había matado.

—Le has cogido el gusto, ¿eh? —le dijo Diego a la chica.

—¡Diego, ¿qué coño haces aquí todavía?! —respondió ella.

—Me tenéis que quitar las esposas.

—¿Dónde está la llave? —dijo Diego.

Buena pregunta, pensé.

—Eh..., el coche de la Guardia Civil. ¡Quítale las llaves a ese! —le pedí a la chica, indicando con la cabeza al que había caído por las escaleras.

Me las lanzó desde abajo.

—Daos prisa, por favor —dijo ella.

—¿Las puertas se pueden abrir desde dentro? —pregunté a la chica.

—No —me contestó Diego.

—Mételos a los tres allí. Y si puedes, en habitaciones separadas —dije.

—Sí, vale —contestó ella.

—Vamos.

—¿La vamos a dejar sola con estos?

—Diego, necesito que me quites las esposas. Me han pegado un tiro en el pie, así no soy muy útil aquí, y, además, están medio muertos.

—Diego, no te preocupes, salid —dijo ella.

Salimos de nuevo a la cocina y cruzamos el salón.

—Aquí había una chica antes.

—Sí, lo sé, Lara.

—¿Cómo que Lara? ¿La desaparecida?

—Sí.

—¿Los tenían aquí? ¿Vivos?

—Sí, eso parece.

Atravesamos el jardín llegando hasta la puerta metálica por la que me metieron a la finca, allí estaba el coche. Me subí por el lado del conductor, y Diego, en el del copiloto. Encendí la luz del techo.

—¿Dónde están?

—Joder, no lo sé.

Empecé a mirar en los bolsillos de las puertas, en el compartimento del reposabrazos…, pero tenía las manos a la espalda.

—Mira en la guantera —le pedí.

Él dejó caer la bandeja, que mostró un pequeño manojo de llaves.

—¿Son estas? —preguntó.

—¡Sí, esas! —Mientras Diego cogía las llaves y volvía a cerrarla, vi algo al fondo de la guantera—. ¡Espera!

—¿Qué pasa?

—Ábrela otra vez.

Diego la abrió. No me lo podía creer.

—El cuaderno, coge ese cuaderno.

Él lo sacó y, al verlo, mi mente tardó un segundo en procesarlo. El-maldito-cuaderno-de-Bruno.

—¡Quítame las esposas, corre! La llave pequeña.

Al fin tenía las manos libres.

—Dame eso.

Cogí el cuaderno, Diego me miraba sin entender nada.

—Pero ¿qué es eso?

—La nota de suicidio de tu profesor.

—¿Qué profesor?

—Bruno —dije, y abrí el cuaderno, comprobando que, efectivamente, lo era.

—¿Bruno está muerto?

No contaba con tener que mantener esa conversación.

Lo abrí y comencé a leer.

—¿Qué pone? ¿Está relacionado con todo esto?

—Eso creo.

—Lee en voz alta.

—Déjame leerlo primero, Diego.

—Y una polla. Te llamabas Alejandra, ¿no?

—Sí.

—Pues y una polla, Alejandra. Te acabo de salvar el culo, así que lo leemos los dos. Tú acabas de llegar, pero yo llevo sufriendo esta mierda tres años.

No lo pensé demasiado, me parecía justo. Comencé a leer:

Llevo demasiado tiempo soportando todo esto. No tengo escapatoria, no tengo opción. Lo único que me retiene en este maldito pueblo es mi madre. Y ni siquiera de eso estoy seguro, porque a veces la odio con todas mis fuerzas. Ella y mi padre…, este pueblo… son los responsables de todo. Estoy cansado, no me quedan fuerzas. No quiero seguir en un mundo donde se cometen atrocidades en nombre de la fe, donde todo se justifica por el «equilibrio». No puedo seguir así.

Lo que quiero relatar ahora es mi experiencia en el culto de los «Fundadores». No hay otra forma de sacar esto a la luz sin que nos arruinen, sin que se aseguren de destruirnos a mí y a mi madre. Ellos son capaces de ocultar la verdad o de arruinarme aún más la vida.

Mis fuerzas se renovaron al enterarme de la llegada de una policía forastera que se encargaría del caso. Un rayo de esperanza, una oportunidad para poner fin a esta locura que lleva décadas perpetrándose. Ojalá llegues a mi señal y leas esto. Quiero dejar constancia de que esto no debe interpretarse como una nota de suicidio, quiero que se reciba como una confesión. Que mis palabras te hagan entender que no soy un asesino. No he matado a mi madre. La he liberado de este pueblo. Pero ella no podía cruzar sola al otro lado. Decidí darle una muerte suave. No tenía que sufrir más. Y yo…, mientras escribo esto, aún no sé cómo lo haré. No merezco otra cosa después de todo.

Si no interfieren en la investigación, y si los Fundadores lo permiten, es posible que esta forastera me encuentre. Soy un cabo suelto en cualquier investigación. Un profesor de Literatura acusado de abuso sexual a una de sus alumnas… ¿Quién no sospecharía de mí? Años atrás, diferentes inspectores ya buscaron evidencias de mi implicación en las desapariciones, aunque no encontraron nada. La realidad es que nunca abusé de mi alumna. Ellos se encargaron de propagar tal idea. Quise salir del culto, pero no me lo permitieron. Difundieron el rumor y me dejaron sin ninguna posibilidad de ejercer fuera de este maldito pueblo. Para colmo, mi madre enfermó repentinamente… Ya no sé qué creer.

Ellos se aseguraban de que no nos faltara nada. Nos proporcionaban todo lo necesario para su tratamiento: medicamentos, visitas de doctores especializados…, comida, lo que fuera. Era una cárcel confortable. Se le debía respeto a mi madre por lo que ella y, sobre todo, mi padre representaban para los Fundadores. Ellos fueron quienes me introdujeron en este declive humano. Lo hicieron ver todo como algo normal, aunque fueron años y años de manipulación.

Para un niño que ha nacido aquí eso se normaliza. La respuesta a la pregunta de por qué nos harían algo así nuestros padres es sencilla: porque es tradición, y se acepta. Una tradición no es más que algo que la gente hace durante mucho tiempo sin preguntarse el porqué.

En mi caso, sin hacer alarde de moralidad, ya que, conocidos los hechos, no es así, no sé qué me hacía diferente. Pero tenía preguntas, y ninguna respuesta que me convenciera para convivir con todo esto… A los dieciséis años me obligaron a presenciar el primer ritual, es la edad de iniciación. Solo miras, no te permiten participar. Y ojalá hubiera sido siempre así.

Todos los años, el 30 de abril, se celebra una gran fiesta en la primera casa, la llaman «SOL». En esta parte, los adultos y los niños permanecen juntos durante la celebración, sería la parte de afianzamiento familiar. Al llegar las siete de la tarde, todos los adultos se despiden de sus hijos pequeños y entran en la casa. Los guardias llevan a los niños a las camas. Esta fase se llama «OCASO». Es el inicio del ritual. Nos vestimos con las ropas tradicionales y oramos a nuestro Guía. Él es el encargado de mantener el «equilibrio», de transmitir la palabra del Leviatán.

Al caer la noche, comienza la procesión en fila por los bosques hasta la Roca del Leviatán.

Y entonces viene lo peor. La «LUNA».

Lo que sigue no tiene ningún sentido, pero para ellos es lógico. Todos los adultos se desnudan para dar pie a la partuza. Es duro ver como padres y madres, hermanos y hermanas, abuelos y abuelas comienzan a perder el control…, puro instinto animal, puro incesto… Todo necesario para no ensuciar la sangre primordial y se genere nueva vida en el pueblo.

Nuestro Guía observa, no participa, pero es él quien decide cuándo es suficiente.

Finalizado, comienza la ofrenda, el sacrificio o lo que realmente es… el asesinato. Dos personas, un chico y una chica, tradicionalmente extranjeros, son sacrificados a ojos de todos los participantes del pueblo. Son desnudados y clavados en una madera en forma de cruz y colocados uno enfrente del otro.

El Guía les abre el vientre mientras los demás miran. Yo no podía entenderlo, pero nadie hacía nada. La edad no me alcanzó a ver a mi padre liderar ninguno de los rituales durante sus once años de mandato. Pero durante más de treinta años mi imaginación se encargó de torturarme con la imagen.

En el segundo piso de esta casa, hay un desván, el aula de mi familia. Allí se pueden encontrar pruebas suficientes para adjuntar a este testimonio. Libros del culto, ensayos de mi padre y guías anteriores a él. Dejaré una cinta de vídeo del día de la ascensión de mi padre. Vídeo que, pese a lo macabro, me forzaba a ver a diario mi madre para recordarlo y normalizar todo esto. Espero que tú llegues a mí antes que ellos. Porque se desharán de cualquier cosa que pueda ser comprometedora.

Con el tiempo, dejé de ser solo un observador. Pasé a participar. Año tras año, la culpa me carcomía más. Mi madre no paraba de repetirme que era necesario, que era por el «equilibrio» y el bien de todos, pero yo no dejaba de pensar que estaban locos. Mi negativa le parecía un sacrilegio, una blasfemia. Me culpaba de todo: si ese año había habido una mala cosecha, lo achacaba a mi falta de voluntad.

Durante años, varias familias se habían desvinculado, con permiso, siempre y cuando uno de sus abuelos hubiese sido

Guía. En mi caso, habría tenido permiso para no involucrar a mis hijos en todo esto. Sin embargo, yo estaba condenado. Eso ha permitido que gran parte de los jóvenes del pueblo en la actualidad ya no tuviesen obligación de entrar.

Ese fue el motor que me llevó a ser profesor. Tener la posibilidad de influir en jóvenes de otra forma, ajena a la educación extraescolar que podrían recibir… Era lo único que me estimulaba para poder dormir por las noches.

Cuando intenté marcharme, no me dejaron. Sabían lo que yo sabía. Así que propagaron el bulo del abuso de una alumna. Eso, junto a la enfermedad de mi madre, me ató para siempre a este infierno.

Llegó el 29 de abril de 2024. Hace tres años, unos alumnos de mi clase nos sorprendieron en mitad del ritual. No deberían haber estado allí. No sé cuánto vieron, pero me atrevería a decir que todo lo que no debieron. Vi sus caras de incredulidad, yo estaba allí, participando. Huyeron presos del pánico, aunque alguien los atrapó y se los llevaron a la casa.

Fue la única vez que el pueblo ha estado cerca de ser desmantelado, pero, por desgracia, no fue suficiente. Con todos los influyentes que hay dentro, se ocultó lo ocurrido. Son capaces de cualquier cosa para que la verdad no salga a la luz. Esto es más grande de lo que cualquiera puede imaginar. Incluso encontraron la forma de esconderse bajo fantasiosas leyendas locales como la Compaña, nacida a raíz de avistamientos a las primeras generaciones de Fundadores.

A partir de aquel día encontraron la forma de poder vestir el pueblo en su totalidad de día festivo. Abanderados por la idea de celebrar un día de luto, realmente oportuna para celebrar el Día de los Fundadores con la excusa de «rendir homenaje». El Día de los Perdidos es una tapadera para realmente poder celebrar abiertamente el Día de los Fundadores.

Durante todos estos años han sido absorbidos por los Fundadores. Los hijos de los nacidos aquí serán manipulados para preservar el legado del culto, por las buenas o por las malas… No se pueden negar.

En ese momento, mis ojos, que leían por delante de mi voz, se detuvieron en un nombre que me hizo parar de golpe.

—¿Qué pasa? ¿Por qué paras? —me preguntó Diego, nervioso y exaltado.

—No, termina ahí, sigue con la despedida.

Esto debe terminar. Este es mi último sacrificio por un bien mayor…, pero uno real.

No merezco perdón, ni siquiera lo busco.

Lo siento,
Bruno

—Déjame ver —dijo intentando quitarme el cuaderno.

—¡Diego! ¡Que ahí acaba, te lo estoy diciendo! —No podía dejar que lo leyera, no en ese momento, no en esa situación.

Diego tenía que mantenerse entero. Entonces, vi algo a través de la ventanilla del coche.

—¡Agáchate! —exclamé, tirándole del hombro.

—¿Qué pasa? —preguntó en voz baja.

—Es la doctora, está entrando en la casa.

—¿La madre de Marta? —preguntó mientras levantaba ligeramente la cabeza, asomándose por el salpicadero—. Tenemos que ir.

—Diego, esa mujer es la líder actual de la secta.

—¿Qué? —respondió con un tono seco.

—Esa tía es probablemente quien te ha traído hasta aquí.

—Claro... —dijo mientras pensaba en voz alta—. Por eso Marta no podía hablar.

—Espera, ¿Marta? ¿Marta es la chica de dentro?

—Sí, ella me ha soltado... y la hemos dejado sola.

—Me cago en mi puta vida —dije, tratando de armar un plan rápido. Pero no lo suficientemente rápido como para que Diego no actuara por impulsos.

Se bajó del coche y fue directo hacia la casa.

—¡Diego! —exclamé en un susurro.

Hice fotos a las cuatro páginas del cuaderno y las dejé enviándose al WhatsApp de Gonzalo. Pero, como antes, se quedaron pendientes de envío por la falta de cobertura. Me guardé el cuaderno en la chaqueta y bajé del coche. Fui tras él, cojeando como pude.

—Ha cerrado la puerta por dentro —dijo él—. Álzame.

—Diego, esto está altísimo.

—Necesito que me impulses.

Entrelacé mis manos para que pudiera poner el pie entre ellas y subir por encima de la puerta.

En cuanto Diego alzó la pierna, soltó un quejido de dolor.

—¡¿Qué te pasa?! —pregunté.

—Nada, da igual.

Vi cómo se llevaba las manos al tórax. Por el aspecto de su cara, le habían dado una buena paliza.

—Déjame ver. —Le palpé las costillas y noté algunas fracturadas—. Diego, tienes varias costillas rotas. Si haces esto y caes mal, podrías perforarte un pulmón.

—Bueno, y tú tienes un tiro en el pie. ¿Se te ocurre otra cosa?

—Álzame tú.

—Joder.

Diego me levantó y logré alcanzar el borde del muro. Trepé y caí al otro lado del jardín. Si algo mantenía unidos los dedos donde me había disparado, con esta caída se habían despegado, seguro.

El dolor era indescriptible, pero me levanté y abrí la puerta desde dentro para que Diego pudiera pasar.

Desde fuera de la casa, con la puerta abierta, se podían escuchar los gritos de esa mujer dirigiéndose a su hija.

—¡¿Pero tú eres imbécil?! —gritaba, fuera de sí—. ¡Sácalos de ahí ahora mismo!

Saqué el arma, preparándome.

—Diego, ponte detrás de mí.

Sin embargo, él no me hacía caso y caminaba mucho más rápido que yo.

En ese momento, la doctora y su hija salieron de la casa. Marta estaba llorando, mientras su madre la movía a empujones.

—¡Alto, policía! —dije, apuntando a la doctora.

Ella se sorprendió; ver su cara furiosa, aquella que se ocultaba tras la sonrisilla tontorrona con la que la conocí, me provocó un retorcido placer.

—¡Marta, ven! —gritó Diego, provocando que su madre la agarrase del brazo, impidiendo que la chica se alejara.

La doctora no dijo ni una palabra.

—Marta, aléjate de tu madre —ordené con firmeza—. Y tú, suéltale el brazo. No lo voy a repetir.

La mujer se quedó allí, de pie, mirándome desafiante.

—Voy a sacarlos a todos —me dijo Diego, volviéndose hacia mí—. Marta, ¿en qué habitación está Mónica?

Miré de reojo a Diego, estaba pensando qué hacer, debía saberlo.

Marta seguía llorando, intentando inútilmente soltarse de su madre, pero sin demasiada fuerza.

—Diego… —balbuceaba Marta entre sollozos.

—A ver, hija de puta —dijo Diego, clavando la mirada en la doctora—. ¿Dónde está Mónica? —preguntó de nuevo, más alterado.

No pude soportarlo más.

—Diego…, tu hermana está muerta.

Capítulo 15
Los Fundadores

Diego

No abrí la boca. No dije nada, pero en mi cabeza sentía como si estuviera verbalizando todo lo que se me pasaba por la mente.

«No, no, no —repetía para mis adentros—. Mónica está dentro de la casa, como Lara, como Jaime. No me importa en qué estado, pero está dentro. Por Dios, tiene que estar dentro».

Miré a Marta, que me devolvía el gesto entre sollozos, confirmando lo que Alejandra acababa de decirme.

Sentí como el mundo se apagaba, otra vez, por completo. Todo se sumió en la oscuridad. En medio de esa penumbra, vi a la madre de Marta, la responsable. Todo a su alrededor, nublado. Notaba que la irritabilidad, la furia subían desde mis pies hasta mi garganta, mientras aquella mujer me observaba, estática, sin un solo rasgo que pudiera interpretar como arrepentimiento.

—Alejandra… —dije esforzándome por que mi voz se escuchara—. ¿Qué ponía en el cuaderno?

—Eso no importa, Diego.

—Dame el cuaderno.

—Diego, por favor. No es el momento.

Me daba igual lo que dijera. Podía ver la esquina del cuaderno sobresaliendo del bolsillo interior de su chaqueta. Aproveché que estaba apuntando con la pistola a la madre de Marta para agarrarlo.

—¡Diego, basta! —dijo Alejandra, intentaba inútilmente que yo entrara en razón.

Pasé las páginas rápidamente, buscando el nombre de mi hermana, hasta que llegué a la última página. Allí lo encontré. Y, francamente, ojalá no lo hubiera hecho.

Durante todos estos años, han sido absorbidos por los Fundadores. Los hijos de los nacidos aquí serán manipulados para preservar el legado del culto, por las buenas o por las malas. No pueden negarse.

Pero los otros dos, al ser extranjeros, fueron ofrecidos al Leviatán. Yo mismo tuve que mirar las caras de Mónica y Nuno mientras les clavaba las manos a las maderas. No pude dejar de llorar bajo mi caperuza; ellos repetían mi nombre, aterrorizados, sabiendo quién estaba allí detrás.

Espero que, allá donde estén, todos aquellos que pasaron por mis manos en los rituales puedan conocer mi arrepentimiento.

Esto debe terminar. Este es mi último sacrificio por un bien mayor…, uno real.

No merezco perdón, ni siquiera lo busco.

Lo siento,
Bruno

¿Qué acababa de leer? Me faltaba el aire. Levanté la cabeza y miré a la madre de Marta. Ahí seguía, con aquella mirada fría. No se había movido ni un milímetro, aunque estaba seguro de que sabía perfectamente lo que yo había leído. Y esa quietud me mató.

—¡¡Hija de puta!! —grité con un volumen más alto del que jamás había salido de mí, mientras tiraba el cuaderno al suelo.

Mis puños se apretaban tanto que los músculos de mis brazos estaban agarrotados. Comencé a caminar hacia ella, ignorando todo lo demás a mi alrededor.

—¡Diego, ven aquí, joder! —escuché a Alejandra gritar a mis espaldas, pero su voz apenas penetraba el ruido en mi cabeza.

Estaba a solo un par de metros de distancia cuando volví a escuchar a Alejandra.

—¡Diego! —gritó de nuevo, esta vez con un tono que sonaba a advertencia.

Por la puerta de la casa, justo detrás de Marta y su madre, salía el guardia civil, el cojo. La sangre de la herida que le había abierto Marta en la cabeza caía por el cuello. Sujetaba una pistola que me apuntaba directamente a la cabeza.

Me quedé a apenas medio metro de ella, sosteniéndole la mirada. Sin ni siquiera intentar intimidarla, sabiendo perfectamente que no lo lograría, no con alguien capaz de dirigir tales atrocidades con toda la calma del mundo y recetarte ibuprofeno al día siguiente.

—Atrás, chico —dijo el hombre.

—¡Diego, ven aquí! —gritó Alejandra, que seguía en mitad del jardín de la casa.

Retrocedí, aunque ya no sabía ni por qué. Tampoco sé qué habría hecho si no hubiese aparecido el guardia civil. Caminé de espaldas sin dejar de mirar a esa mujer, buscando alguna explicación en esa mirada impasible.

Durante unas horas, ese día, mi hermana seguía viva; ahora, en un instante, volvía a estar muerta. Era peor que una pesadilla. Y ya no tenía ninguna solución.

—No os podéis hacer una idea de la importancia de nuestras acciones —dijo la madre de Marta, por primera vez dirigiéndose a nosotros directamente, ahora que por fin controlaba la situación.

¿Matar a mi hermana era importante para ti?, pensé; luchaba contra mí mismo por que aquello tuviese coherencia.

—Estoy segura de que en vuestra cabeza tiene sentido —replicó Alejandra, dando un paso adelante y situándose a mi lado, intentando cubrirme del punto de mira—, porque yo no encuentro ninguna justificación para hacer masacres anuales.

—Los designios de los grandes son inaccesibles para los humildes —continuó ella, aferrando aún el brazo de Marta—. Dejar que otros cuiden del mundo por ti... Qué cínica maravilla. Pero una vez conoces la verdad, no puedes mirar hacia otro lado.

—¿Y qué verdad es esa, Carmen? —preguntó Alejandra con un tono que no sé si era más desdén o curiosidad real.

—El mundo está constantemente al borde del colapso, nada funciona según las directrices que se han enseñado siempre.

Marta, ya sin fuerzas, se dejaba agarrar por su madre, como un perro atado a una correa.

—¿Y por qué involucrar a tus hijos en todo esto? Explícamelo, porque no lo puedo entender.

La madre de Marta giró ligeramente la cabeza hacia su hija, pero sin soltarla.

—Nunca le preguntarías a un cristiano por qué lleva a sus hijos a la iglesia —respondió con una calma casi humana—. Estoy profundamente orgullosa del sacrificio que hicieron mis padres al iniciarme. El mismo sacrificio que yo hice con Marta.

Alejandra estaba tensa, pero noté que la aclaración le había hecho gracia.

—¿«Sacrificio»? A mí me suena más a manipulación y abuso que a otra cosa.

El hombre avanzó despacio hacia nosotros apuntándonos con la pistola, interponiéndose entre ellas y nosotros.

—No los esclavizamos, como seguramente crees. Les damos un papel fundamental para mantener el equilibrio.

—Cualquiera que te viese agarrar a tu hija tal y como lo estás haciendo no se creería ese discurso, Carmen.

No se inmutó, y mucho menos soltó a Marta.

—Tu amigo Bruno escribió algo bastante interesante en ese cuaderno —dijo Alejandra, señalándolo con la mirada—. Mencionaba que las tradiciones no son más que hábitos que la gente repite durante siglos sin detenerse a pensar por qué lo hacen. ¿No crees que eso os describe a la perfección?

—No, Alejandra. Ahí te equivocas, nosotros no necesitamos preguntárnoslo porque no podemos permitir que nuestro cometido no se cumpla. Sería una tragedia mucho más grande que un par de vidas forasteras.

Sentí una arcada. Esa frase me revolvió las tripas. Había reducido a mi hermana a un número, como si no hubiese tenido una vida, una madre, un hermano. Como si no fuese nada. Ya no me quedaban fuerzas para enfadarme, la rabia ya era pura resignación y pisotones en mi garganta.

Alejandra me miró, sabiendo lo que me habría hecho sentir semejante monólogo.

—Diego, ponte detrás de mí —me ordenó—. Carmen, de verdad que quiero entenderte, pero no puedo.

—Es normal no comprenderlo. Nos enfrentamos a ese riesgo cada día... Diego, no tienes idea de lo que significó la vida de tu hermana para el todo. Si pudieras entender su verdadero propósito, sentirías el orgullo recorriéndote por dentro, en este mismo instante... Diego, ahora es mucho más de lo que ella jamás pudo llegar a ser.

Me quedé petrificado. Fue en ese momento cuando comprendí que estaba tratando directamente con la locura.

Estaba detrás de Alejandra cuando escuché su teléfono vibrar. No lo sacó de su bolsillo, pero pude ver alivio en su cara al escucharlo.

—En cualquier caso... —dijo, mirando al hombre que nos apuntaba y sin perder de vista a la madre de Marta—, se acabó, la policía está de camino. Y hablo de la policía de verdad, no de la vuestra. —Señaló con la cabeza al hombre armado.

En cierta forma, y siendo sincero, ya me daba igual. Ni siquiera sabía si Alejandra estaba diciendo la verdad o si se estaba tirando un farol. En ese momento, lo único que quería era ver a aquella gente muerta. Sin embargo, lo que vi fue cómo la expresión de la madre de Marta cambiaba de forma radical al oír la noticia. Su rostro pareció descomponerse. Desvió su mirada de nosotros para dirigirla hacia la casa.

Alejandra, en cambio, estaba mucho más tranquila, a pesar del arma que nos apuntaba a unos pocos metros.

—Siempre me pregunté cómo reaccionaría el líder de una secta al ver que su chiringuito se desmorona —dijo Alejandra con ironía.

La madre de Marta pareció llegar a una conclusión. Soltó a su hija y se acercó al guardia civil. Le susurró algo al oído, y tras procesarlo, el hombre asintió mientras nos miraba. Luego, ella corrió hacia la casa. Hice el amago de seguirla, pero la pistola volvió a apuntarme a la cabeza en un instante.

—¡Quieta! —gritó Alejandra, sin resultado.

Marta se apartó del porche y vino junto a nosotros. La coloqué detrás de mí.

—Padilla, ya está. Se acabó, suelta la pistola —ordenó Alejandra, sin moverse.

—Deja la pistola en el suelo y no os pasará nada —replicó él, acercándose más y más, a solo cuatro o cinco metros de nosotros.

Se tambaleaba levemente, posiblemente por el golpe de una barra de hierro en la cabeza, pero eso no lo hacía menos intimidante.

—¿De verdad crees que la policía será más justa contigo si añades el asesinato de una policía y dos chavales a tu lista? Piénsalo bien, porque esto ya ha terminado.

El hombre no parecía pensarlo mucho, seguía acercándose.

—No sé qué te habrá dicho la doctora, pero todavía tienes una oportunidad de no pasar el resto de tu vida en la cárcel —continuó Alejandra, intentando hacerlo entrar en razón.

Nos hizo una señal a Marta y a mí para que nos pusiéramos detrás de ella mientras retrocedía.

—Supongo que ya no tienes nada que perder, ¿verdad? —preguntó Alejandra.

—Aún tenemos mucho que perder. Pero ya estamos ocupándonos de ello —dijo el hombre, acercándose cada vez más, sin dejar de apuntarnos—. Suelta la pistola... Hazlo por tu hija...

En ese momento, Alejandra disparó.

Era la primera vez que escuchaba un disparo, estaba muy cerca, y como información, dolían los oídos.

Me dejó sordo al instante. Un pitido agudo empezó a taladrarme la cabeza, desconectándome de todo.

Nadie dijo nada. Me quedé mirando el cuerpo en el suelo, con un agujero enorme en la frente. La sangre empezó a empapar el césped, extendiéndose bajo él como una mancha oscura que no dejaba de crecer.

Pasaron varios segundos en los que el pitido en mis oídos se fue disipando, mezclándose poco a poco con el crujido de las ramas de los árboles que rodeaban la finca. Entonces, Alejandra rompió el silencio, justificándose:

—No tenía nada que perder, nos iba a matar.

Asentí con la cabeza mientras observaba el agujero. En realidad, no necesitaba su justificación. Solo pensaba: Está bien.

—Chicos, salid de aquí —nos ordenó, y sacó el móvil para comprobar la llamada—. La policía está viniendo.

—¿No era un farol? —pregunté.

—Dios, eso espero —respondió Alejandra, sin mucha convicción—. Aquí, en el jardín, parece que la cobertura es mejor. —Se guardó el teléfono de nuevo en el bolsillo—. Voy a por tu madre, Marta. Marchaos, por favor.

—Me voy contigo, Alejandra, no me voy a...

—¡Ya está bien, Diego, joder! —Me calló con su grito—. Deja esto a la policía. Te prometo que voy a encerrar a toda esta gente, pero salid de aquí.

Alejandra se agachó y recogió la pistola del guardia civil, guardándosela en la cartuchera.

Marta y yo nos quedamos mirando como entraba en la casa. La confusión y el caos parecían haberse apoderado de todo. Sentía que tenía que seguirla, que quedarme allí esperando no era una opción. Sin embargo, estaba tan aturdido que no podía decidir por mí mismo. Estaba disociando, probablemente en el peor momento posible. Sentía mi mente desconectada de mi cuerpo.

Marta me agarró del brazo.

—Diego..., mírame —dijo Marta, a quien aún le caían lágrimas de los ojos—. Yo nunca quise que esto pasara. Te lo juro.

La miré y mi mente pareció volver a funcionar a trompicones.

Esa última noticia, leer exactamente cómo murió mi hermana, la horrible forma en la que lo hizo... Había pasado de tres años creyendo que estaba muerta, a tres horas pensando que seguía viva, y a tres minutos leyendo sobre su muerte. Fue como si a un niño le quitaran un caramelo, le dijeran que era una broma, y luego lo pisotearan frente a él.

Pero mientras miraba a Marta, me di cuenta de por qué fue la única persona a quien había tolerado durante estos años. La única con la que me sentía bien. Siempre había estado tan rota como yo. Por motivos distintos, claro. Y, desde lo más profundo de mi ser, aproveché ese instante de calma al tenerla a mi lado.

—¿Diego? —repitió al no recibir respuesta.

—Marta… Ya tendremos tiempo de hablar de todo esto —dije, sin apartar la mirada de sus ojos.

—No, Diego. —Negó con la cabeza—. No habrá otro momento para hablar. Tienes que irte. Esto no va a terminar solo porque detengan a los de San Amaro.

—No voy a dejar que te quedes aquí.

—Coge a tu madre y vete —insistió ella.

—¡Marta, ¿me estás escuchando?! —exclamé para sacarla del bucle—. Tú te vienes conmigo —dije, enfatizando cada palabra.

Me miraba como si no entendiera, con la cabeza temblorosa, devolviéndome la mirada.

—Pero… ¿por qué? Diego, no te he pedido perdón porque no creo que me lo merezca.

—Marta, has hecho cosas mal…, fatal —admití, siendo completamente honesto—. Pero puedo entenderlo, sé que no has tenido una vida fácil.

—Diego, yo… —murmuró, todavía absorta.

—Hace unos días me dijiste que nunca te había preguntado por tu familia. Jamás habría imaginado por qué lo necesitabas, ni en qué te habían metido.

Ella no respondió, aunque su mirada me pedía que continuara.

—Marta, esa mujer te ha destrozado. No puedes quedarte aquí con esta gente. Ni siquiera me fío de los que no detengan. Además..., tu padre también está metido en todo esto, ¿no?

—Diego..., lo más probable es que me detengan a mí también. Pero te prometo que está bien. Estoy bien con eso.

—No —la corté en seco.

—Diego, piénsalo...

—Marta, tú has sido víctima de lo que tenías en casa. Sé que no he sido la persona más fácil del mundo, pero no puedo dejarte aquí sola. Te vienes conmigo.

Marta se abalanzó sobre mí en un abrazo, y la sostuve un buen rato.

—Estamos al lado de un muerto —rompí el silencio.

En ese momento Marta me soltó cayendo en que sí, estábamos al lado de un muerto.

Entonces, al girarme, vi algo que me alarmó.

—¿Qué coño están haciendo? —Señalé hacia la casa. Estaba saliendo humo de las ventanas—. Mierda, Jaime y Lara. —Eché a correr hacia la entrada, y Marta me siguió de cerca.

—¡Ha tenido que ser mi madre!

—¿Por qué iba a quemar la casa?

—¡Para que la policía no encuentre lo que hay aquí! —exclamó mientras llegábamos a las escaleras del porche.

Entramos corriendo. El humo empezaba a inundar la planta baja, espesándose por momentos. El fuego provenía de la cocina.

—¿Dónde están? —preguntó Marta, alarmada.

—No lo sé. Jaime estaba arriba, y Lara antes estaba aquí, en el salón. ¿Y Alejandra?

—Habrá ido detrás de mi madre.

—Vale, yo subo a por Jaime, tú busca a Lara.

Subí rápidamente las escaleras y fui directo al desván en el que había encontrado a Jaime. Abrí la puerta de una patada que me hizo recordar —una vez más— que mi estado físico era cada vez peor.

Los dos estaban allí, vaciando botes de alcohol etílico por toda la habitación.

—¡Vamos! ¡Hay que salir de aquí!

—Aún no —contestó Lara.

—¡Vamos, no podemos quedarnos aquí! —grité; estaba perdiendo la paciencia.

—El Guía nos ha pedido que hagamos esto —contestó Lara, mientras vertía alcohol sobre los libros de una estantería.

—Me cago en Dios —mascullé, yendo hacia ellos.

Le arranqué el bote de las manos a Lara y lo tiré al suelo. Su respuesta fue una bofetada tremenda, que me dio igual.

—¡Vamos, coño! —Le di un empujón hacia la puerta.

Jaime seguía vaciando el bote en el suelo, completamente ajeno a la situación. Lo agarré, pero no reaccionó, se quedó allí, a la espera de que otro bote apareciera en su mano. Lo agarré del brazo y lo arrastré hacia la puerta. Cogí a Lara también, y con uno en cada brazo los bajé torpemente por las escaleras hasta el segundo piso.

—¡Marta! —grité—. ¡Sube!

—No encuentro a Lara —respondió ella, subiendo desde el salón.

—Lo sé, la tengo yo —dije, forcejeando con Lara, que intentaba regresar al desván.

Marta apareció, y eso solo enfureció más a Lara, que empezó a gritar como si la estuviéramos matando.

—Marta, coge a Jaime —le pedí, y lo solté para poder sujetar a Lara con ambos brazos.

Bajé con ella por las escaleras, levantándola en volandas mientras me golpeaba en la cara, intentando soltarse.

En el salón, el aire se había vuelto irrespirable. Las llamas comenzaban a consumir los muebles y el calor era sofocante.

Finalmente, cruzamos la puerta principal y salimos al jardín. El aire fresco fue un alivio momentáneo. Traté de tranquilizar a Lara, que miraba las llamas con los ojos abiertos como platos.

—Lara, soy Diego —le dije con voz suave, haciendo un nuevo intento por encontrarme con la Lara que conocía—. Por favor, queremos ayudarte, ¿vale?

Ella no respondió. Su mirada permanecía perdida en el incendio, como si estuviera en trance. Jaime, por otro lado, se dejaba llevar sin oponer resistencia, con la mirada vacía.

Cuando vi su expresión de terror, me di cuenta de otro problema.

—Mierda, el niño. ¿Dónde está el niño, Lara?

—Diego, voy yo —dijo Marta.

—No, quédate aquí.

—¿Dónde está el niño, Lara? —repetí, con más urgencia.

—¡¿Lara?! —grité, pero ella no respondía. Solo miraba la casa con los ojos desorbitados, paralizada.

No hubo contestación.

—Marta, quédate con ellos —le dije, señalando a Lara y Jaime—. ¡Por Dios, que no se metan dentro!

El salón era un caos. Las llamas devoraban la planta baja, el calor era insoportable y el humo se espesaba a cada segundo. Busqué a través de la nube gris, con la vista borrosa, intentando distinguir alguna puerta. Finalmente, localicé una junto a las escaleras. Corrí hacia ella y la abrí de golpe. Vacía.

Miré las escaleras, el humo se concentraba aún más en el piso superior. Me lo pensé dos veces, pero subí lo más rápido que pude, tosiendo entre jadeos. Me tapé la nariz y la boca con el cuello de la camiseta. Al llegar arriba, solo una puerta estaba abierta: la que había roto de una patada horas antes. Sin embargo, el niño tampoco estaba allí.

Grité mientras golpeaba las puertas cerradas. Pateé varias, pero ninguna cedió. Eran metálicas y todas estaban cerradas con llave. El humo empezaba a colarse en mis pulmones, quemándome por dentro. Grité de nuevo, buscando alguna respuesta al otro lado; entonces, escuché los lloros. Comencé a patear aquella puerta, con cada golpe apretaba más y más los dientes por el dolor en las costillas. No sé cuántas veces la golpeé, hasta que por fin se abrió.

Allí estaba el niño, acurrucado en una esquina, llorando y abrazándose las rodillas.

—Venga, ven conmigo —le dije, mientras lo cogía en brazos.

Apoyé su cara contra mi camiseta para evitar que inhalara el humo. Estaba bajando las escaleras cuando, de reojo, vi unos pies sobresalir del arco de la cocina.

Salimos al jardín, Marta vino hacia nosotros y le di al niño. Lara seguía casi tan ida como Jaime.

Me di media vuelta sin pensarlo dos veces.

—¡¿Diego, a dónde vas?! —gritó Marta.

—¡Voy a buscar a Alejandra! —respondí mientras corría de nuevo a la casa.

Se podía escuchar las estructuras crujiendo desde el salón, daba la sensación de que en cualquier momento se iba a venir abajo. Esquivé las zonas con llamas hasta llegar hasta esos pies en la cocina. Alejandra estaba tirada en el suelo, inconsciente.

Me arrodillé a su lado y empecé a darle golpes suaves en la cara.

—¡Alejandra! ¡Eh, Alejandra! —No reaccionaba.

La agarré por las piernas y la arrastré hacia una puerta al otro lado de la cocina que llevaba al jardín trasero. Mientras la arrastraba, vi que iba dejando un rastro de sangre detrás de su cuerpo. Sangraba por el costado derecho. Salimos al jardín de atrás. La dejé sobre el césped e intenté reanimarla haciéndole esa maniobra impronunciable. Sentía que más que ayudar, le estaba machacando los pulmones, aunque, tras unos segundos, comenzó a toser.

—Eh, eh, Alejandra, ¿estás bien? ¿Me oyes?

—Sí... —balbuceó, mientras tosía.

La incorporé para que pudiera respirar mejor.

—¡Ahh! —gimió, y se llevó las manos al costado.

—Hostias, perdón. —Le retiré la mano de la herida que justo estaba presionado. No dejaba de sangrar.

—La puta me ha clavado un cuchillo.

—Mierda... Bueno, no te preocupes. Marta y yo lo tenemos todo controlado.

—¿Está bien? —preguntó mientras intentaba ponerse de pie.

—Sí, sí... No te... —Alejandra me interrumpió, cambiando la cara drásticamente.

—Joder, ahí está —dijo ella, indicando al fondo del jardín.

Allí, al fondo del jardín trasero, de pie entre la oscuridad, estaba la madre de Marta, observando cómo la casa ardía.

Alejandra Gallardo

—Diego... —Me callé por un ataque de tos—. Vete. —Y saqué la pistola.

—No, me quedo aquí —respondió él; no le quitaba el ojo de encima a la doctora.

—¡Diego, que te vayas, joder! —grité, sin darle opción a discutir—. La policía tiene que estar al llegar.

Él retrocedió varios pasos sin apartar la mirada, pero, al final —y sorprendentemente—, me hizo caso.

Estaba muy mareada, había debido inhalar mucho humo cuando caí en la cocina tras la puñalada.

—¡Carmen! —exclamé mientras me levantaba del suelo, intentando que el dolor no sobrepasara mi firmeza—. ¡Estás detenida!

No me respondió, tampoco se movió. Caminé, si es que se podía llamar así a mi avance, hacia ella.

Cuando estuve frente a ella, pude ver que susurraba algún tipo de rezo en bucle, algo que no lograba entender. Las llamas le iluminaban los ojos.

—Carmen, se acabó. Ponte de rodillas —le ordené, sin bajar la pistola—. Esto ha terminado.

—He sido… el primer Guía… que ha fallado —dijo con la voz cargada de una profunda tristeza.

—Me da igual, Carmen. Has fallado después de llevarte a mucha gente por delante. En el infierno vas a seguir teniendo un sitio VIP —respondí, sin rastro de compasión—. Ponte de rodillas.

—Aún puedo… —murmuró, mirando las llamas, como si estuviera atando cabos en su cabeza.

De repente, echó a correr en dirección a la casa.

—¡Carmen!

Corrí hacia la puerta por la que había entrado, pero el fuego ya cubría casi toda la casa. Justo antes de que pudiera atravesarla, Carmen salió de repente, lanzada con fuerza, chocando contra mí y golpeándome contra el marco de la puerta.

—¡Ahhh! —grité al caer sobre la herida.

Me giré y la observé salir del jardín por una puerta en el muro trasero hacia el bosque. Llevaba algo en la mano.

—Mierda… —dije, y volví a ponerme en pie. Sabía a dónde iba.

Me quité el cinturón y me arranqué una manga de la camiseta. La coloqué sobre la herida y até el cinturón alrededor del torso, apretando para taponar la herida y no perder más sangre.

Entonces, salí en busca de la doctora, a través del bosque hasta llegar al borde del acantilado. Si caminar de normal a través de ese bosque en mitad de la noche ya era una tarea difícil, con un balazo en el pie, disnea por el humo y una puñalada... era digno de las Olimpiadas.

Dentro de lo malo, el incendio de la casa iluminaba gran parte del bosque, lo que me permitía ver con más claridad que cuando lo había atravesado por primera vez.

El mareo me hacía perder el rumbo constantemente. Tropecé con una raíz y caí de rodillas, pero me levanté de inmediato, alejándome en dirección contraria a las llamas, que eran mi única referencia en la oscuridad. El bosque me envolvió; entonces, sentí un miedo que iba más allá de tener que enfrentarme a una sola loca. Aquel pueblo había logrado infiltrarse en lo más profundo de mí, dejando una marca que no sabía cómo iba a borrar. Una amenaza parecía esconderse tras cada árbol, en cada paso. Ya no sabía por dónde iba.

Vagué durante un tiempo, no sabía cuánto, convenciéndome de que seguía haciendo lo correcto. Hasta que la vi, a lo lejos. Su figura permanecía inmóvil al borde del acantilado.

Se me heló la sangre al darme cuenta de que estaba viendo exactamente la misma escena que en el vídeo del padre de Bruno. Pero esta vez en vivo, justo delante de mí.

—¡Carmen! —grité levantando el arma hacia ella.

No se giró. Pude ver que sujetaba un cuchillo en la mano izquierda.

—Carmen, tranquilízate. ¿Vale? Da un paso atrás —dije mientras me acercaba despacio hasta ella.

—He fallado —dijo, aunque no sé si me lo decía a mí, o a sí misma.

—Carmen, por favor, ven aquí —le pedí; seguía acercándome despacio.

—He fallado… —repetía. Esta vez la voz le temblaba, como si estuviera a punto de romper a llorar.

—Carmen, mírame —dije a pocos metros de ella. Yo me acercaba por un lateral, e intentaba no hacer ningún movimiento brusco.

La doctora volvió la cabeza hacia mí.

Empecé a pensar un plan que no tenía. Detenerla en ese punto era muy complicado; estaba al filo del precipicio, un soplo de viento la haría caer.

—No eres el mesías, Carmen. Incluso intentando meterme en tu cabeza y comprendiendo que te sientas como una mártir por hacer esto. ¿Crees que vale la pena?

—Esto no se trata de mí, es mucho más importante que yo —me respondió con voz débil, pero cargada de convicción.

—Sí, Carmen, se trata de ti; allí, en la casa, hay una chica que necesita una madre, no un oráculo.

—Alejandra, tienes una hija, ¿no?

—No vayas por ahí, Carmen.

—¿Cuánto has sacrificado por ella?

—Mucho. Estar aquí ahora, escuchándote hablar.

—¿Y cómo te sientes al saber que le has fallado? ¿Que no has sido suficiente?

—Lo suficientemente mal como para el día de mañana querer hacerlo mejor.

—Lo entiendo, de verdad. Confío en mis creencias como cualquier otro. Pero por lo que me dices, ¿comprendes que haría cualquier cosa por asegurar el futuro de mi familia? Mi familia no es solo mi hija. Es mi gente, es este pueblo, son los Fundadores. Y yo ahora soy a quien le ha tocado cuidar de ellos, ha sido un privilegio por el que habría hecho cualquier cosa. Pero les he fallado. Mi mandato ha sido el culpable de condenarlos. Creo que solo una buena madre sería capaz de entender lo que supone fallar a su familia. Y de hacer cualquier cosa por remediarlo.

—¿Y crees que esto va a remediarlo?

Carmen se quedó unos segundos en silencio, pero tenía la respuesta muy clara.

—No —contestó, seca—. Pero es lo único que puedo hacer para intentarlo.

El eco de un helicóptero empezó a sonar en la lejanía. A los pocos segundos, le siguieron varias sirenas de policía que provenían de la carretera de entrada al pueblo. Sin embargo, a ella le daba igual, temía por algo diferente que se escapaba a mi comprensión.

—Carmen… —dije observando la escena, presagiando lo que iba a suceder en cualquier momento—, he cambiado de opinión, no quiero entenderte. Siempre he sido una persona muy curiosa, y tal vez fuese el motivo por el que no me fui de este pueblo cuando las cosas se empezaron a torcer. Siempre pensé que el conocimiento te nutría, en todos los aspectos. Pero no quiero entenderte, porque no puedo ni siquiera acercarme a tu cabeza. Se me escapa. Lo único que quiero es que no podáis meterle esa mierda a nadie más en la cabeza, ni a hijos ni a niños robados, a nadie. Quiero que desaparezcáis haciendo el menor ruido posible.

—Eso no puede pasar, Alejandra. Eso no puede pasar —dijo mientras volvía a girarse hacia el mar, dando un paso más hacia delante, a unos centímetros del filo.

En ese momento me di cuenta de que no podía hacer nada; no podía dispararle en ningún sitio para evitar que se destripase sin que cayera al precipicio por el impacto. Bajé el arma, asumiendo que esa mujer ya estaba muerta.

—*Espero que meu sacrificio sirva de compensación.*

Carmen se clavó el cuchillo en el estómago. Hizo un movimiento brusco hacia abajo, dejando que sus tripas cayeran al agua, un instante antes de que ella siguiese el mismo camino.

Me quedé allí, embobada, paralizada. Luego, cerré los ojos y simplemente me dediqué a respirar.

Pasé varios minutos frente al acantilado, reviviendo la escena. El helicóptero parecía haber aterrizado y las sirenas de policía sonaban cada vez más cerca, ya debían estar en la casa.

Escuché unos pasos que corrían hacia mí.

—¡Alejandra! —Era Diego.

—¿Estáis bien? —pregunté.

—Sí, estaba llegando la policía.

—Bien —contesté.

—¿Y la madre de Marta? —preguntó entre jadeos.

—Allí. —Señalé con la cabeza hacia el acantilado.

—¿Cómo que…? —Entonces lo entendió—. Hostias.

—Sí. —Me volví hacia él y busqué apoyo en su hombro—. Vamos para la casa.

Caminamos un par de minutos en silencio a través del bosque, hasta que Diego lo rompió.

—Oye… —dijo—, ¿tú habías caído en que hemos dejado a esos tíos en las mazmorras esas mientras ardía la casa?

—Pues… no.

—Ah… Bueno, tampoco veo que te importe mucho.

—No…, la verdad.

Seguimos andando hasta la entrada principal de la casa, saliendo del bosque.

—¿Y a ti?

—En absoluto —contestó.

—Espera, necesito un descanso —dije, y me apoyé en un árbol.

—Estás hecha una mierda.

Le miré, estudié su cara magullada cubierta de sangre seca, el labio roto y dos ojeras a causa de una nariz rota mientras se apoyaba la mano sobre las costillas fracturadas.

—Pues anda que tú —repliqué—. Venga, vamos.

Ya estábamos a unos minutos de las sirenas de policía. Las luces ya nos alcanzaban, tintando el bosque de azul y rojo.

—¿Qué tal la puñalada?

—Jodida, pero bueno.

—Pues no me da ninguna pena que esté muerta.

—¿Quién?

—La madre de Marta.

—No, si no fue ella.

—¿Cómo que no fue ella? ¿Pues quién fue?

—La chica, Lara. Estaba en la cocina, la intenté sacar de la casa cuando entré. Pero se puso muy nerviosa.

—Espera... —dijo deteniendo el paso—. ¿Cómo que Lara?

Una voz familiar sonó delante de mí, salía de entre una multitud de policías.

—Gallardo, joder.

—¡Gonzalo! —exclamé.

—Me cago en tu puta madre, Gallardo, pero ¿qué te ha pasado?

—¿Sabes algo de mi hija y de Carlos? —pregunté ignorándole.

—Sí, sí, no te preocupes, están en la comisaría bien custodiados.

—Joder, Gonzalo, gracias a Dios. —Ahora sí, por fin, pude respirar de verdad.

—Escucha... —comentó antes de que volviese a interrumpirle.

—¿Cómo habéis llegado tan rápido?

—Tu marido me mandó el vídeo y los nombres en cuanto vio la última señal de tu ubicación en mitad de un bosque. Escucha, Gallardo…

—Tenéis que cerrar el pueblo, mandar a alguien a casa del alcalde y del cura, y después ir casa por casa, no dejéis que nadie salga de aquí. Te voy a dar una lista de nombres de tumbas y encontrad a todos los familiares vivos que estén en el pueblo, porque están metidos todos en esto…

—¡Gallardo, coño! —dijo cortando mi monólogo.

—¿Qué?

—Una de las chicas está grave.

—¿Cómo? ¿Quién? —dijo Diego interviniendo en la conversación.

—Chico, no puedes estar aquí —contestó Gonzalo.

—Gonzalo, déjale. ¿Qué ha pasado?

—La otra chica la ha apuñalado varias veces. Cuando llegamos estaba encima de ella. Ya la hemos detenido. El otro está completamente ido.

—No me jodas, ¡¿se quedó con ella?! —pregunté a Diego.

Él salió corriendo hacia la puerta abriéndose paso entre los policías. Varios de ellos estaban sacando a Marta en brazos mientras presionaban las heridas intentando parar las hemorragias.

—La vamos a llevar en helicóptero al hospital de A Coruña, pero… —me dijo Gonzalo negando con la cabeza.

Fui tras él. Al pasar junto a uno de los coches, vi a Lara con la camiseta manchada de sangre, encerrada en la parte de atrás. Desquiciada, mirando como se llevaban a Marta.

—¡Traidora! ¡Traidora! —gritaba a través del cristal.

Diego llegó primero.

—Marta… —Él le sujetó la cara—. Te vas a poner bien, ¿vale?

—Diego… —dijo ella. Apenas se mantenía consciente.

—Me voy con ellos. Ocupaos de lo que te he dicho, Gonzalo.

—Sí, no te preocupes. Que te miren a ti también.

Nos subimos al helicóptero los tres junto con dos policías más y despegamos.

Marta estaba cubierta de sangre, tenía dos puñaladas en el abdomen y al menos otras dos en los costados. Diego le acariciaba la cara mientras intentaba tranquilizarse a sí mismo.

—No te preocupes, que llegamos enseguida —le dijo.

—Sí… siento… mucho… todo —balbuceó Marta, haciendo un tremendo esfuerzo por hablar.

—Vale, vale, no te preocupes, tú no hables, ¿vale? Está todo bien, Marta, te lo prometo, está todo bien —dijo él mientras le retiraba el pelo de la cara—. No vamos a volver a ese pueblo en la vida, te lo prometo.

—¿A… dónde… vamos… a… ir?

Pude ver como Diego empezaba a llorar. Intenté no interactuar con ellos, permanecer ajena a lo que parecían ser sus últimos momentos juntos.

—Pues… —Diego paró para limpiarse las lágrimas con la mano—. ¿Madrid? ¿Te gusta Madrid? —dijo él con una sonrisa. La primera vez que le había visto sonreír, aunque fuese una falsa.

Marta asintió con la cabeza.

Diego se acercó a ella, y esta le susurró algo, pero ni pude ni quise escuchar qué. Fuese lo que fuese, le hizo romper a llorar.

Desde la ventanilla del helicóptero veía como nos alejábamos de San Amaro, dejando atrás las llamas.

Diego

Habían pasado dos años. Dos años hasta que decidí volver a San Amaro.

El autobús no pasaba por allí, me dejó a un par de kilómetros de distancia que tuve que recorrer a pie hasta el pueblo.

Eran las once de la mañana y hacía el frío tonto de Galicia en abril del que ya me había olvidado.

Cuando atravesé el cartel que daba la bienvenida al pueblo, no sentí lo que creí que iba a sentir. Durante aquellos años me había abrumado la imagen de mí leyendo el nombre del pueblo en el cartel y corriendo en sentido contrario. Pero no había sido así.

El pueblo estaba vacío, vivirían poco más de cien personas en la actualidad. Las pocas, ya muy mayores, que no se habían marchado cuando se desmanteló todo.

Caminé por la plaza, las puertas de la iglesia cerradas. La plaza ya no olía a pan recién hecho. Crucé la calle y la antigua panadería tenía los escaparates vacíos, con un cartel de «Se vende», que suponía nunca sucedería.

Fui hasta la cafetería por la que, en mis últimos años allí, nunca había pasado por ser el lugar de trabajo de la hermana de Lara. Como el resto, también estaba cerrada.

No había visitado a Lara ni a Jaime. Hasta donde sabía, estaban en algún psiquiátrico resolviendo sus asuntos. El caso es que nunca llegué a entender hasta qué punto habían estado involucradas sus familias, y eso me generaba cierto rechazo. Sabía que nada había sido culpa de ellos, y no descartaba visitarlos en algún momento, pero aún no había llegado.

De allí me dirigí al acantilado, por donde solía ir en mi recorrido diario al instituto. Pasé frente al hostal del pueblo, que para mi sorpresa seguía abierto, aunque más que nada por ser la casa del señor que lo regentaba. A través de la pequeña ventana que daba a la recepción, lo vi en una butaca, leyendo un libro.

Me tomé unos minutos para sentarme frente al mar, en ese acantilado del que tantas veces había fantaseado con caerme por accidente y desnucarme contra las rocas. Esta vez me senté un poco más alejado del borde.

Después me adentré en el bosque, hacia el lugar que menos quería ver, pero más necesitaba.

Aquella casa reducida a escombros. Los muros que la rodeaban ya no estaban, ahora era más bien un trozo de parcela cubierto de cimientos destruidos.

Allí, mientras paseaba entre las rocas y maderas quemadas, pensé en Alejandra, quien se aparecía en mi mente con bastante frecuencia. No había vuelto a verla; de hecho, nunca había sabido más de ella. Alguna vez había intentado buscarla en Google, pero no salía nada con su nombre ni en noticias anteriores a San Amaro, nada.

Me fui de aquella zona hacia el otro extremo del pueblo, por la pradera que subía hacia la montaña; allí seguía de una pieza mi puente. Mi incómodo y destartalado puente.

Me tumbé sobre el pretil de la misma forma que solía hacer antes de ir a casa cada día. Recordé mi método de los veinte segundos de paz y lo puse en práctica antes de levantarme y marcharme de allí, hacia el lugar que realmente había ido a visitar.

Cuando llegué a la entrada, sentí esa misma sensación que tanto miedo me daba al pensar en mi regreso a San Amaro. Empujé la reja, que estaba entreabierta, y caminé hasta el final, hasta que la encontré, y me detuve frente a ella.

Me quedé allí de pie, durante varios minutos, leyendo su nombre tallado sobre la piedra.

A diario me preguntaba cómo hubiera sido si la vida se hubiese dado de otra forma, si habríamos estado bien, juntos.

Allí, mientras la miraba, solo una frase rondaba mi cabeza, la última que ella me dijo en aquel helicóptero: «Me habría ido a cualquier parte contigo».

Cuando volví a casa, a Madrid, tras siete horas de autobús, entré y me encontré con mi madre sentada en el sofá. Era un piso no muy grande, pero estaba bastante apañado para nosotros dos.

—Hola, mamá.

—Hola, hijo, ¿qué tal? —preguntó levantado la cabeza para mirarme.

—Bien, había mucha gente en la biblioteca, pero, bueno, bien —contesté.

Ella estaba empezando un libro, apenas llevaba unas cuantas páginas. Pero por el lomo, lo reconocí, mi madre ya había leído ese libro antes, era de su colección «Grandes Maestros del Crimen y Misterio». Eché un vistazo en la portada.

—¿Ya sabes quién ha sido? —bromeé.

Una sonrisa pequeña, apenas un rastro, se dibujó en sus labios. Lo suficiente para ponerme la piel de gallina.

Nunca dudé en por qué mi madre había dejado de leer esos libros. Cuando tu vida se convertía en una de esas historias, sumergirse en esos relatos era un espejo demasiado duro en el que mirarse.

Pero con esa sonrisa comprendí por qué había hecho las paces con esos libros. No buscaba respuestas ni soluciones. Lo que había encontrado fue algo más sencillo. Compañía. Compañeros de dolor, con heridas parecidas.

Las personas hacemos lo que podemos y lo que sabemos; y, aunque había heridas que nunca terminaban de cerrar, aprendíamos a convivir con ellas lo mejor que podíamos.

www.ingramcontent.com/pod-product-compliance
Lightning Source LLC
LaVergne TN
LVHW091028080826
845145LV00002B/392

* 9 7 8 8 4 1 0 6 4 2 0 2 7 *